KB197456

알록달록 우울증 영수증

[표지 설명]

연한 노랑과 살구색을 섞은 듯한 바탕색의 표지이다. 왼쪽 위로는 수건을 걸쳐 놓은 듯이 주황색 바탕에 흰색 격자로 무늬를 넣은 제목 바탕이 늘어져 있다. 늘어져 있는 주황색 바탕 끄트머리는 영수증을 끊어낸 듯한 모양을 나타내기 위해 물결 모양으로 되어 있다. 그 제목 바탕 위에 제목인 〈알록달록 우울증 영수증〉과 그 하단에는 〈류정인 에세이〉라고 흰색으로 쓰여 있다. 중앙에서 조금 아래로 제목 바탕보다 조금 더 붉은 빛이 도는 색의 소파가 그려져 있다. 소파의 왼쪽에 놓인 분홍색 쿠션을 베고서 판다곰이 길게 엎드려 누운 채 잠들어 있다. 소파 아래로는 책 세 권이 어지럽게 흩어져 있고, 소파 앞쪽의 작은 테이블 위에는 알록달록한 모양의 콘 아이스크림이 작은 유리컵에 꽂혀 세워져 있다. 아이스크림 옆으로는 테이블 아래로 늘어지고도 남을 정도로 긴 하얀색 영수증이 있고 그 위에 빨간색 심을 가진 것으로 보이는 펜이 놓여 있다. 이 풍경 위로 기다랗고 하얀색의 영수증 네 장이 어지럽게 흩날리고 있다. 우측 아래에는 라브리끄 출판사를 나타내는 갈색 벽돌 그림이 있고 그 아래로 출판사명 〈라브리끄〉가 쓰여 있다.

이 표지는 시각디자인이며, 시력이 나쁘거나 시각 장애가 있을 경우 표지 디자인을 충분히 느끼지 못할 수 있다. 이 책이 전자책이나 오디오북, 점자 도서로 만들어질 경우에 디자인을 잘 전달할 수 있도록 설명을 이곳에 담았다.

알록달록 우울증 영수증

류정인 에세이

라브리꼬

III. 우울 내역서

IV. 친애하는 부채감에게

우울증 언박싱

삐약햇살 님

석사 1학기 힘들게 보내는 중인 대학원생입니다……. 그동안 제가 뭘 잘못하고 있나, 왜 이렇게 나약하지 왜 이렇게 힘들지 혼자서 끙끙 앓았는데……. 글 읽고 나만 그런 게 아니라는 걸 알 수 있었어요. 글 써 주셔서 너무 감사해요![1]

-> RE: Kyla 님

글 좋게 봐주셔서 정말 감사합니다! 석사 1학기 때가 가장 자신의 연구와 자기 존재에 대한 고민이 큰 때였던 것 같아요 ㅠㅠ 부디 잘 견디고 무사히 졸업하실 수 있길 바라요!

〈카일라의 힐링갤러리〉 이름으로 블로그를 연재하던 중, 가끔 모르는 사람에게 이렇게 댓글이 달리곤 했다. 공감을 표하며 감사하다는 말을 주로 남기는 이 댓글들은 내 블로그의 콘텐츠 중 나의 우울증에 대한 이야기를 줄줄 나열하는 〈우울증 언박싱〉 시리즈에서 볼 수 있었다. 댓글도 일종의 글쓰

---

1 당시 연재하던 블로그에 올라왔던 여러 댓글의 내용을 축약, 재구성했다.

기라 나는 쉽게 타자를 두드리지는 못했다. 그러다가 감성이 조금 더 촉촉하고 둥글둥글해지는 밤이면, 그들에게 답문을 남길 감수성과 용기가 퐁퐁 솟아났다.

정성 어린 '뚱댓(말이 길어서 뚱뚱해진 댓글)'을 남기는 사람들은 보통 자신을 대학원생이라고 소개했다. 그간 대학원에서 품었던 고민을 어디에도 풀지 못하다가, 비슷한 감정의 소용돌이를 겪고 있는 나를 보고서 용기 내 구구절절 자신의 이야기를 쓴 듯했다.

처음에 이 뚱댓들이 달리기 시작할 때는 어리둥절할 수밖에 없었다. 이 누추한 곳에 웬 귀한 댓글이? 공개적인 SNS에 글을 연재하고 있던 것은 맞지만, 〈우울증 언박싱〉은 언제까지나 나의 재활 치료를 위한 것에 가까웠다. 그간 쿰쿰한 먼지를 축적해 가며 머릿속에 처박혀 있던 수많은 생각들을 혼자 간직하기에는 너무 괴로워서, 감정을 배설하기 위한 창구였다. 딱히 우울증에 대한 유익한 정보를 알리는 친절한 글도 아니었고 그냥 나의 공개적인 징징거림이었다. 그러니까, 나의 누추하고 또 찌질한 솔로 파티에 손 편지들이 마구 도착한 느낌이었다.

갑자기 온몸이 찌릿하다가 소름이 돋았다. 그것은 깨달음의 느낌표에 가까웠다. 나에게서 출발한 그 징징거리는 글들에서 누가 인사이트를 얻겠는가 싶었지만, 그 누군가는 소소한 위로와 용기를 얻은 것이다. 어찌 된 일일까.

블로그는 우연한 기회로 시작했다. 몇 해 전 잠시 참여했던 재테크 스터디에서 알게 된 지인이 블로그 스터디를 함께하자고 제안한 것이다. 당시에 글이라고는 대학원에서 실컷 쓰던 논문이나 사진을 인스타그램에 업로드할 때 덧붙이는 짤막한 '감성 글귀' 정도만 쓰고 있었다. 나는 참여하겠다고했다. 아무리 감성 글귀라 하더라도 최소 5분 동안 사진에 어울릴 만한 멘트를 고민해 내야 하는 인스타그램 글에 비하면 블로그 글은 껌이지.

블로그 스터디 참여원들은 본격적으로 글을 쓰기에 앞서 자신의 콘텐츠 주제를 미리 공유하고, 조금 더 '잘 팔리는 테마'를 만들어 내기 위해 서로 피드백을 주고받았다. 주제는 해외 취업부터 향수와 술까지 다양했다.

나는 관심사가 분명한 편이라 주제를 비교적 쉽게 정했다. 우울증과 '간헐적' 채식 생활, 그리고 책. 몸과 마음의 양식을 더하는 '힐링' 테마였다. 〈카일라의 힐링갤러리〉가 킬링도 아니고 힐링갤러리인 이유는 여기에 있었다.

대중이 쉽게 검색해서 들어와 볼 만한 주제는 분명히 아니었다. 대신 나와 관심사를 공유하는 '진성 덕후'들의 블로그 유입을 기대할 수는 있었다. 스타벅스가 되진 못해도 동네에서 알아주는 커피집 정도는 될 가능성이 있어 보였다. 제일 어려운 주제 정하기에서 첫발을 내디뎠으니, 이제 블로그 운영 그까짓 것은 정말 코를 팽 푸는 것만큼 쉬울 것이었다. 블로그 스터디원들이 내 테마를 칭찬하자 자신감인지 자만심인지 모를 감정이 내 몸통을 타고 올라왔다.

블로그 스터디의 목표는 각자의 블로그를 공식적으로 론칭하기 전에 세이브 원고, 즉 원고 여유분 한 달 치를 미리 축적하는 것이었다. 한 달에 걸쳐서 알을 낳듯 쥐어짜 낸 글들이 서른 편은 되어야 했다. 이때까지도 나는 이 정도는 할 수 있다는 확신에 차 있었다.

글을 쓰기 시작하자마자 자기 확신의 불씨는 꺼졌다. 블로그 글 정도는 껌이라고 자신만만해 했던 내가 막상 글을 써보니 미친 듯이 어려웠다.

적어도 다음과 같은 식으로 사람들의 편견 속에서 존재하는 블로그 글은 죽어도 쓰기 싫었다.

'안녕하세요, 오늘은 A 주제에 대해서 알아볼 건데요! 네, 저도 잘 모르겠네요~ 이웃 추가해 주시고 하트 꾸욱~ 부탁드려요^^' (이다음에는 꼭 의미 없이 쌍 엄지를 척 내미는 캐릭터 스티커가 따라왔다.)

그런데 내 블로그로 사람을 유입시킬 만한 매력적인 글은 뚝딱뚝딱 창조되지 않았다. 블로그 '글쓰기' 버튼을 누르고 하얀 빈 화면을 보면서 한숨을 푹푹 내쉬는 시간이 길어졌다.

글을 쓴다고 노트북을 펼쳤다가 자연스럽게 인터넷 서핑에 정신이 팔렸다.

블로그 포스트도 여느 글쓰기와 마찬가지로 오프닝에서 사람들을 끌어들이고 내 글에서 이탈하지 않게, 더 오래 머물도록 장치를 이리저리 심는 전략적인 글쓰기였다. 잠재적 독자를 상정한 글을 본격적으로 만들어 내는 것은 시간적 비용이 많이 들었다. 첫 블로그 글을 작성하는 데 3시간이나 걸렸다. 블로그 글쓰기가 아니라 내가 껌 됐다.

글을 쓰는 게 너무 어려워서, 1일 1포스팅은커녕 이틀에 글 하나가 나오면 다행이었다. 게다가 내가 선택한 주제들은 휘뚜루마뚜루 쓰기에는 다소 무거운 주제들이었다. 그 와중에 할 말은 더럽게도 많아서 내 글은 평균적인 블로그 포스팅들보다 길었다. 특히 우울증이나 서평은 초고만 완성하는데 4시간이 족히 걸렸다. 나는 결국 세이브 원고를 시간 내로 다 만들어 두지 못했다. 블로그 론칭도 못 해보고 스터디에서 이대로 탈락하나 싶어, 조용히 고배의 잔을 마실 준비를 했다.

다행인지 불행인지, 나처럼 블로그 글쓰기의 첫 발짝을 떼기 어려워하는 사람들이 몇 명 더 있었다. 스터디장은 우리를 끊임없이 다독였다.

"모두가 같은 속도로 가는 것은 아니에요. 원고가 준비된 사람들은 다음 주에 1차 론칭하고, 나머지 분들은 2차 론칭

일을 정해서 2주 뒤에 다시 시도합시다!"

스터디원들의 배려로 내 느릿느릿한 글은 한 번 더 세상 밖에 나갈 기회를 얻었다.

나는 요일을 정해서 주제별로 글을 올렸다. 주중에는 비교적 쓰기 쉬운 채식 주제로 채식 맛집, 비건 제품, 채식을 유지할 만한 팁과 앱 등에 대해 썼다. 주말에는 〈Book돋아주는 서평〉이라는 제목으로 내가 그동안 인상 깊게 읽었던 책을 서평으로 소개했다. 화요일은 〈우울증 언박싱〉을 위한 날이었다. 대학원 입학 시기 전후로 내가 겪었던 대학원 생활, 그로 인해 고조된 우울증을 최대한 솔직하게 쓰는 게 목표였다. 선의의 피해자나 환자로 그려내는 것이 아니라 가능한 객관적으로 나를 돌아보려고 했다. 그것이 공개적인 공간에 글을 올리는 것에 대한 나만의 철칙이었다.

블로그는 대박……이 나지 않았다. 그래도 매일 글을 올리면서 두 자릿수에 머물던 방문자 수가 세 자리로 금세 불어났다. 광고도 붙여서 소소한 용돈벌이를 했다. 조금씩 글에 대한 감을 잡아가는 기분이었다. 블로그는 내 우울증 영수증에서 환급금 같은 존재였다. 광고비도 광고비였지만, 내가 우울해서 시작한 것들 중에서 거의 유일한 플러스였기 때문이다.

한창 블로그 글쓰기가 물오를 무렵에 대학원생들이 〈우울증 언박싱〉을 찾아오기 시작했다.

첫 댓글을 기점으로 조금씩 늘어난 대학원생 방문자들은 자신의 상황에 따라서 조금씩 다른 이야기를 전했지만, 내가 솔직한 글을 블로그에 올려준 덕에 위로를 받았다는 것이 공통적인 내용이었다. 내 글을 필요로 하고 읽어주는 사람들이 있다는 사실과 함께 깨달았다. 우울증도 언박싱이 필요하다는 것을. 의도해서 제목을 지은 것은 아니었지만 잘 맞아떨어졌다. 이때까지는 에세이의 필요성을 잘 느끼지 못하던 나였다. 왜 사람들이 계속 남의 이야기를 찾아 나서는지 이제야 이해할 수 있었다.

그들은 댓글 창에서 울고 있었다. 나 또한 그들과 함께 눈물을 흘렸다.

채식 생활이나 서평 주제의 글에서도 의미 있는 댓글들이 종종 있었지만, 〈우울증 언박싱〉 시리즈에서 가장 내 마음을 울리는 똥댓들이 달렸다. 그들의 짧지만 무게감 있는 글들을 읽고 있노라면 나는 내 이야기를 더 많은 이들의 눈과 입으로 전달하고 싶어졌다. 우울증과 원치 않게 친구를 맺은 사람들에게, 나의 서사를 통해 우리는 외롭지 않다고 말하고 싶었다. 우리의 서사는 아픈 자들 간의 연대가 될 수 있었다. 그렇게 흩어져 있던 우리의 이야기들은 연결되었다.

〈우울증 언박싱〉은 이렇게 지금 쓰고 있는 책의 작은 출발점이 되었다.

I. 얼룩덜룩 혹은 알록달록

얼룩덜룩 우울증 영수증

한 바퀴, 두 바퀴.

제자리를 빙빙 돌며 내 방 구석구석을 훑어본다. 바닥에 어질러진 물건부터 옷장 위 천장에 닿을 듯 말 듯 쌓인 박스들까지. 샅샅이 살펴보아도 온통 복잡하지 않은 곳이 없다. 빨기에는 몇 번 입지 않았지만 그렇다고 옷장에 넣자니 바깥 먼지를 먹은 바지들을 주섬주섬 주워서 의자에 대충 걸어둔다.

"제발 방 좀 치워라. 필요하면 엄마가 도와줄게."

"제발 그냥 놔두세요. 제가 곧 치울게요."

엄마가 참다 참다 방문을 비집고 들어오려는 것을 말리며 짜증을 낸 터였다. 누가 와도 혀를 내두를 만큼 침대 위, 의자, 책상, 책장, 옷장까지 정리되지 않은 짐으로 한가득이다. 이걸 어떻게 정리할지 시작 전부터 막막하다. 한숨만 푸우 내쉰다.

내 방은 여기저기서 사들인 알록달록한 물건들로 꽉 차 있다. 비교적 검소했던 나의 소비 습관은 우울해지고 나서 완전히 충동형으로 탈바꿈했다. 8년 가까이 소비해 온 내역을 볼 수 있는 곳이 바로 지금 내 방이다. 강산도 바뀔 긴 세월 동안에 물건을 제대로 버린 적이 없으니까.

이 물건들의 쓸모는 구매하는 그 찰나에 찬란하고 영롱하게 반짝 빛났다가 금세 빛을 잃어, 정작 물건의 원래 기능으로는 쓰이지 못한 채 그저 전시되어 있다. 우울과 자기혐오로 무채색이 된 내 정신과 일상에 조금이라도 색채를 가져다 놓으려고 아득바득했지만, 지금의 내 방 상태는 어지럽고 과하고 얼룩덜룩한 모양새가 되었다.

다르게 말하면, 색 조합은 개나 줘버린 내 방은 쇼핑중독자이자 정신질환을 안고 사는 이의 우울증 영수증 중 하나라고 할 수 있다. 힘들 때마다 금융 치료를 받아 가며 사들인 물건들, 잠시의 기쁨과 짜릿함으로 나를 심폐 소생하고 구석에 박혀버린 구매품들이 영수증 위에 펼쳐져 있다.

나는 여러 종류의 우울증 영수증들을 차곡차곡 모아두고 한 번도 그에 대한 가계부는 쓴 적이 없다. 벌어들이는 작고 귀여운 월급에 비해 얼마나 대책 없이 카드를 긁고 있는지 마주하게 되면 내가 더 싫어질 게 뻔해서 가계부는 꿈도 꾸지 못했다.

중독을 포함해서 어떤 문제든 문제 상황을 직면해야 해결을 시작할 수 있다. 우울증의 진단부터 치료까지 최근에 제대로 시작한 내가 물건들을 하나하나 살펴봤을 리가 없었다. 방에 널려 있는 얼룩덜룩한 물건들과 그 위에 투명하게 달려 있을 지출 내역의 숫자들을 생각하면 머리가 아파서 꽤 오랜 시간 동안 그로부터 도망다녔다.

하지만 방이 꽉 차기 시작하면서, 터질 것 같은 서랍들을 보고 잔소리를 참고 있었던 엄마의 인내심이 먼저 터지게 생겼다. 평소에는 내게 큰 관심을 보이지 않는 아빠도 내 방문이 열려 있으면 물건들을 하나하나 검사하는 눈빛으로 살폈다. 그러고는 지나가던 내게 굳이 잔소리를 하나 더 얹었다. 나를 치료해 주는 상담사도, 우울증과 ADHD를 동시에 치료하고 있는 내게 형형색색의 복잡한 방이 치료에 도움이 되지 않는다며 조금씩 정리를 시도할 것을 권장했다. 여기저기 삐져나와 있는 투명 지출 내역들을 이제는 제대로 마주할 때였다.

침대에 잠시 털썩 걸터앉는다. 애착 인형인 판다곰 키위가 나를 물끄러미 바라보고 있다. 나는 키위로부터 안정을 되찾기 위해 키위의 목덜미를 킁킁 맡으며 꼬순내를 만끽한다. 키위의 꼬순내는 실상 방의 먼지 냄새와 내 체취를 합친 것일 테다. 그런데 희한하게도 먼지로 코팅된 물건들은 꼴 보기 싫은데 그 냄새를 머금은 키위의 향은 고소하게 느껴진다.

잠시 떠오른 잡생각을 뒤로하고, 이번에는 책상에 앉아서 내가 과연 이 책상에서 뭘 할 수 있을지 상상해 본다. 책상 위에는 데스크톱과 모니터, 그리고 읽다 만 책들이 층층이 쌓여 있다. 펜을 꺼내 뭔가를 끄적일 자리는 없다. 그래서 요새는 방을 두고 굳이 노트북을 챙겨들고 나와서는 거실에서 원고를 쓰거나 다른 할 일을 마친다. 책상 위의 잡동사니들에 내 책상을 빼앗겼다.

책상 위에 얌전히 놓여 있는, 며칠 전에 도착한 택배 박스를 이제야 뜯어본다. 다이어리 쓸 때 사용하는 펜 여러 자루가 비닐 포장에 겹겹이 쌓여 있다. 나는 어릴 때부터 문구류를 좋아해서 항상 필통을 두 개씩 꽉 채워서 들고 다녔다. 다이어리용 펜도, 작성 내용에 따라 다른 색 펜으로 쓰는 내 나름의 규칙이 있어서 색깔별로 수집했다. 펜의 포장을 뜯고 재활용 쓰레기와 일반 쓰레기를 대충 구분해서 버린다.

고구마 먹는 고양이 '춘식이' 캐릭터를 무척 좋아하는 나는 의자 방석도 춘식이로 맞췄다. 춘식이의 볼 부분을 콕콕 찌르며 잠시 멍을 때리다가 다시 바닥에 쌓여 있는 책들에 눈길을 보낸다. 책장에 더 이상 책을 수납할 공간이 없어 이 불쌍한 책들 수십 권이 바닥으로 귀양 갔다. 책등에 쓰여 있는 제목을 하나하나 다 읽고 나서야 다시 현실로 돌아온다. 방청소를 한다고 결심한 지 5분 만에 집중력이 이렇게 무너진다. 참 한 가지 일에 더럽게도 집중하지 못하는 나다. 한숨을 쉬며 힘겹게 의자에서 몸을 일으킨다.

다시 한 바퀴, 두 바퀴.

무질서한 공간에 새 규칙을 부여하기가 참 어렵다. 제일 먼저 쓰레기를 치우고, 재활용 쓰레기는 따로 모은 다음에 뭘 해야 할지 모르겠다. 안 입는 옷부터 우선 버려볼까. 아니면 바닥 한구석에서 썩어가고 있는 파우치들부터 처리할까. 우선순위를 잡지 못하고 갈팡질팡하는 뇌가 잠시 작동을 멈춘다. 한 5초의 쿨타임을 가진 뒤, 일단 수납되어 있는 물건보다는 밖에 나와 있는 것들을 먼저 치우기로 한다.

책상에 흩어져 있는 서류들을 손에 집어 든다. 대학교와 대학원 성적 증명서다. 직장에서 퇴사하고 쉬는 동안 잠시 취업 준비를 한 적이 있었다. 제출 서류 중에 대학 성적 증명서가 포함되어 그때 뽑아두고는 치우지 않았다.

문득 그 학교에서의 나를 떠올린다. 이 대학원 성적표를 완성하는 시간 동안 많은 일들이 있었다. 그 짧은 학기 사이에 싱그러운 새내기 생활을 다시 시작한 여자는 점점 징그럽게 시들어 갔다. 등록금을 내고 졸업장을 받기 전에 얻은 것은 우울증이었다. 어쩌면 이것이 수많은 우울증 영수증 중 제일 비싼 항목일지도 모르겠다. 그 생각에 이르자 갑자기 불쾌함이 이마를 타고 입가까지 흘러내린다. 서류들을 거칠게 잡고 파쇄기에 구겨 넣어버린다. 기분 나쁜 서류만 치웠는데 책상이 이전보다는 조금 봐줄 만해졌다.

다음으로 방바닥에 굴러다니는 중복된 물건들을 주워서 한데 모아본다. 딱히 창의적인 소비를 하지 않았기 때문에, 내가 필요 이상으로 산 물건들은 대부분 항목이 겹친다. 귀엽다는 이유로 이미 있는 보조배터리를 또 사거나 모양이 조금 다른 가방을 충동 구매하는 식이다. 새삼 내가 소비를 결심하는 이유들을 나열하니 너무도 하찮아서 하! 헛웃음이 나온다.

소비 욕망이 반드시 우울해야만 도래하는 것은 아니지만, 나의 경우에는 그랬다. 우울증이 내 삶에 쳐들어오기 전까지는 이렇게 실속 없는 소비를 하지는 않았다. 카페를 제외하고는 구매 자체를 많이 하지 않았기 때문에 돈은 항상 남았고, 그 금액은 고스란히 내 적금 통장에 예쁘게 쌓였다. 우울증 판정을 받은 시기 전후로 나의 새로운 자아가 모습을 드러냈다. 예쁘지 않고 얼룩덜룩하기만 한 내 삶에 예쁜 물건을 사서 들이는 것은 일종의 환기이자 내 유일한 즐거움이었다. '삶꾸(삶 꾸미기)'[2]와 같다고 봐야 할까.

물론 물건의 아름다움과 카드를 긁는 재미는 팍 튀는 불꽃처럼 일순간에 사라졌다. 자꾸 꺼지는 불씨에서 온기를 얻기

---

2 '다이어리 꾸미기(다꾸)'에서 시작한 유행어로, 무언가를 예쁘게 정리하거나, 스티커를 붙이고, 그림을 그리는 등 꾸미는 행위를 '~꾸'라고 말한다. '폰꾸(휴대폰 꾸미기)', '폴꾸(폴라로이드 꾸미기)' 등 여러 상황에서 활용이 가능하다.

위해 성냥에 계속 불을 붙이던 성냥팔이 소녀처럼, 나는 그 불꽃을 쫓아서 더 소비의 규모를 키웠다. 꼼꼼하게 포장된 택배 박스 안에는 쓸모를 잃어 얼룩덜룩하게만 보이는 물건과, 그 물건을 산 죄책감이 사은품으로 도착해 있었다. 내 소비 내역을 보고 있으면 점점 야위는 불쌍한 지갑이 자꾸 생각났다. 모아놓은 돈을 점점 깎아 먹는 나를 보며 뭔가에 얹힌 느낌이 들었다. 체한 기분을 들게 하는 물건들을 안 보이게 한 구석에 쌓아두었다. 한구석이 두 구석이 되었고, 지금의 방이 되었다.

다시 본론으로 돌아와서, 바닥과 침대맡, 창가까지 점령한 책들을 훑어본다. 다른 물건은 쓰지 않으면 쓸모를 잃지만, 책은 언제든 내가 머리에 힘을 줘서 읽을 수 있으니 잠재된 쓸모가 더 많다고 믿고 마구 사들였다. 책은 일회용품이 아닌데, 읽히지 않아서 일회용품조차 되지 못한 책들은 먼지만 먹고 있다.

대학원 다닐 때까지는 논문에 질려서 오히려 책을 멀리할 만큼 책과 친하지 않았다. 그런데 막상 졸업하고 나서는 대학원에서 미처 다 쌓지 못한 지식을 이제라도 축적해 보려고 하는 것처럼 책을 수집하고 있다. 최근에는 글을 쓸 영감을 얻는다는 명분으로 책을 더 열심히 사 모으고 있다. 제목이나 주제를 보고 끌리는 책이 있으면 일단 장바구니에 담고 본다.

한 서점 브랜드 앱에서 내 장바구니를 확인해 보니 165권의 책이 쌓여 있다. 이미 구매한 책들을 제외하고도 그 정도이니 내 방은 작은 서점 그 자체다.

화장대 위에는 여러 종류의 화장품이 엉켜서 쌓여 있다. 우울할 때는 살찌고 못생겨진 나를 꾸미고 싶지 않아서 화장을 안 했다. 최근에는 화장이 기분 내기에 괜찮다는 것을 알아차리고 화장품 소비를 늘렸다. 유통기한이 지나버리고, 내 퍼스널 컬러와 맞지 않는 화장품들을 싹 씻어내고 분리수거함에 털어 넣는다.

화장대 위의 짐을 털어내니 내가 미처 다 먹지 못한 정신과 약들이 굴러다닌다. 그래도 이 정도는 1년 반이 넘도록 병원을 다니며 비교적 꾸준하게 약을 먹은 결과다. 남은 약은 한꺼번에 모아서 비닐봉지에 쑤셔 넣고, 오래된 순서대로 약봉투를 차곡차곡 정리하고 옆에 있던 서류 봉투에 집어넣는다. 지금 약이 내게 잘 맞아서 똑같은 용량과 조합으로 먹은 지 꽤 됐다. 혹시라도 다른 병원으로 옮기게 되면 이 투약 내역은 내게 도움이 될 거라 생각해서 버리지 않는다. 이 약 조합을 찾아내기까지 많은 일들이 있었다. 그 시간 동안 쌓인 약의 서사는 또 다른 우울증 영수증이 되었다.

＊＊

다시 한 바퀴, 두 바퀴.

방 정리를 시작한 지 다섯 시간이 넘었는데 방 안에서 빙
빙 돌며 내린 결론은 방이 여전히 꽉 차 있고 복잡하고 어지
럽다는 것이다. 버리지 않기로 결정한 물건들을 최대한 수납
장에 꼼꼼하게 숨겼는데도 여전히 밖에 놓여 있는 박스들과
잡동사니를 다 정리하지 못했다. 내가 산 물건들 외에도, 그
물건에 투명 가격표처럼 붙어 있는 서사들도 정리가 필요하
다. 대체 몇 년 치의 가계부를 써야 하는 걸까.

　　방을 다시 돌아본다. 여전히 여러 색깔이 얼룩덜룩하게 엉
켜있다. 청소를 지속하면 알록달록한 방을 되찾을까. 문득 기
대감과 막막함이 동시에 다가온다. 급속도로 몰아쳐 오는 피
로감과 함께 이 모든 상황이 새삼스레 어처구니가 없어진 나
는 푸스스 웃음이 터진다. 침대로 엎어져 버린다. 우울증 영
수증은 아무래도 나의 우울증 서사들과 함께, 찬찬하게 곱씹
으며 오랜 시간 동안 정산해야 할 것 같다. 일단 좀만 자고,
씻고 생각해 봐야겠다.

　　덧. 내 수많은 소비 물품 중에는 인형도 많았고, 나는 그들
을 유기하지 못했다. 아빠가 극구 반대해서다. 내가 자주 끌
어안는 인형과 이제는 데리고 다니지 않는, 혹은 애초에 소비
만을 위해서 샀던 인형들을 분류해 사랑받지 못하는 인형들
을 현관에 내놨다. 아빠는 서재로 들어가다 현관에 쌓여 있는

인형들을 보고 걸음을 멈췄다.

"얘네는 다 뭐냐?"

"인형을 정리하려고요. 버릴 인형들을 내놓은 거예요."

아빠는 갑자기 인형을 하나하나 안아 들면서 머리를 쓰다듬었다.

"얘네가 불쌍하지도 않냐. 너 때문에 이 인형들이 울고 있어."

황당한 표정을 짓는 나와 엄마를 두고 아빠는 인형들에게 "You're the best of the best! (넌 최고 중에서도 최고야!)"라고 속삭이고 있었다. 원래부터 〈토이스토리〉의 살아 움직이는 장난감 이야기를 살짝 믿는 아빠였다.

아빠가 하도 인형들을 내려놓지 못해서 우리는 결국 인형을 다시 정리했다. 가지고 놀지 않는 인형들은 창고의 큰 상자로 들어갔다. 속으로는 나도 토이스토리 설을 완전히 부정하지는 않았기에 오히려 잘 되었다 싶었다. 우울증을 걷어낸다 치더라도 내 복잡한 방의 1%는 아빠의 물렁한 유전에서 온 게 아닐까 의심스럽다.

두 번째 애착 우울증

"우울증이 전혀 호전되지 않았어요. 필히 병원에 가보셔야 할 것 같네요."

상담사의 두 마디로, 나는 퇴사하고 올해 이루기로 마음먹었던 버킷리스트를 미뤄야 할 것이라는 직감을 했다. 살짝 시무룩한 표정을 짓자, 상담사는 내 맘을 잘 안다는 듯 덧붙였다.

"딱 맞는 시기에 퇴사를 하시네요. 이참에 휴식을 많이 취하며 회복에 힘쓰시면 좋겠어요."

이날은 퇴사를 약 한 달 앞두고 심리 상담 센터에서 종합 심리평가를 받고, 결과 해석을 들으러 방문한 상황이었다. 내 발로 직접 센터를 찾아왔지, 누가 떠밀어서 한 검사가 아니었다. 나의 심리 건강에 대해서 나 스스로가 잘 모르고 있다는 생각이 들었기 때문이다.

일을 시작한 시점부터 나를 되돌아보기로 했다. 대학원 졸업 직후 코로나19가 창궐해서 나는 자의 반, 타의 반으로 약 9개월간 침대에 누워서 칩거했다. 세상이 멈춰 서서 나도 덩달아 앞으로 나아가지 않은 것도 있지만 대학원 졸업에 온 힘을 다 주고 나니 번아웃이 와서 쉬지 않을 수가 없었다. 그해 9월 말 즈음, 내가 평소에 알고 지내던 대표님이 본인의 회사에서 일을 해보지 않겠냐고 제안하면서 누워지내던 생활이 바뀌었다. 대학원에서 연구한 분야와는 관련이 없는 회사였지만, 오히려 그래서 일이 신선하게 다가왔다. 빈대떡처럼 침대에서 뒹굴던 백수가 처음으로 돈다운 돈을 버니까 그 감각이 생경했다. 초반에 나는 출근 시간이 기다려질 정도로 즐겁게 회사를 다녔다.

회사는 에이전시와 같은 성격이 강해서 고객사의 프로젝트 일정에 따라 업무 강도가 달라졌다. 직원들은 프로젝트를 한창 진행할 때는 새벽녘 하늘 아래서 택시를 탔다. 프로젝트가 끝나면 한없이 여유로워서 점심시간 넘어서도 다 같이 커피를 마시며 휴식을 취하기도 했다. 프로젝트가 워낙 끊임없이 들어오는 회사라 여유를 부릴 시간은 많지 않았지만.

나는 회사 일정에 휘청거리며 몸과 마음을 그 흐름에 온통 쏟아냈다. 퇴근 후 나는 헬스장에서 운동을 마치고 귀가하곤 했는데, 프로젝트 중간에는 그 루틴을 버려가며 야근을 자진했다. 온 신경이 일에 몰려 있어서 그런지 피로를 느끼지 않았다. 오히려 친한 친구들에게 한 번씩 '야, 야근을 하니까 살아있음을 느낀다!'라고 카톡을 보내면, 친구들은 '네가 드디어 미쳤구나.'라고 화답을 해줬다.

기나긴 프로젝트가 끝나거나 업무가 바쁘지 않아 여유로워지면 나는 한없이 늘어졌다. 사무실 의자에 슬라임처럼 녹아내린 사람을 발견하면 그게 나였다. 하도 울상으로 무료한 티를 내니 대표님은 나를 배려하는 차원에서 말을 했다.

"정인아, 하고 싶은 개인 활동 있으면 그거 하고 있어도 돼. 지금은 안 바쁘니까."

이런 모습이 프로페셔널하게 보일 리가 없다는 것을 잘 알았지만, 일을 해내지 않는 나는 무엇으로 내 가치를 확인할 수 있을지 알지 못했다.

감정 상태는 더럽게 변화무쌍했고 특히 침울해지는 빈도는 잦아졌다. 일을 잘 해야만 내가 가치가 있는 사람이라 느꼈기 때문에 일을 하면서도 완벽하게 끝마치려는 욕심에 압박감을 느꼈고, 고객사와 스케줄 관리 차원에서 문제가 발생하면 그것대로 스트레스를 받았다. 일상생활은 이 불규칙한 회사 일정에 따라 자연스럽게 무너졌다. 계속 앉아 있는데 밥은 꼬박꼬박 입속으로 집어넣으니 살이 쪘다. 일 빼고는 삶의 모든 루틴이 사라져 심한 권태로움을 느꼈다. 혹자가 말하는 '인생 노잼 시기'라나. 어느 순간부터 출근하는 것이 더 이상 즐겁지 않았다.

그래서 심리 검사를 찾았다. 우울감을 느끼는 내가 과연 정상적인지 알고 싶었다. 내가 놓친 심리 상태가 있을지도 모르니, 건강검진을 받는 기분으로 설문에 답을 하고 상담사의 지시에 따라 문제도 풀었다. 일련의 과정을 거쳐서 받은 종합 심리평가 결과지는 '당신이 여전히 우울증 환자'라고 가리키고 있었다. 거기서 끝이 아니었다.

"검사 결과를 보시면 성인 ADHD도 의심이 됩니다."

상담사는 ADHD와 우울증을 동시에 치료하는 병원을 집 근처에서 찾아보는 것이 좋겠다고 조언했다. 왠지 이 모든 말에 포커페이스를 유지하고 싶었다. 고생하셨다는 말에 "그러게요."하고 다소 뻣뻣하게 대답했다.

언젠가 조울증을 안고 살아가는 친구가 내게 말했다.

"정신병은 마음의 감기가 아니라 마음의 당뇨야."

일시적이고 금방 낫는 감기와 달리 정신병은 평생에 걸쳐 관리를 해야 하기 때문이란다. 나는 그 말을 들었을 당시에 우울증이 많이 호전된 상태여서 친구를 따라서 가볍게 웃어넘겼다. 우울증이 아직 내 곁에 남아 있다는 것을 알게 된 지금, 그 말을 잘근잘근 곱씹어 보았다.

"제 우울증이 낫지 않았다는 것을 왜 그동안 몰랐을까요?"

"아마 일에 몰두해 있어서 우울한 감정들을 뒤로 미뤄두고 숨기고 있었던 게 아닌가 싶어요."

상담사는 우울증 약을 꾸준히 먹지 않은 것도 한 가지 원인일 수 있다고 말했다. 나는 우울증을 처음 진단받고 시간이 꽤 흘렀음에도 치료하기 위해 충분한 시간을 들이지 않았다는 사실을 기억했다. 그리고 삶 전체를 일로 채운 나의 2년 반 정도의 기억을 더듬으며 턱을 괴었다.

일과 성과에 매달려 야간 택시를 타는 동안 몸과 마음의 건강은 이미 우선순위에서 멀어졌다. '워라밸(일과 삶의 균형)'이 무너진 환경에서 우울증이 자연스레 사라지지는 않았다. 전 직장 탓을 하고 싶지는 않았다. 다만 우울증을 진지하게 여기지 못하고 일에 과몰입해 있던 나 자신이 조금은 원망스러웠다. 상담사의 말대로 지금이 퇴사하기에 딱 적절한 시기였다.

영수증에 50만 원가량의 검사 비용이 찍혔다. 할부 3개월을 걸고 계산했다. 검사료는 비쌌지만 나는 후련했다. 계산을 도와주는 직원에게 씩씩하게 "감사합니다." 하고 인사했다. 진심이었다.

상담실을 나섰다. 하늘에는 진눈깨비가 쏟아지고 있었다. 나는 얼음장처럼 차가운 공기를 크게 들이쉬며 경직되어 있던 표정을 눈 녹이듯 사르르 풀었다. 갑자기 추운 곳으로 나온 탓인지 손끝이 아렸다. 추운 날씨 탓이었던 것일까, 하얀 눈발에 눈이 부셨던 것일까. 갑자기 눈이 뜨거워지고 시야가 흐려졌다. 지하철역 화장실로 쫓기듯이 도망쳤다. 실내의 온기가 내 몸을 감싸자, 눈의 뜨거운 기운이 물이 되어 주룩주룩 흘러내렸다. 나는 몇 분간을 소리 없이 울었다. 바깥에서는 찬 진눈깨비가 여전히 휘날리고 있었고, 내 눈에서는 굵은

방울로 따뜻한 비가 뚝뚝 떨어졌다.

*****

　퇴사를 하고 집 근처에 ADHD와 우울증을 동시에 치료하는 병원을 찾아서 첫 상담을 했다. 감정을 알 수 없는 무표정의 의사는 상담 센터에서 받은 종합심리평가지를 꼼꼼하게 살폈다. 그는 우울증 치료부터 시작할 것이라고 건조하게 이야기했다. ADHD 약을 먹고 한결 성실해진 내 모습을 내심 상상했던지라 의사의 말에 실망감을 감출 수가 없었다. 왜 동시에 치료를 하면 안 되는지 묻자 의사는 말을 이어갔다.

　"정인 씨의 마음이 곳간이라고 생각해 볼게요. 곳간을 짓기 위해서는 건물의 뼈대를 먼저 짓고, 그다음에 짐을 안에 넣는 게 순서죠. 우울증이 곳간의 뼈대고, 그 안에 들어갈 곡식들은 ADHD와 같아요. 우울증이 호전되면 ADHD의 많은 증상들도 좋아지기 때문에, 우울증을 먼저 치료해야 합니다."

　한 마디로 우울증이 지금 워낙 심각해서 ADHD와 유사한 증상들이 나타나기 시작한 것인지, 아니면 우울증과 ADHD가 공존하고 있는 상태인지는 시간을 두고 지켜봐야 한다는 것이었다. 6개월간 추이를 지켜보자는 말에 나는 이번 치료를 꾸준히 받겠다고 약속했다. (참, 6개월이 지나서 다시 ADHD 검사를 진행해 본 결과 ADHD가 맞다는 판정을 받았다. 그때부터 원고를 쓰고 있는 이 순간까지 나는 ADHD 약의 힘으로 하루를 살아가고 있다.)

병원을 두 번째로 방문한 것은 그다음 주였다. 아직은 치료의 시작 단계라서 알약의 개수가 몇 개 되지 않았다. 일주일 치 약을 포장한 약 봉투를 물끄러미 내려다보았다. 과거의 약 먹던 시절을 회상했다. 때로는 이 알약들에 온 마음을 다해 의지했고, 또 다른 때는 알약들을 먹기 싫어서 열심히 피해 다녔다. 약을 먹고 끊고를 반복하며 제자리걸음을 하다가 결국 다시 약 앞으로 왔다.

나는 그제야 눈 오던 날 흘렸던 눈물의 의미를 어렴풋하게 알 것 같았다. 그것은 또다시 약물 치료를 받는, '공식' 정신질환 환자가 되었다는 것에 대한 복합적인 마음이었다. 약을 또다시 먹어야 할 만큼 심각한 상태로 나를 몰아세운 나 자신이 미웠다. 한편으로는 침울했던 순간들이 온전히 나 때문은 아니라는 것을 공식적으로 인정받은 듯해 안도감을 느꼈다. 나는 집으로 돌아온 탕아였다. 우울증 놈은 나를 다시 봐서 반갑다며, 이번에는 잘 지내보자고 두 팔 벌려 환영을 하는 듯했다.

언젠가는 우울증을 마음의 감기로 여기고, 빨리 나아서 우울증 이전의 삶으로 복귀하고 싶어 했다. 그래서 우울증을 핑계 삼아 아무것도 안 하고 시간을 하염없이 보내는 데 쓰는 동시에, 우울증에 걸린 내 모습은 일시적인 퇴보라 생각하며 우울증을 안고 살아가는 현재의 나를 부정했다.

약을 먹고 싶지 않았던 이유도 우울증 환자인 나를 받아들이고 싶지 않아서였다. 우울증이 소거된 내 삶의 모습을 상상했다. 건강하고 살이 찌지 않은 모습으로, 주어진 모든 일을 성실하게 해서 모두의 칭찬을 듣는 사람이 서 있었다. 나는 모두에게 필요한 '인재'였다. 일을 잘하는 게 뭔지는 잘 몰랐다. 인재의 기준도 흐릿했다. 그냥 나는 뭔가 내가 봐도, 남이 봐도 멋진 사람이 되고 싶었던 것 같다. 우울증만 없애면 그런 모습을 쉽게 이룰 수 있을 거라 믿었던 모양이다.

정신질환 관련 책에서 읽은 적이 있다. 정신질환을 가지게 된 이상, 그 이전의 삶으로는 돌아갈 수 없다고 말이다. 그 대목을 처음 읽었을 때는 '그럴 리가 없어' 하며 책장을 덮어버렸지만, 최근에 다시 그 책을 읽었을 때는 그 글자들이 책에서 튀어나와 내 머리에 콕 박혔다.

과거에 어떻게 살았든 간에 그것은 과거의 나였다. 우울증이 있고, 그것이 일상 속에서 공기처럼 나의 주변을 에워싸고 있는 모양새가 진정 현재의 나였다. 당분간은 떠나지 않을 우울증을 억지로 떼어내는 시도에서 고통을 받기보다 우울한 나를 수용하고 보듬어줘야겠다는 결심을 한 것도 이 깨달음을 얻고 난 후였다. 정신질환을 어떤 태도로 대하고 어떤 일상을 함께 만들어 가느냐에 따라 나는 우울증이 있어도 내가 원하는 모습이 될 수도 있을 터였다. 꽉 막혔던 숨이 그제야 풀리고 안도의 한숨을 내쉴 수 있었다.

두 번째로 맞이한 우울증인 만큼, 그리고 이제는 ADHD 까지 안고 가는 삶을 살게 된 만큼 이 정신질환들을 조금 더 애정을 가지고 대해주기로 다짐했다. 사랑을 주든 안 주든 내 정신질환은 제자리에 있다. 내가 앞으로 이 녀석들을 어떻게 데리고 살지 상상하는 것부터가 치료의 시작이라 생각했다. 꼬질꼬질해져서 꼬랑내가 나는 애착 인형의 냄새를 좋아하는 것처럼, 우울증의 감각을 꼬순내라 여기고 온몸으로 꽉 껴안는 것이다. 나는 그렇게 정신질환을 가진 나를 꼭 끌어안는다.

엄마, my socks 어디 있어요?

할머니는 몸이 좋지 않으셔서 몇 년 전부터는 늘 요양보호사와 함께 생활하신다. 일주일의 하루 요양보호사는 휴가를 다녀오는데, 한동안 가족들이 돌아가면서 그 빈자리를 채우곤 했다. 낮에 할머니의 말동무가 되어 드리고 식사를 같이할 사람 한 명, 밤에 할머니가 씻으실 수 있도록 도와드리고 같이 잠을 잘 사람 한 명.

할머니를 사랑하지만, 아프신 노인과 도대체 어떤 말을 해야 공통적인 웃음 코드를 찾을 수 있을지 아직도 모르겠다. 그래서 말을 조금 적게 해도 되는 밤에 자고 가는 것을 자처하곤 했다. 한 번씩 낮에 할머니를 찾아갈 때면, 어색한 침묵을 견디며 서로의 눈치를 본다. 그 납작한 침묵을 깨기 위해서 머리를 이리저리 굴리다가 실패하곤 한다.

하루는 미국이라는 주제로 할머니와 말꼬를 텄다.

"너네 할아버지는 항상 친구들을 만나면 우리 손녀가 미국 사람보다 더 하얗다고 자랑을 하곤 했지."

할머니는 이 이야기를 무척 좋아하셔서 여러 차례 말씀해 주셨다. 굳이 '미국인보다 하얀 우리 손녀'가 된 이유는 내가 미국에서 태어나 유년 시절을 그곳에서 보냈기 때문이다. 할

아버지는 미국에서 생활하는, 백인보다 뽀얀 손주가 자랑스러우셨던 모양이다. 오늘은 아무래도 할머니께 내 어린 시절 이야기를 들려드리면 될 것 같다.

*****

"고향이 어디세요?"

요즘은 많이 줄어들었지만 그래도 어색함을 풀기 위해 한 번씩 나오는 질문에 나는 어떤 대답을 해야 할지 1초 정도 망설이곤 한다.

나는 미국에서 태어나 열 살까지 지내다 왔다. 그리고 대학생 시절까지 우리 가족은 수원에서 생활했다. 그러면 저 질문에 대한 대답은 미국이어야 할까, 수원이어야 할까. 워낙 어릴 때 한국으로 돌아왔기 때문에 나의 정서는 한국인에 더 가깝고, 꿈도 한국어로 꾼다. 이제는 한국에서 자란 시간이 미국에서 지낸 시간보다 두 배 이상 기니까 어찌 보면 당연하다.

그럼에도 결국에 미국이라 답변을 하는 경우가 대부분이다. 짧다면 짧고, 길다면 긴 시간이지만 미국에서 보낸 어린 시절의 경험들이 한국 생활에 지대한 영향을 미쳤기 때문에, 이 맥락을 내게서 빼기 어렵다.

나는 영어를 쓰는 나라에서 한국어를 쓰는 집안에서 자랐다. 내가 처음으로 배운 언어는 부모님이 가르쳐 준 한국어였다. 존댓말도 정석으로 배워서 누군가 말을 걸면 '네' 대신

'예'라고 대답하는 어린이였다. 어린이집에 가기 전까지는 언어 습득력이 빠른 편이었다. 말을 두 살 이전에 시작했고, 어른들이 쓰는 어려운 단어들을 곧잘 흉내 내 주변 사람들이 애늙은이라는 별명도 붙여줬다. 나는 미국에서 한국인 아이로 무탈하게 자라고 있었다.

집 밖으로 나설 일이 많아지면서 상황은 바뀌었다. 주로 엄마와 둘이 시간을 보내다 어린이집을 처음 가게 된 것이다. 나와 다르게 생긴 사람들은 내가 집에서 쓰던 한국어를 알아듣지 못했다. 어린이집에서 만난 금발 머리의 선생님은 친절한 말투로 내게 말을 걸었다. 나는 그가 하는 말을 알아듣지 못했다. 분명히 말을 할 줄 알았는데 여기서는 왠지 입을 꾹 닫게 되었다.

다른 아이들은 집에서 배운 언어로 선생님과 이야기꽃을 피우는 걸 알게 되었다. 왜 나만 집안에서 쓰던 언어가 어린이집에서는 통하지 않았는지 아무도 그 이유를 가르쳐 주지 않았다. 아마 나는 자그마한 머리를 굴려 가며 이 혼란을 이해해 보려다가 이내 포기했던 것 같다. 다른 아이들이 선생님과 재잘재잘 수다를 떠는 동안 나는 혼자서 레고를 조립하며 조용히 놀았다.

유치원에 입학할 때 즈음부터 근처 동네에 살던 한국인 가족들과 왕래할 기회가 많아졌다. 가족들이 어떻게 교육을 시키는지에 따라 한국어 능력은 천차만별이었다. 나랑 유일한 동갑내기였던 남자아이 티미(Timmy)는 한국어를 아예 할 줄 몰랐다. 그는 가족들과도 선생님들과도 영어로 대화했다. 우리는 같은 피부를 가졌지만 서로 할 줄 아는 언어가 달라서 같이 놀 때 말을 많이 하지 않았다. 차라리 한국어로 수다를 떨고 있는 엄마들 사이를 비집고 들어가 그들의 말을 듣고 있는 게 맘 편했다.

한편 내가 유치원 입학할 때 한국에서 갓 이민 와 한국어가 나보다 유창했던 케이티(Katie) 언니와는 대화가 통해서 친하게 지냈다. 나는 나와 비슷하게 생긴 사람들 중에서 내가 말을 걸기 수월한 상대와 말을 붙이기 어려운 상대가 따로 있는 이유를 이해하지 못했다. 그저 집 냄새가 나는 한국어를 더 열심히 파고들 뿐이었다. 아직 언어가 여러 개일 수 있다는 인식이 없던 때였다. 어린이집에 이어서 유치원에서도 나의 침묵기는 계속되었다.

초등학교 1학년이 되자 나는 특수 관리 대상이 되었다. 매일 오후 시간이 되면 나는 교실에서 다른 아이들과 수업을 듣고 있다가 선생님의 지시로 다른 교실로 이동했다. 왜 마지막 수업을 다른 곳에서 듣는지, 그 당시에는 영문을 알 수 없었다. 나중에 알고 보니 따로 듣던 수업은 특수반으로, 나처럼 영어를 못해서 수업을 잘 못 따라가는 아이들에게 영어를 가르쳐 주는 반이었다. 그곳에는 희한하게도 아시아계 어린이들이 많았다. 아마 이 아이들도 부모님과 대화할 때 쓰던 언어와 학교에서 쓰던 언어가 달라서 혼란을 겪고 있었을 것이었다.

특수반의 효과는 점진적으로 나타났다. 나는 2학년까지 계속 영어를 다시 배우다가 3학년이 되면서 특수반을 졸업했다. 영어가 한국어보다 편해졌다. 언어 문제가 해결되자 나는 갑자기 똑똑한 학생이 되어 있었다. 반에서는 공부를 가장 잘하는 아이로 꼽혔다. 그리고 학업 능력이 좋은 아이들을 따로 데려가서 수업을 하는 영재반으로 주 2~3회 불려 갔다. 말을 많이 하게 되면서 친구도 많아졌다.

"I have to go to school! (나 학교 가야 해!)"

3학년 때 친해진 친구들은 내게 태어나자마자 이 말을 하며 책가방을 챙겼을 것 같다고 말했다. 낯간지러운 칭찬들에 나는 어색하게 웃었지만, 특수반에서 영재반까지 간 나 자신을 매우 자랑스럽게 여겼다.

이 시기 즈음에 일본에서 전학생이 왔다. 당시에 내가 살던 동네 근처에는 일본 자동차 회사가 있었다. 많은 일본인 가족들이 일 때문에 일본에서 미국으로 이민을 왔다. 이 아이도 그렇게 가족들을 따라온 경우였다. 이름이 T 발음으로 시작하던 이 아이는 일본어밖에 할 줄 몰랐다. 미국인 아이들은 그에게 호기심 어린 눈빛으로 말을 걸며 '콘니치와! (안녕!)'

라고 말했다. T의 입에서 나온 대답은 뜻밖이었다.

"No! No! No!"

그는 얼굴을 찡그리며 '노! 노!'만 계속 반복했다. 말을 걸던 아이들은 머쓱해서 자리로 돌아갔고 나는 T의 행동을 이해할 수가 없어 그의 표정을 뚫어져라 쳐다봤다. 그는 '노!'를 외친 후로 말이 없었다. 그는 일본인 아이들이 일본어로 학교와 수업 내용에 대해 설명을 하면 그때만 활발해졌다. 선생님이나 다른 나라 아이가 대화를 붙이려고 하면 T는 멀뚱멀뚱한 표정으로 그들을 쳐다보면서 입을 다물었다. 나는 그 표정에서 기시감을 느꼈다.

중학생이 되어 일본어를 제2외국어로 배우기 시작하면서 알게 된 사실이지만, '콘니치와'는 그 상황에서 쓸 수 없는 말이었다. 우리는 T를 아침에 만났고, 콘니치와는 오후 인사였다. 그는 아침 인사인 '오하요'를 쓰지 않아서 그토록 '노 노'를 외친 모양이다.

5년도 더 지나서야 T의 찡그린 표정을 해석할 수 있게 된 나는 그에게 묘한 동질감을 느꼈다. 아마 그도 미국인 아이들에게 아침 인사와 오후 인사의 차이를 설명하고 싶었을 것이다. 하지만 아는 영어 단어가 한정적이라서 그는 '노!'를 외칠수밖에 없었을 것이다. 누군가 언어의 세계가 T나 나에게 유독 어려웠던 이유를 알려줬다면, 어린 시절 그 멀뚱멀뚱한 표정이 환한 미소로 바뀔 수 있었을까.

****

내가 영어에 조금씩 익숙해지고 학교생활에 한창 적응할 즈음, 우리 가족은 갑작스러운 가정사로 인해 자의 반 타의 반으로 한국에 돌아오게 되었다. 예정에 없던 결정이라 우리는 매우 정신이 없었다. 특히 나를 어떤 학교로 보내야 할지 한참을 고민했다고 한다. 집 근처에 외국인 학교가 한 군데 있었다. 이곳은 미국의 교육 시스템을 채택하고 있었기 때문에 내가 계속 영어를 사용하며 비교적 편안하게 적응할 수 있었다. 그곳은 학비가 매우 비쌌다. 외국인 학교가 아니라면 일반 공립 초등학교를 가는 방법이 있었다.

미국에서부터 나에게 꼬박꼬박 한국어를 가르치고 주말에 한글학교까지 보냈던 부모님의 결정은 공립 초등학교였다. 학비를 감내하기에는 비현실적이라는 판단도 있었지만, 언제 미국으로 돌아갈지, 돌아가기는 할지 알 수 없는 상황에서 내게 최선의 교육 방식은 한국에 적응할 수 있는 방향을 택하는 것이라 부모님은 믿었다. 그리고 그 어린 시절부터 현재까지 한국에 쭉 살고 있는 나는 부모님의 선택을 감사히 여기게 되었다.

"야, 너 한국말 할 줄 알아? 이거 읽어봐."

한 아이가 실내화 주머니에 적힌 자신의 이름을 가리키며 말을 걸었다. 다른 아이들도 내게 몰려와서 질문을 쏟아냈다.

"와, 얘 영어책 읽는다. 신기하다."

"너 혼혈이야? 엄마 아빠 미국인이야?"

내가 전학 온 것은 아이들 사이에서 꽤나 이슈가 되었다. 같은 반 아이들은 저 먼 미국에서 왔다는 아이를 매우 신기해했고 내가 자리에 앉자 질문을 마구 쏟아냈다. 그때 같은 반이었던 소민은 당시의 충격을 잊지 못한다고 지금까지도 이야기한다. 미국에서 왔다는 어린애가 갑자기 가방에서 자기만 한, 두꺼운 〈해리 포터-불의 잔〉 원서를 꺼내서 읽고 있는 모습은 소민뿐만 아니라 모두의 눈을 휘둥그레지게 할 만한 일이었다. 소민은 책상에 책을 쿵 하고 놓고 떠드는 아이들 사이에서 조용히 독서하던 나의 모습이 너무 인상적이었다고 두고두고 이야기했다.

아이들의 넘치는 호기심과 터무니없는 질문들("미국에서는 가운뎃손가락 올리면 진짜 감옥 가?")이 재밌기도 했지만, 동물원에 갇힌 원숭이가 된 기분을 지울 수가 없었다. 모든 게 어리둥절한 상황에서도 내가 우리 반 아이들과 철저히 다른 존재라는 것을 알았기 때문이다. 비로소 집에서 쓰는 언어와 일치하는 교실로 오게 되었지만, 이때 이미 나는 한국어와 영어를 섞어 쓰는 혼종이 된 후였다.

"엄마 my socks 어딨어요?"

"엄마, today class에서 이런 걸 made했어요."

한국의 교실에서는 나와 비슷한 홑꺼풀과 검은 머리의 아이들로 둘러싸여 있었지만, 또다시 언어로 나와 '그들'로 갈라졌다.

나는 한국에서 '나대는' 사람을 싫어하는 문화가 있다는 것을 빠르게 배웠다. 좋은 의미로든 나쁜 의미로든 교실에서 튀는 사람이 되면 다 나대는 사람이었다. 나대는 아이로 낙인찍히면 뒷담의 대상이 되거나 괴롭힘의 표적이 될 수 있었다. 나는 영어 때문에 이미 눈에 띄는 사람이었다. 3학년 때는 한국어를 못하고 영어밖에 모르는 바보에 가까웠고, 아이들은 나를 신기하고 재밌는 사람으로 소비하고 있었기 때문에 아직 깍두기였다.

그러나 학년이 올라갈수록 내가 평소의 영어 발음으로 이야기를 하면 아이들에게 미움을 살 수도 있다는 것을 깨달았다. 멀리 갈 필요 없이 '나대다 참수를 당하는' 사례는 바로 옆에 있었다. 동생 친구도 미국에서 오래 살다 왔는데, 그 누나가 '버터 발음'이라고 놀림과 괴롭힘을 한참 당했다. 나는 그런 사례를 보며 영어 발음을 서투르게 구기기 시작했다. '나는 영어로 나댈 생각이 없어요, 겸손하게 있겠습니다.' 식의 태도를 보여주기 위함이었다. 그리고 영어 시간에 선생님이 내게 말을 시키기 전까지는 절대로 먼저 말을 하지 않았다. 미국에서는 영어를 할 줄 몰라서 침묵했고, 한국에서는 영어를 할 줄 알아서 입을 다물었다. 어디서든 나는 '나댈' 소지가 있는 애였다.

반 아이들은 '겸손한' 미국 출신의 친구를 받아들였다. 나의 존재감은 학년이 올라가면서 점점 옅어졌다. 다행이었다. 그러나 나는 한국어도 서투르고 영어까지 숨기는, 그야말로 '0개 국어'를 구사하는 사람이었다. 말을 못 하는 나는 곧 '만만한 애'로 전락했다. 아이들이 툭툭 건드려도 나는 그들에게 반박할 언어가 없었다.

나는 나대지 않으려고 그렇게 노력을 기울였음에도 불구하고 3학년을 제외하고 초등학교 시절 내내 괴롭힘을 당했다. 4학년 때는 지윤이라는 아이를 주축으로 내게 시비를 계속 걸어오는 무리가 있었다. 자세한 기억은 저 멀리 내다 버렸지만 지윤의 무리는 사소한 건수를 잡아 나를 놀리고, 내가 반발을 하지 못한 채 얼굴이 빨개지면,

"어? 기분 나쁜 거야? 쟤 빨개진 것 좀 봐 웃기다."

이런 식으로 비웃음을 얻었다. 하루는 요리 수업을 하던 중, 내가 계란을 가지고 오다가 발을 헛디뎌서 계란들을 다 깨버렸다. 같은 조였던 지윤은 나를 세모눈으로 째려보며 너는 할 줄 아는 게 뭐냐고 윽박질렀다. 미안하다는 말이 생각나지 않아 나는 기어들어가는 목소리로 "Sorry……"를 겨우

내뱉고 눈을 내리깔았다.

지윤과 나는 중학교부터 대학교까지 쭉 동문이었다. 처음에는 그 사실이 유감스러웠지만, 그의 행보를 지켜볼 수 있다는 점이 곧 장점이 되었다. 그의 모난 성격이 나뿐만 아니라 다른 친구들에게도 불편함을 안겨줬는지, 시간이 갈수록 그는 혼자 다니게 되었기 때문이다. 나는 그 모든 과정을 다 지켜봤다.

5학년 때는 우리 반 일진이었던 희주가 나를 표적으로 삼는 바람에 두 달 정도 따돌림을 당했다. 그가 원래 다니던 친구들과 싸웠던 모양이다. 어느 날부터 그는 갑자기 내가 껴 있던 무리에 기웃거리기 시작했다. 그는 해줄 이야기가 있다며 친구들을 화장실로 데리고 가서는 화장실 한 칸에 다 같이 들어가게 하곤 했다. 그는 나를 철저히 배제했다. 불려 가는 친구들도 희주가 무서워서 그가 하라는 대로 행동했다.

희주가 쉬는 시간마다 내 친구들을 화장실로 데려가는 바람에 나는 자연스럽게 혼자가 되었다. 희주는 우리 무리에 끼어든 게 아니라, 내 자리를 빼앗은 것이다. 지옥같이 외로웠다. 그런데 이 기분을 한국어로 어떻게 표현해야 할지 나는 몰랐다. 영어를 쓰면 더 찍힐 것 같아서 영어로도 감정을 적어내지 못했다. 희주가 자신의 원래 친구들과 화해하고 자기 패거리로 돌아가고 나서야 나는 내 친구들을 되찾을 수 있었다.

나는 희주를 통해 내 언어를 찾아야 한다는 것을 깨닫고 한국어와 한자 공부를 더 열심히 하게 됐다. 그리고 희주는 중학교 2학년 이후로는 내 인생에서 퇴장했다.

0개 국어를 구사하던 나는 6학년이 되어서야 드디어 교과서의 단어들을 알아듣고 다른 친구들과 대화를 끊이지 않게 할 수 있는 수준으로 올라섰다. 어릴 때부터 통통했던 나는 겨울에 패딩을 입으면 미쉐린타이어처럼 완전히 둥글둥글해졌다. 반의 남자아이들은 그런 패딩의 모습이 근육 같다며 나를 '근육 동무'라고 부르기 시작했다. 나는 '근육'의 의미에 들어있는 통통한 살집의 의미를 읽어냈다. 이때까지의 괴롭힘 중에서 가장 상처를 많이 받았고 그들에게 분노했다.

하지만 '동무'를 붙이는 이유에 대해서는 한참 동안 물음표로 남았다. 나중에 알고 보니 그들은 당시 북한의 수령이었던 김정일과 비슷한 내 이름을 보고, 북한에서 자주 쓰는 단어 '동무'를 '근육'에 가져다 붙인 것이었다. 한국어에 더 능통해지고 한국의 정치 상황을 대강 이해할 수 있을 때쯤 되어서야 이해하게 됐다. 그들은 그 저질스러운 별명을 중학교 들어가서까지 쓰다가, 내가 한국어 쌍욕을 하며 그들의 정강이를 걷어차고 나서야 그만뒀다.

한편, 내게 터닝 포인트가 되었던 시기도 6학년 때였다. 시험지의 단어를 알아듣지 못해서 풀지 못한 문제의 개수가 점점 줄어들었다. 6학년 마지막 기말고사 때, 나는 처음으로 시험공부를 했다. 그리고 처음으로 상위권 성적을 받았다. 나를 근육 동무라고 부르던 남자애들도 내 갑작스러운 성장을 보고 놀란 모양이다. 그들은 처음으로 시비 대신 칭찬을 하며 말을 걸어왔다.

언어와 학업 성적은 내가 반에서 입지를 단단히 하는 방법이었다. 성격도 소심하고 외모도 뛰어나지 않았던 나를 공부만이 교실에서 만만하지 않은 사람으로 만들어줬다. 초등학교 시절을 전부 다 바쳐서 알게 된 사실이었다. 나는 중학교 들어가서는 나를 무시하고 괴롭혔던 아이들을 성적으로 모두 눌러주고, 그들 사이에서 나의 존재감을 확보하겠다는 다짐을 했다.

성인이 되고 나서 우울증에 걸렸을 때, 나는 종종 미국과 한국을 넘나들던 어린 시절을 회상했다. 특히 미국에서 지낸 시간들이 마냥 행복했다고 기억을 미화하기도 했다. '라면' 게임[3]을 혼자서 끊임없이 했다. 우리 가족이 미국에서 돌아오지 않았다면, 나는 미국에서 내로라하는 대학을 가서 더 승승장구했을 것 같았다. 그랬으면, 내가 지금보다는 덜 우울했을지도 모른다는 생각을 했다. 내가 영어만 썼더라면, 각 언어와 그 문화의 사이에서 고통을 받지 않았을지도 모른다.

---

3 '내가 ~했더라면'을 끊임없이 되뇌이며 과거를 후회하는 것

물론 다 상상일 뿐이었다. 위에서 서술했던 것처럼 한국인의 핏줄을 가진 사람이 미국에서 산다는 것은 언어를 비롯해 많은 방황을 동반했다. 또한, 내가 그 고통을 견디면서 인생 수업료를 지불했다는 점도 무시할 수 없었다.

　초등학교 시절에 고생한 덕분에 중학교 들어가면서부터는 언어로 무시당하지 않았다. 내가 원하던 대로, 영어는 내가 대학을 가고, 대학원에서 논문을 읽고 취업해서 외국 지사 직원들과 회의할 때도 내게 유용한 무기가 되어줬다. 한국 문화에도 어느 정도 적응해서 이제는 내가 먼저 얘기를 하지 않으면 내가 외국에서 생활했던 사람이란 것을 모른다. 어린 시절의 고군분투 덕에 나는 이중국적자로서의 정체성을 더욱 공고히 다질 수 있었다. 나 자신이 나약하다고 생각할 때마다 이 시기를 되새기며 그렇지 않다고 스스로 다독였다.

　나이가 조금 먹은 후에는 "엄마 my umbrella 좀 찾아주세요." 등의 말을 하지 않을 수 있었다. 두 언어가 제자리를 찾았다. 한국에 온 지 20년이 넘은 지금, 나는 두 언어의 경계선을 자유롭게 넘나드는 성인이 되었다.

***

　"할머니, 저 초등학교 때 갑자기 한국 와서 진짜 고생 많이 했어요. 아이들이 영어 발음 보고 버터 발음이라고 눈치 주기도 하고, 말이 어눌한 저를 괴롭히기도 했어요."

미국에서, 그리고 한국에서 보내온 시간이 필름 영화처럼 하나씩 착착 지나쳤다. 새로운 문화에 적응하는 일이 나이 어린 내게는 꽤 험난한 여정이었다. 빵에 부드러운 버터를 바르는 것처럼 내 몸에도 한국 문화를 스르륵 자연스럽게 덮을 수 있었다면 내 삶에 지윤이도, 희주도, 못된 남자애들도 없었을 것이다. 할머니는 아이들이 못됐다며 내 편을 들어주셨다. '나대지 않는 아이'로 남기 위해 내가 영어 발음을 일부러 못하는 척 구기며 지내왔다는 이야기를 들려드렸다.

"네가 어렸는데도 참 현명했다. 잘했어. 그게 네가 생존하는 방식이었던 게야."

할머니의 말에 왠지 목에 묵직한 덩어리가 턱 걸리는 듯했다. 입을 열면 눈물을 삼킬 수 없을 것 같아 가만히 할머니를 바라봤다.

할머니의 온기 어린 눈빛이 내 눈에 닿았다. 어렸을 때 두 개의 문화권에서 지내고, 두 개의 언어 사이를 넘나들면서 느꼈던 혼란들, 그리고 유독 나만 그런 혼란함을 안고 가야 했던 이유를 알려주지 않았던 어른들에 대한 서러움이 한순간에 녹아내렸다. 나는 앞에 놓여 있던 오렌지를 입에 넣고 할머니의 위로를 고이고이 곱씹었다.

소비 요괴

까마귀가 반짝이는 물건을 모으길 좋아한다는 속설이 있다. 물론 그 이야기는 과학적 근거가 있지는 않은 것으로 드러났다. 그럼에도 까마귀 하면 반짝이가 연상이 돼서, 외국 포털에서도 'Do crows like shiny objects?(까마귀는 반짝이는 물건을 좋아하는가?)'가 연관검색어로 뜰 정도다.

나는 전형적인 까마귀다. 예전에 만나던 애인이 붙여준 별명이다. 예쁜 물건, 혹은 요즘 말하는 '예쁜 쓰레기'를 사다가 방 안 '둥지'에 쌓아두는 것을 너무 많이 해왔기 때문이다. 충동적인 소비를 너무 많이 하고, 방에는 아직 버리지 못한 택배 박스들이 굴러다닌다.

20대 초반까지만 해도 나는 소비에 큰 욕망이 있지는 않았다. 돈을 모으는 것에 더 큰 재미를 느끼는 사람이었다. 자취를 하면서 사람이 망가졌다고 생각한다. 내 살림을 내가 책임지기 시작하면서, 그리고 택배가 많이 와도 눈치를 주는 엄마 아빠가 없는 공간을 내가 꾸미기 시작하면서 물건을 '지르는' 재미가 가랑비처럼 스며들었다. 내 돈을 내가 책임지게 되자, 아이러니하게도 잔고를 의식하지 않는 무책임한 소비자가 되었다. '소비 요정'이 아니라 소비 '요괴'였다.

물건과의 계약은 주로 밤이나 새벽에 성사가 되었다. 데이팅 앱을 보듯 나는 이 물건 저 물건을 찔러보고 하트를 날렸다(위시리스트 보관). 그렇게 몇 번 예쁜 제품들과 플러팅하는 시간을 가지다가, 이미 여러 종류로 가지고 있었던 노트북 파우치를 결제하기에 이르렀다. 주로 사는 물건들은 문구류나 액세서리, 인형 등이었다.

우리 집에 도착한 새 물건들이 현관문을 통과하면 웬만해서 다 예쁜 쓰레기로 전락했다. 이미 구매 단계에서 나는 소기의 목표를 달성했기 때문에, 그 물건들이 가지고 있었을지도 모르는 실용성은 이미 배송 과정에서 증발하고 사라졌다. 내 작고 소중했던 잔고만 계속 피를 봤다.

좁은 자취방에 물건은 끝없이 들어왔지만, 자취를 마치며 방을 정리해 보니 남아 있는 것은 내 충동적인 소비 욕망, 그리고 먼지와 세월이 켜켜이 쌓인 예쁜 쓰레기들뿐이었다. 나는 그것들을 버리지 않고 테트리스 줄 맞추듯 본가 내 방에 겹쳐두었다. 그 수많은 물건 중에 원래의 쓰임대로 사용되는 물건은 거의 없었다.

우울증이 오면서 나는 소비를 통제할 힘을 잃었다. 되려 우울하니까 울적한 기분을 달래기 위해서 소비를 시도 때도 없이 했다. 머리 대신 몸으로 행한, 무의식에 가까운 소비였다.

대학원 다니던 시절, 동료 아무개에게 무시를 당한 후 입술에 피가 나도록 잔뜩 뜯은 날이면, 내 방에 향기가 나는 새 립밤이 책상 한자리를 차지했다. 며칠 쓰고 튼 입술이 나으면 립밤은 소비기한이 지날 때까지 뚜껑이 다시 열리는 일이 없었다. 또 우울 삽화[4]가 오래 지속되어서 도저히 침대에서 일어날 힘이 없을 때는 인터넷 쇼핑을 하며 이미 있는 베개를 두고 '마약 베개'라는 별명을 가진 푹신한 베개를 구매했다. 금융 치료는 진통제를 먹은 것처럼 일시적으로 내게 기쁨과 편안함을 선사했다.

머리는 몸이 충동적으로 저지른 돈 쓰기에 의미를 붙여보려고 애를 썼다. 그 기저에 있는 마음은 두 가지로 정리가 되었다. 첫 번째는 예쁘고 마음에 드는 물건을 소비하면서 나 자신의 자존감을 조금이라도 올리고 싶은 생각이요, 두 번째는 부모님의 돈을 뜯어먹고 살고 싶지 않다는 부채감이었다.

우울한 사람은 자신의 가치를 평가 절하하고는 하는데, 나도 그랬다. 그래서 이렇게 못난 내가 부모님에게 경제적으로 의존까지 하면 더 못나고 실패한 자식이 될 것이라는 생각이 들었다. 나이는 벌써 20대 중반이고, 다른 친구들은 돈을 벌기 시작하는 나이인데, 대학원 등록금을 받아 가며 살아가는

---

4 기분의 저하와 함께 전반적인 정신 및 행동의 변화가 나타나는 시기. 삽화(에피소드)라는 용어는 증상이 있는 시기와 증상이 없는 시기가 뚜렷하게 구분된다는 의미로, 자연적으로도 증상이 사라질 수 있다. 또한 우울 삽화 기간에는 우울한 상태가 대부분 매일, 온종일 지속되는데 이러한 특징은 정상과 병적인 상태를 구분하는 데 매우 중요하다. (출처: 네이버 백과)

내가 생활비만큼은 손을 벌리지 않고 싶었다. 그래야 집에서 내가 존재할 가치가 생긴다고 믿었다. 그렇게 나는 내 피 같은 잔고를 깎아 먹으며 계속 돈을 썼다.

이렇게 충동적으로 한 소비 중에 현명한 판단은 드물었다. 광고를 보고 무심코 내려받은 게임들에 몇 년씩 미쳐서 '현질'[5]을 하며 게임 서버 내에서 높은 순위를 지킨 적도 있었고, 말도 안 되는 수치를 광고에 버젓이 붙이며 다이어트를 쉽게 할 수 있다고 유혹하는 알약도 한 번에 여러 종류를 먹었던 시기도 있었다. 1차원적으로만 보였던 SNS 광고를 비웃다가, 막상 내가 그 광고에 현혹돼서 물건을 사는 모습을 보고 기업들이 왜 마케팅에 그렇게 많은 돈을 투자하는지 강제로 이해하게 되었다.

소비 요괴가 된 후부터 나는 타인에게도 돈을 많이 쓰기 시작했다. 오랜만에 만난 친구에게 밥을 쏘거나 내가 좋아하는 누군가를 닮은 캐릭터가 그려진 물건을 발견하면 당사자에게 선물하는 식이었다. 딱히 생일이나 특별한 날이 아니어도 그랬다. 물론 진실한 마음을 담은 소비였지만, 어찌 보면 선물을 빙자해 소비의 감칠맛을 계속 누리고자 하는 자기 합리화였을지도 모른다.

타인에게 선물하는 것 외에, 타인의 작품을 사는 일도 잦

---

5 온라인 게임의 아이템 혹은 기능을 얻기 위해 돈을 지불하는 행위.

앉다. 내 주변에 사진을 찍거나 책을 출판한 지인들이 많아서 사줄 물건이 끝이 없었다. 서울에서 열렸던 독립출판 중심의 북페어에 두어 번 갔었다. 계좌이체와 현금 결제만 가능했던 북페어는 내 잔고를 꽤나 위협했다. 카드 결제로 반칙을 쓸 수가 없었다. 그럼에도 나는 독립출판물을 낸 지인들과, 그들을 통해 새롭게 알게 된 이들의 책을 모조리 구매했다. 그들에게 힘내라고 사 온 빵은 덤이었다. 지인들과 새로 알게 된 작가들은 내게 매우 고마워했다. 가벼워진 잔고는 위태롭게 팔락거렸지만, 나는 북페어에서 돈을 쓰는 주체로서 나의 쓸모를 증명받은 것 같아서 기분이 좋았다. 나는 그들의 글뿐만 아니라 그들의 고마움과 신임을 산 것이다. 두 번 간 북페어 모두에서 내가 예상했던 것보다 더 큰 소비를 저지르고 돌아왔다.

나의 무지성한 소비의 최대 타깃이자 수혜자는 이전 애인 이었다. 소비를 거의 하지 않고 아주 검소한 소비 생활을 하던 그에게 주로 인형이나 먹을 것을 사다가 손에 쥐여줬다. 내 소비는 기념일에 발생하는 이벤트가 아니라 시시때때로, 생각날 때 터졌다. 내가 사고 싶은 고양이 인형이 있으면 애인 것도 주문해서 같이 가지는 식이었다. 애인은 인형을 별로 좋아하거나 인형이 가져다주는 기쁨에 공감하는 사람은 아니었다. 그렇지만 내가 선물이라며 내미는 말캉한 고양이들과 판다 인형을 그는 고분고분하게 받았다.

인형은 내가 그에게 표현할 수 있는 최대의 순수한 사랑이었다. 그를 만나기 시작한 시기는 내가 이미 우울증에 빠져 한창 허우적대고 있을 때였다. 그래서 우리의 연애는 사실상 그가 내 우울을 받아주고, 그가 내 보호자로서 역할을 하는 관계성을 띠었다(고 적어도 나는 생각한다). 대학원에서 만난 그는 나보다 학술적으로 아는 지식이 많았고, 교수님들이 시키는 일이 너무 많아서 일상을 버거워하면서도 매일 묵묵히 자기 할 일을 해치우는 성실한 사람이었다. 공부가 잘되지 않으면 울면서 쉽게 포기하고 그대로 망쳐버리는 나와는 딴판이었다. 나는 그의 똑똑한 머리를 구매해서 가져오고 싶을 만큼 그의 머리를 탐냈고, 부러워했고, 또 존경했다.

그는 곤란한 상황에 자주 빠지는 나에게 손을 자주 내밀었다. 내가 논문 작성하는 것을 어려워하거나 통계 프로그램을 할 줄 몰라서 논문 쓰기를 포기하겠다고 엎어져 있으면, 애인은 자신의 시간을 쪼개며 통계 코드를 직접 짜주거나 내게 과외식으로 공부를 봐줬다. (크리스마스 날에도 통계 공부를 하자며 카페로 부르던 그에게 왕창 짜증을 냈던 게 생각난다.)

반면에 나는 그의 성취나 대학원 생활을 위해서 실질적으로 도와줄 능력이 없었다. 서로 주고받는다는 뜻의 Give and Take(기브 앤 테이크)가 우리의 상황에서는 주는 이(애인) 그리고 받는 이(나)라는 의미로 재정의되었다. 나는 끝없이 받았고, 그는 끝없이 줬다. 이 격차로 인해 그에게는 부담감과 억하심정이, 나에게는 부채감이 나날이 쌓였다. 우리는 이 격차 때문에 종종 다투고, 화해하기를 반복했다.

내가 그에게 할 수 있는 최대한의 선물은 폭신폭신한 인형으로, 나의 응원과 사랑을 담아 그에게 가닿기를 바라는 것이었다. 그가 이런 응원을 좋아했든 안 했든, 나는 그에게 돈을 썼다는 사실로 마음속에 누적되는 부채감을 일시적으로나마 해소했다. 우울하고 정신적으로 썩어있어서 정서적인 방법으로 선물을 해줄 수 없는 내게 소비는 꽤나 편리하게 그에게 마음을 전달하는 방식이었다.

그렇게 나는 내 취향과 함께 나의 무능력함에 대한 심심한 사과를 그에게 선물해 왔다.

우울해지기 시작하면서 내 심장을 뛰게 한 소비의 의미는 무엇일까. 10원 단위까지 나눠서 더치페이를 요청하던 내가 어느 순간부터 타인에게 돈을 많이 쓰게 된 이유는 무엇이었을까. 소비를 마치면 나는 반드시 대가를 치러야 했다. 그다음 달 카드값이 날아오면 이전에 시원하게 긁은 내 카드가 내게 외치는 듯했다.

'너는 이 정도 소비를 감당할 경제력도 없으면서 왜 자꾸

돈을 쓰니?'

카드사가 보내온 청구서 편지를 받을 때면 항상 후회했다. 그럼에도 비슷한 상황이 생기면 나는 여지없이 미래를 생각하지 않고 카드를 먼저 내밀었다.

일종의 발악이었다. 우울증과 함께 자존감이 낮아지고, 대학원에서는 실제로 이렇다 할 성과가 나지 않아서 나는 타인에게서 자존감을 샀다. 그들의 열정과 애정이 담긴 작품들을 소비했다. 이것이 내가 사람들에게 마음과 돈을 쓰는 방법이었다. 거기서 오가는 좋은 마음들을(고마워! 잘 쓸게, 잘 먹을게, 등의 인사들) 자존감의 연료로 사용했다.

카드를 긁을 때마다 나는 속으로 외쳤다. 나는 대학원에서나 인간관계에서나 연인 관계에서도 쓸모가 없는 사람이지만, 그래도 밥 한 번쯤 사줄 수 있는 마지막 쓸모 하나는 남아 있다고. 반짝이를 사 모으던 까마귀는 물건에서 반짝임을 찾지 못하자, 다른 이들에게 돈을 쓰면서 어떻게든 반짝이는 자신의 자존감을 되찾으려고 한 것이다. 이 마음을 깨닫는 데까지 오랜 시간과 수백 번의 카드 긁기가 더 걸렸다.

대학원을 졸업하고 나서 회사에 다니던 시기에도 나는 소비를 멈추지 못했다. 여전히 우울과 '정상 감정(정상이라고 부르는 것이 맞을까 싶지만)' 사이를 오갔다. 그보다는 수중에 돈이 많아지게 되면서 좀 더 큰 것에도 돈을 쓰기 시작했다. 대학원 다니던 시기에는 큰돈을 한꺼번에 쓰는 것을 두려워해 '쫌쫌따리'로 썼지만, 회사원이 되고 나서는 180만 원짜리 비행기표도 툭툭 결제했다. 내가 듣고 싶었던 수업들에도 돈을 아끼지 않았다. 예쁜 쓰레기만 사던 사람이 오히려 큰돈을 가끔씩 씀으로써 어쩌다 한 번 유의미한 경험치를 살 수 있게 되었다.

두 번째 우울증을 맞이한 요즘도 나는 여전히 소비를 하고 있다. 조금 달라진 점이 있다면 잔고를 확인하지 않은 채로 남에게 무리하게 돈 쓰는 일을 멈췄다는 것이다. 내가 타인을 위해서 행하던 소비는 사실 나의 알량한 자존심과 자존감을 채우기 위한 구매였음을 이전에 깨달았기 때문이다.

요즘은 게임이나 쓰지 않을 파우치들에 돈 쓰는 일은 어느 정도 졸업하고 책을 많이 사고 있다. 특히나 서점 브랜드 두 곳에서 플래티넘 회원을 몇 년째 할 정도로 책을 집에 모셔 온다. 그나마 다행스러운 것은 산 책들 대부분 내가 읽기는 한다는 것이다. (작년에는 책을 100권 읽었다. 대부분 샀던 책들이다.) 물론 잘못 산 소비도 없지는 않다. 여전히 예쁜 쓰레기로 전락하는 불쌍한 물건들도 내 방에 고이 쌓여 있다. 그래도 실패한 소비의 횟수를 내 첫 우울증 때보다는 줄이기 위해 부단히 애를 쓰는 요즘이다.

수년간의 소비로 꽉 차버린 까마귀 둥지를 아주 천천히 청

소하고 있다. 내 안의 소비 요괴를 퇴마하는 마음으로 반짝이
를 하나씩 걷어낸다.

닫힌 문

"당장 나가라."

한규는 두 마디를 끝으로 내게 등을 보이면서 침대에 엎드렸다. 등판을 감싸는 민무늬 티셔츠는 너와 더 이상 할 이야기는 없노라고 이야기하는 듯했다. 우리의 대화는 그렇게 허무하게 끝났다. 아니, 애초에 한쪽은 윽박지르고, 다른 쪽은 눈물을 훔치며 가만히 침묵하는 모습을 대화라고 할 수 있을지 모르겠다.

한규는 내가 집에 들어오자마자 방에 오라고 하더니 아픈 말들을 연거푸 쏟아냈다. 내가 말을 할 수 있는 기회는 별로 없었다. 망한 대화가 끝난 기미가 보여 나는 천천히 몸을 일으켰다. 한규는 내가 울든, 나가든 신경 쓰지 않고 여전히 돌아보지 않았다. 나는 한규에게 일부러 들으라는 듯 문을 최대한 큰 소리로 닫았다. 닫힌 문을 벌건 눈으로 한참 노려봤다.

대학원 면접을 망친 그날 이후로, 나는 안방 문과 함께 한규와 나를 연결하던 마음의 문을 닫아버렸다.

내가 아주 자그마했을 적부터 나는 아빠 한규를 아주 무서운 사람으로 기억하고 있다. 어떤 일로 혼이 났는지는 잘 기억나지 않는다. 다만 또렷하게 회상할 수 있는 것은 똑같은 행동을 해도 내 친구들은 자신들의 부모님에게 혼나지 않는 반면, 나는 어김없이 벽을 마주한 채 손 들고 서 있어야 했다는 것이다. 나는 왜 나만 혼이 나는지 영문을 알 수가 없어 서러운 마음을 투둑투둑 떨어지는 눈물로 표현했고 한규는 "뚝 그치지 못해!"하며 또 혼을 냈다.

한규가 자식을 대할 때는 단호한 마침표 혹은 화를 내는 느낌표를 많이 쓰곤 했다. (가족 단톡방에서 대화를 할 때도 여전히 마침표를 꼭 붙인다.) 딸을 궁금해하며 말을 거는 살가운 물음표나, 자식의 서투른 행동을 기다려 주는 쉼표는 좀처럼 보기가 힘들었다.

회사에서도 자식들에게 그러는 것처럼 직원들을 엄하게 대하는지는 모르겠으나, 한규는 적어도 그가 쓰는 온점만큼 행동 또한 단호하고 책임감 있으려고 노력했다. 특히 그는 말을 번복하는 것을 꽹장히 싫어해서, 한 번 내뱉은 말은 지키려고 했다. 서른이 넘은 지금까지도 딸에게 통금을 걸 만큼 엄한 한규는 내가 학부생이었을 때 '고학년이 되면 자취를 시켜주겠다'고 넌지시 말한 말을 지켰다. 아빠를 지켜보는 딸의 입장에서 그는 참으로 올곧기는 했지만, 동시에 융통성이 없는 바윗덩어리 같았다.

물론 한규는 돌이 아닌 사람이었기에 매번 사납지는 않았다. 주변 어른들의 말에 의하면 한규는 내가 태어나고 나서 내 얼굴이 사라지도록 뽀뽀를 그렇게 많이 했다고 한다. 첫딸이 그렇게 귀했던 모양이다. 어렸을 때 그와 같이 페이스 페인팅을 하고서 같이 깔깔 웃으며 찍은 사진은 두고두고 찾아본다.

한규는 최대한 자주 휴가를 내서 시카고나 다른 도시들로 가족 여행을 다녔다. 미국에서는 야근이 거의 없는 회사에 다녀서 한규가 가족들에게 쏟을 에너지가 많이 남아 있었다. 내가 지금 아는 무뚝뚝하고 무서운 한규의 모습은 한국의 대기업에서 자리를 잡고, 매일 같이 새벽 2시에 퇴근하는 삶을 반복하고부터였다. 나도 회사에 다니며 비슷한 삶을 살아본 뒤, 지금의 까슬까슬한 성격이 된 것이 온전히 그의 탓은 아니라고 생각하게 되었다.

첫딸은 아빠를 닮는다고 하던데, 나는 생김새만 물려받고 직선 같은 성격은 물려받지 못했다. 관심사가 다채롭게 펼쳐져 있는 나는 지그재그와 같았다. 그게 내 ADHD 때문이었든 원래 기질이 그렇게 타고났든, 나는 한곳을 향해 가지 못하고 계속 방향을 바꿨다. 올곧고 똑똑해서 원하던 성취를 잘 이루어 냈던 한규의 눈에는 싫증을 잘 내고 변덕스러운 딸이 잘 이해가 가지 않은 모양이다. 그냥 꾸준히 좀 하면 되는데 그걸 하지 않는 내 모습이 게으름뱅이처럼 보였던 것 같다.

내가 중학교 졸업할 때까지는 일에만 몰두하던 한규는 내가 고등학생이 되면서 적극적으로 내 삶에 개입하기 시작했다.

고등학생이 된 어느 날이었다. 한규는 내 중간고사 성적이 적힌 꼬리표를 가지고 가더니, 프레젠테이션 파일로 성적을 정리해서 거실로 가족을 소환했다. 내가 1등급을 받으려면 얼마나 점수를 더 올려야 하는지 분석을 한 것이다. 공부 제발 열심히 좀 하라는 말도 빠뜨리지 않았다. 섬세하고 철두철미한 아빠의 행동이 내게는 압박감으로 다가왔다. 내 입장에서는 내가 어떻게 공부를 하고 있는지, 어느 학원을 다니며 얼마나 많은 숙제를 하고 있는지, 어떤 생각을 가지고 고등학교 생활을 보내고 있는지에 대해서 평소에 관심을 가지거나 물어보지 않다가, 칭찬 한마디 없이 시험 점수로 본인 필요한 말만 하는, 스스로에게만 효율적인 소통 방식이 미웠다.

한규가 주로 하는 말들의 주제는 그가 옳다고 생각하는 삶이었다. 한규는 내가 딴 길로 새는 것을 막으며 직선으로 걷게 했다. 반수를 준비할 때는, "늦게 졸업해서 좋을 게 없으니 휴학하지 말고 준비해라."라며 제동을 걸었고, 교환학생으로 미국에 가고 싶어서 말을 꺼내는 내게, "교환학생 경력은 요즘 회사에서 안 쳐준다. 너는 외국 생활을 안 해본 것도 아닌데 한 학기씩이나 써가며 꼭 교환학생을 가야겠냐?"라며 말렸다. 설득에 실패하자 나는 부모님 몰래 교환학생을 신청하고 학교만 고르면 되는 단계까지 이르고는 또 한 번 설득에 실패해서 결국 교환학생을 포기했다.

나는 지그재그로 걸을 수 없게 된 것에 매우 불만이 많았음에도 결국에는 한규의 말을 거스르지 못했다. 나는 그의 논리적인 말을 한 번도 제대로 꺾어보지 못했고, 그 때문에 그의 앞에 서면 기가 죽었다. 한편 한규의 기준에 맞는 완벽한 인재가 되어서 내 삶을 온전히 책임지게 되면 그가 더 이상 내 삶에 참견하지 않을 것 같았다. 페이스페인팅을 같이 하던 아빠는 어느새 두렵고, 밉고, 언젠가 넘어야 할 산 같은 아빠가 되었다.

한규의 눈에 차는 딸이 되려면 전형적인 엘리트가 되어야 할 것이라 생각했다. 좋은 대학에서 높은 학점을 받고, 이후에 더 좋은 대학원에 간 후 모두가 우러러볼 만한 직업을 가지면 한규가 '드디어 해냈구나, 하산하도록 해라'라고 말할 것만 같았다. 실은 한규가 원하는 나의 모습이 어떤 것인지 제대로 대화를 나눠본 적이 없었다. 보통 우리 부녀의 대화는 아버지의 일방적인 '그러니까 제대로 좀 해봐라.'라는 소리로 끝났기 때문이다. 나는 한규가 나의 삶에 개입하지 않고 내가 하는 대로 내버려 둘 것 같은 최고의 엘리트적인 모습을 이상향으로 잡고, 머리 꼭대기까지 올라가 있는 '엘리트'의 조건들을 내면화했다.

구구절절한 말을 다 제치고 결국 내가 원했던 것은 한규의 인정이었다. 한규가 자랑스러워하고, 첨언을 하지 않고 내버려 둬도 알아서 잘하는 딸이 되는 것이 나의 최종 목표였다. 대학에 들어가서는 다양한 대외활동과 동아리를 하며 열심히 지그재그로 쏘다녔다. 물론 이런 활동들은 주로 내 눈에 흥미로워서 포기하지 않을 것 같은 것들 중심으로 주워 담은 것이었다(나는 ADHD인답게, 지루한 활동이나 공부는 절대로 손대지 않는 고약한 버릇이 있었다). 동시에 미래에 스펙이 될 것 같은 성취 중심의 활동들로 채웠다. 열심히 바쁜 대학생 생활을 하면 하나쯤은 다음 인생 단계에 큰 도움이 되겠지, 하나는 얻어걸리겠지 하는 심정이었다.

한규는 밤늦게까지 이어지는 활동들을 마음에 들어 하지 않았다. 내가 활동을 늘릴수록, 그는 집에 일찍 좀 오라며 계속 엄포를 났다. 나는 적당히 눈치를 보며 계속 통금 시간을 넘어서 들어갔다. 우리 사이에 불통으로 인한 감정의 벽은 계속 높아졌다.

나는 어릴 때부터 대학원을 당연히 가야 한다고 생각해 왔다. 이유는 가족들이 다 대학원을 나왔기 때문이었다. 어린 시절 나는 박사가 된 한규와 석사를 마친 지영을 보면서 박사 과정까지 모두 의무교육이라고 착각했다. '엄마가 왜 공부를

66

하다 말았지?'가 나의 주요한 의문이었다. 그래서 고등학교 시절에도, 대학을 다니면서도 나를 포함한 모두가 내가 당연하게 대학원을 갈 것이라고 생각했다. 문제는 내가 왜 대학원을 가야 하는지 생각을 해보지 않았다는 것이다. 그저 한규의 발자취를 그대로 따라가 박사 학위를 받으면 내 삶이 알아서 풀려 있을 것이라 어렴풋하게 추측했다.

4학년이 되면서 삶의 방향성을 잃기 시작했다. 졸업이 임박한 시점에서 온갖 물음표들이 내 머리에서 떠나지를 않았다. 졸업하고 나서 대학원을 바로 가는 것이 맞을까? 혹시 취업을 먼저 하는 방향이 더 맞지 않을까? 취업을 해서 대학원 학비를 내가 스스로 벌어서 대학원을 갈까? 어떤 방향으로 나아가야 부모님이 인정하는 삶을 살 수 있을까? 나는 제대로 살고 있는가? 밤이 되고 새벽별이 뜨도록 나는 답이 없는 질문들에 머리를 싸맸다. 부모님은 반수할 때와 마찬가지로 끝까지 휴학을 반대했기 때문에 대학생의 유효기간이 얼마 남지 않았다.

할 수 있는 것부터 해보자는 마음으로 뜬금없이 취업 준비를 시작했다. 급하게 먹으면 체한다고, 취업 준비는 완벽하게 실패했다. 대학 들어와서 반수 실패 이후로 가장 큰 실패였다. 한규는 쏘아붙였다.

"그러게, 대학원에 간다는 애가 왜 갑자기 계획에도 없는 취업 준비를 하니?"

날카로운 칼날을 삼킨 듯 목이 아려왔다. 말을 하고 싶었다. 어떻게 해야 부모님에게 인정을 받는 방향으로 갈 수 있을지 정답을 묻고 싶었다. 혼자서 찾기에는 너무 벅찼다. 돌을 삼킨 듯 목이 메어와 목소리가 나오지 않았다. 나는 다시 혼이 날까 봐 입을 열지 못했다.

취업 준비를 포기하고 막학기를 맞이한 나는 먼 길을 돌아서 대학원으로 돌아왔다. 유치원부터 대학까지 항상 어느 곳의 학생이었던 나는 졸업 후에 무소속인 백수가 되는 것이 두려웠다. 차라리 대학원으로 도망치면 앞으로 내 인생에 대해 고민할 시간을 조금 더 벌 수 있으리라 생각했다. 국내 대학원 세 군데, 호주 대학원 한 군데를 지원했다. 뜬금없이 내 지원 리스트에 끼어든 호주 대학원은 온 가족이 호주 유학/이민 박람회를 간 후 한규가 내게 지원을 권하면서 들어가게 되었다. 호주 대학원은 유학원의 도움으로 서류와 영어 시험 점수를 냈더니 면접 과정 없이 합격했다. 국내 대학원들만 남아 있었다.

한규는 대학원 입시 시기에 자취를 하고 있던 나에게 여러 차례 전화를 해왔다.

"대학원 지원하기 전에 그 학교에서 지도교수 삼을 만한 연구를 하는 교수님이 있는지 알아봐라."

"미리 메일 보내서 인사를 드리면 좋을 거야."

"학교마다 연구 분야나 분위기가 다 다르니까 잘 조사해 봐. 너랑 안 맞을 수도 있어."

"면접 준비는 최선을 다해라."

평소에는 전화를 해도 지영만 찾는 한규였기 때문에, 지금 돌이켜 생각해 보면 딸에게 나름 신경을 써주는 그만의 방식이었던 것 같다. 그렇지만 당시의 나는 가시가 돋아 있어서 한규의 모든 말들이 싫은 소리로만 들렸다. 그의 모든 잔소리는 고등학교 중간고사 성적을 분석한 프레젠테이션처럼, 모든 준비 과정을 완벽하고 잘 준비하라는 압박으로 들렸다. 나의 있는 그대로를 믿지 못해서 발 벗고 나서는 건지 의심도 들었다.

나는 그의 말을 한 귀로 흘려들었다. 대학원 입시 자체도 부담이었지만, 그 외에도 신경 쓸 게 산더미와 같이 쌓여 있었다. 나는 복수 전공을 조금 늦게 택하는 바람에, 막학기가 되어서도 학점을 꽉 채우고 큰 팀 프로젝트들을 동반한 수업을 병행하고 있었다(학생들은 막학기에 취업 준비나 다른 미래 준비를 위해 학점을 여유롭게 배치해 수업을 듣는 경우가 많았다). 앞으로의 인생에 대한 고민은 대학원 지원서를 쓰던 날까지도 정리가 되지 않았다. 휴식다운 휴식을 한 번도 취하지 못하고 계속 앞으로만 나아가다 보니 번아웃도 한꺼번에

왔다.

그의 말대로 '잘' 준비할 자신이 없었다. 그냥 뭐라도 해내면 감사한, 영혼이 없는 빈 껍데기 상태였다. 나는 한규가 전화를 한 시간씩 할 때면, 넋이 반쯤 나가 있는 채로 그의 말 중에 이해가 되는 내용만 겨우 주워 담았다.

내 모교였던 A대학은 합격했고, 가장 가고 싶었던 곳이자 한규와 지영의 모교였던 B대학은 불합격했다. 어느 정도 예상한 수순이었다. 특히 A대학 면접을 봐주던 교수님들과 나는 이미 수업과 과 행사로 잘 알고 지내는 사이였다. 교수님들은 내가 면접장에 들어서자마자 '왔구나,' 하는 온화한 미소로 나를 반겼다. 그때 이미 합격을 예상했다.

B대학은 A대학과 달리 모집 인원이 확실하게 정해져 있었다. 게다가 면접 당시, 내가 자기소개를 하는 동안 B대학의 교수님들은 잡담을 하고 있었다. 내 말을 전혀 들을 생각을 하지 않는 듯했다. 애초에 뽑을 생각이 없는 학생으로 분류되었다고 나는 직감했다. 나는 순간 기분이 나빠져서 그분들이 싫어할 만한 대답을 골라 하고 면접장을 열받은 채로 나왔다. 면접장에서도 존중받지 못하면 합격을 해도 어떤 분위기일지 훤히 보였다. 최종 결과에 이변은 없었다.

그럼에도 B대학을 가기 위해 가장 열심히 준비를 했었고, 대학 입시, 반수, 그리고 대학원 입시 총 세 번을 도전하고 실패했기에 꽤 낙담했다. 그러는 와중에 B대학의 다른 학과 대학원을 준비하던 과 동기 둘은 우리 셋이 있는 단톡방에서 최종 합격 소식을 알렸다. 분야가 달라서 크게 신경 쓰지 않을 거라고 생각했던 것과 달리 속이 많이 쓰렸다. 그들에게 밀리지 않는다는 것을 보여주기 위해 나는 호주 대학원 합격증을 단톡방에 올렸다. 화하게 아픈 속쓰림은 합격증을 날리고 화장실을 다녀와도 쉬이 가시지 않았다.

C대학은 다른 학교보다 한 달이나 늦게 입시를 진행했다. C대학 면접을 보러 가는 주에 B대학의 불합격 소식과 동기들의 합격 소식을 알게 된 터였다. 번아웃을 해소하지도 못한 데다 B대학 결과에 마지막 기운까지 빠져버렸다. C대학은 내 모교인 A대학, 부모님의 모교였던 B대학과 달리 아무런 연고도 애정도 없었다. 구색 맞추기에 가까운 마음으로 C대학을 지원했다.

몇 달에 걸쳐 대학원을 지원하고 면접을 보면서도, 나는 가방끈이 긴 우리 가족의 발자취를 따라가고 한규에게 인정받는 것 이상의 지원 동기를 찾아내지 못했다. 한규가 말했던 대학원 준비 방법을 단 한 개도 실천하지 못했다. C대학 면접 전날, 내게 준비된 내용은 아무것도 없었다.

'어차피 A대학이 되었는데, C대학 면접은 아예 가지 말아?'

스멀스멀 딴청을 피우고 싶은 마음이 연기처럼 푸스스하

며 올라왔다. 침대에 찰싹 붙어서 멍하니 휴대폰을 보는데 지영에게 전화가 왔다.

"면접을 왠지 안 갈 것 같아서 연락했다. 떨어지더라도 면접은 꼭 가라."

"제가 알아서 할게요……."

내 마음을 훤히 들여다본 지영의 말이 내 가슴팍을 쿡 찔렀지만, 이미 지쳐버린 나는 달리 반박이나 해명을 하지 못하고 그대로 전화를 끊었다. 나는 또다시 엄마의 말을 거역하지 못하고 면접장에 겨우 도착했다.

"정인 씨는 우리 과에 관심이 없군요?"

C대학 면접 결과는 면접관의 이 한마디로 정리됐다. 나는 은퇴를 한지 몇 년 지난 명예교수의 성함을 대며 그의 연구에 관심이 있다는 헛소리를 했다. 재직 중인 교수님들을 찾아보지 않고 전에 읽었던 책에서 소개된 명예교수의 이력만 보고 대답을 했다가 학교 조사를 하지 않은 밑바닥을 초장부터 들켜버렸다. 이후 질문들에도 헛발질을 연달아 했다. 하필 면접 순서도 1번이라 교수님들은 내 이야기에 아주 적극적으로 호응할 에너지가 있었다. 엉망진창의 대답을 하자 그분들의 표정은 실시간으로 점점 시들어 갔다. 한 교수님은 면접 말미에 별안간 면접장을 나가버렸다. 잠시 후에 그가 돌아왔다.

"이쯤 하죠? 더 물어볼 것도 없겠는데."

그는 손을 휘휘 저으며 다른 교수님들에게 그만 마무리하자는 뉘앙스를 내비쳤다. 나는 황급하게 꾸벅 인사를 하고는 줄행랑치듯이 면접장을 도망쳐 나왔다. 뒤를 돌아보지 않고 면접장 건물을, 학교 대로변을, 정문을 가로질러 나왔다. 온기가 차오른 눈과 코와 목이 찰랑, 흘러넘치지 않게 눈과 코에 힘을 잔뜩 줘야 했다.

집에 도착하자마자 지영에게 울면서 면접을 망쳤다고 전화했다. 지영은 동요하지 않고 단호했다. 당장 본가로 돌아오라고 했다. 내 발로 꼬아버린 내 인생을 어떻게 해명할 수 있을까 걱정이 됐다. 면접을 망친 것은 분명한 내 잘못이었다. 그런데도 왠지 모를 억울함이 턱 끝까지 차올라 넘치기 직전이었다. '면접 준비를 열심히 안 해서 망쳤다'는 말은 최근에 온 번아웃과 내 인생에 걸쳐 쌓여 있던 인정 욕구를 너무 쉽게 요약하는 한마디였다.

그저 잘난 딸이 되고 싶었을 뿐이었다. 이끌지 않아도, 알아서 잘 사는 딸이 되어 한규에게 자랑을 하고 싶었다. 어디선가 일이 꼬이기 시작하더니 면접 때 수습할 수 없을 정도로 꼬인 매듭들이 촤르르 쏟아져 나왔다. 결국 아빠의 발끝을 따라가기 위해서 아득바득 살다가 가랑이가 찢어졌다. 너덜너덜해진 내 가랑이가 더럽게 아팠고, 아파서 분했다. 찢긴 게 모조리 내 탓이라고? 아니라고 하고 싶었다.

도착한 본가의 닫힌 문은 유독 서늘해 보였다. 문 앞에서 긴 침묵을 유지하며 문을 열지 말지 고민했다. 들어가면 어떤 그림이 펼쳐질지 눈앞에 뻔히 보여서 들어가기가 두려웠다. 한참을 문 앞에서 서성인 후에서야 비밀번호를 누를 용기가 생겼다.

굳은 표정의 지영은 말없이 안방을 가리켰다. 한규가 할 말이 많고, 좋은 말은 아닐 것이라는 신호였다. 나는 가슴팍을 두드리는 심장을 부여잡고 방으로 들어왔다. 한규는 등판만 내게 보여준 채 엎드려 있었다. 그는 이내 몸을 돌려세워 나와 눈을 마주쳤다. 얼굴에는 벌건 홍조가 피어 있었다. 피로에 절여져 핏줄이 선 눈이 나를 위아래로 훑었다. 한규는 기분이 저기압이면 얼굴 전체의 채도가 진해지곤 했다. 지금 이 모습은 필시 적신호였다.

"너는 태도가 왜 그러냐?"

침묵도 잠시, 한규는 곧바로 입을 열어 활화산과 같은 분노를 마구 쏟아냈다. 어린 시절에 혼났을 때 들었던 내용과 다른 것은 없었다. 꾸준하지 못해서, 내가 취업 준비를 했다가 대학원을 준비했다가 변덕을 부리면서 아무것도 제대로 마무리하지 못해서, 버젓이 온 기회를 활용할 생각은 하지 못하고 내 발로 차버려서… 분노의 마그마는 나를 향해 곧은 방향으로 분출되기 시작했다.

나는 몸을 타고 목에서 뜨거운 덩어리가 올라오는 것을 느꼈다. 덩어리를 삼키기 위해 계속 침을 꼴깍 넘기고 목에 신경을 곤두세웠지만 중력을 거스르고 울음덩어리가 터져 나왔다. 나는 젖은 눈으로 한규를 노려봤다.

"제가 지금까지 얼마나 지쳤는지 아빠는 모르시잖아요."

성인이 되어서 처음으로 한규 앞에서 보인, 한 서린 눈물이었다. 반항보다는 일종의 호소였다. 내가 그의 기준에, 내 이상향에 맞춰 살기 위해 얼마나 위태롭게 살았는지 알아달라는 응축된 행동이었다. 한규는 미동이 없었다.

"너, 나와 지금 얘기할 준비가 안 된 것 같다."

내 눈물을 본 한규는 나를 한 번 쓱 보고 다시 뒤돌았다.

"당장 나가라."

나는 그날 이후로 한규와 그 어떤 대화도 하지 않겠다고 다짐했다.

***

아, 의외로 면접을 죽 쑨 C대학은 합격했다. 온갖 추태를 부리고 나온 면접장이라 사람들에게 C대학을 떨어졌다고 이야기하고 다녔다. 혹시나 하는 마음에 확인한 결과는 반전이었다. 나는 그때 면접 본 교수님들이 본인들 곁에 두고 직접 돌팔매질을 하기 위해 나를 뽑았다고 확신했다.

호주 대학원은 타의적으로 가지 않기로 했다. 학비가 생각보다 비쌌고, 외국인에게 주는 장학금은 한정적이었다. 내가 호주에서 지내려면 아르바이트를 하면서 팍팍하게 지내야 했다. 한규도 지영도 호주 대학원은 미국 대학원보다 학계에서 덜 인정을 받는다면서, 호주 대학원을 나온 교수를 채용한 대학은 우리나라에 없을 거라고 말했다. 나는 기껏 호주 대학원을 써보라고 말한 장본인들이 합격하고 나서야 반대하는 것이 이해가 되지 않았다. 그러나 학비를 지원해 줄 사람들이 반대를 한 것이기에 내가 얹을 수 있는 말은 별로 없었다.

나는 몇 번의 고민 끝에 모교 대신 C대학을 선택했다. 그 학교의 명성이나 순위가 모교보다 조금 더 높았다. 수능을 봤을 때는 떨어졌던 대학을 대학원 입시 때는 입학할 기회를 얻게 된 것이다. 나는 그 학교를 마다할 이유가 없었다. 이미 교수님들에게 찍혔을지도 모르지만, 후폭풍은 대학원을 입학하고 나서 생각해 보기로 했다. 한규는 합격 소식에 별다른 첨언을 하지 않았다. 잘 되었다, 고생했다 등의 말은 더욱 없었다. 한규가 폭발한 날 이후 안 그래도 데면데면했던 우리 사이는 더 멀어졌다.

한규와 나 사이를 연결하던 마음의 문은 몇 년이 지나서야 조금씩 열릴 기미가 생기기 시작했다. 우리는 그사이에 나이를 더 먹었고, 나는 우울증 약을 먹기 시작했다. 대기업에 다니던 한규는 조금씩 작은 회사로 직장을 옮기며 퇴사와 쉼, 그리고 입사를 반복했다. 그 또한 직선이 아닌 구불구불한 길을 걷기 시작하면서 인생관이 조금씩 변하는 것이 눈에 보였다. 설거지부터 해서 집안일을 조금씩 맡기 시작했다. 우리에게 이래라저래라 말하는 잔소리의 횟수도 확연하게 줄어들었다. 일만 좇고 앞만 보던 한규가 드디어 가족들 쪽으로 고개를 돌릴 여유가 생긴 듯했다.

내가 퇴사한 주에 한규는 대뜸 뷔페에 가자고 가족들에게 통보했다. 동생이나 내 일정을 묻지 않고 일방적으로 식당으로 끌고 간 것이 마음에 들지 않았던 나는 밥을 먹는 내내 뾰로통한 표정으로 수저를 들었다. 식당을 나서고 지영과 나는 잠시 근처를 산책하다 근처 빵집을 들렀다. 나는 기다렸다는 듯이 지영에게 불만을 토로했다. 지영은 말했다.

"그래도 네가 첫 회사를 다니다 퇴사했는데, 기분이 싱숭생숭할 것 같다고 아빠가 밥이라도 같이 먹자고 한 거야."

나는 짜증을 낸 게 머쓱해져서 뚱한 표정으로 가만히 앉아있었다. 한규는 서투른 솜씨로 딸과 소통을 시도하고 있었다. 흐르는 물과 같은 시간이 우리 맘속에 자리한 뾰족한 돌덩이들을 조금은 마모시켜서, 서로 살갗에 닿아도 아프지는 않을 정도로 만든 것 같았다.

식사를 하고 몇 달 후, 한규가 집에 서류를 두고 와 심부름하러 간 날이었다. 한규는 온 김에 밥이라도 먹고 가라며 샐러드 집으로 나를 이끌었다. 단둘이 밖에서 밥을 먹기는 처음이었다. 매우 길고 어색한 침묵 속에서 우리는 마주 앉아 물만 거듭 마셨다. 내가 침묵을 깼다.

"최근에 글을 쓰기 시작했어요. 글이 제게 해방감을 줘서 저는 매우 만족해요. 책을 준비해서 내려고 해요."

최대한 간결하게 말을 끝마쳤다. 왠지 그날만큼은 나의 진심을 전하고 싶었고, 기회는 이때뿐이라고 생각했다. 겨우 한 문장을 끝마치는 데에도 눈물샘에 얼기설기 엉겨 붙은 감정들이 아지랑이처럼 피어올랐다. 나는 슬쩍 한규의 눈치를 살폈다. 그가 어떤 반응을 보일지 전혀 예상이 가지 않았다. 이정도의 진심조차 내가 면접을 망친 날 이후로 꺼내 보인 적이 없었다. 한규의 대답은 기어이 눈물샘이 터지게 만들었다.

"그러냐. 아빠는 네가 좋아하는 일을 한다니까 기분이 좋다."

우울증을 한창 앓고 있을 때 아무것도 하지 않는 내 모습이 가장 불안해 보였다고 했다. 그는 내 표현력이 좋아서 어렸을 때는 미술을 시켜보고 싶기도 했다고 말했다. 그 연장선과 같은 글쓰기를 하다니, 자신이 행복해지는 일을 적극적으로 도와주겠다는 의외의 말까지, 내가 알던 한규와 대화를 하고 있는 게 맞는지 의심이 되는 말들이 이어졌다.

그와 내가 단절해 있는 동안 오랜 시간이 지났다. 그 시간 동안 우리는 변했고, 한규와 나 사이를 가로막던 문도 시간의 풍파에 마모되어 조금은 열기 쉬워졌으리라. 한규는 서투르게 영역 표시를 하며 지그재그로 쏘다니는 딸을 아주 천천히 받아들이기 시작했다. 그것은 나 또한 마찬가지였다.

아빠와의 문은 분명히 꽉 닫혔지만, 다시 틈새를 보여줬다.

우리는 싱싱한 야채를 한 포크씩 나눠 먹으며 다시 침묵을 지켰다. 그날의 샐러드는 유독 달콤하고 아삭했다.

II. 우울학과를 전공했습니다

대학원생은 아이돌 연습생과 같아서

과마다 학교마다 차이가 있겠지만, 나는 내가 겪은 대학원 생활이 아이돌 연습생 생활과 닮았다고 주장하고 다닌다. 여기에는 몇 가지 근거가 있었다.

우선 대학원생과 연습생은 학생도 직장인도 아닌 애매한 신분을 유지하며, 같은 또래 사람들이 보통 경험하는 사회생활과는 확연하게 차이 나는 삶을 산다. 신분과 소속이 있는 듯 없는 생활을 기약 없이 몇 년씩 하게 되면 사람은 불안해지기 마련이다. 그래서 많은 대학원생들은 자신이 졸업할 수는 있을지, 대학원에 잘못 온 것은 아닌지 계속 불안해하며 학교에 다닌다.

둘째로, 대학원생과 연습생은 같은 처지에 있는 사람들과만 교류하며 서로밖에 볼 수 없는 고립된 생활을 유지하는 경우가 많다. 게다가 대학원과 연습실은 치열한 경쟁의 장이며, 서로가 친구이자 밟고 가야 하는 경쟁 상대다. 이런 고립된 환경 속에서 서로에 대한 뒷말이 많이 나올 수밖에 없다. 애초에 서로를 눌러야 자신이 사는 구조 속에 있기 때문이다.

대학원생과 연습생을 평가하는 척도는 굉장히 명확한 편이다. 노래, 비주얼, 춤, 연기, 끼 등 연습생을 A급부터 F급까지 점수를 매기는 아이돌 연습생 서바이벌 프로그램도 있을 정도다. 대학원생의 경우에도 마찬가지다. 논문을 몇 편 등재했는지, 학술 발표를 얼마나 많이 했는지, 어떤 피드백을 받았는지, 통계 등의 분석 프로그램을 얼마나 잘 활용하는지 등 그 기준은 다섯 손가락에 꼽을 만큼 뚜렷하게 윤곽이 잡힌다.

이런 환경에서는 건강한 체력도 중요하지만, 무엇보다 주변 환경에 휩쓸리지 않도록 마음을 단단히 잡아야 덜 괴로울 수 있다. 나는 그 필요성을 이미 늦어버렸을 때 알았다.

***

"정인 씨는 현재 우울증 중증 상태입니다. 병원에 당장 가보셔야 하는 정도네요."

대학원 2년 차에 들어서는 1월이었다. 교내 심리 상담 센터를 얼떨결에 방문했다. 친했던 친구가 내가 당시에 느끼고 있던 침울한 감정을 유심히 듣더니 자신도 학교 심리 상담 센터를 가봤는데 좋았다며, 내가 다니는 학교에서 검사를 받아보라고 밀어붙인 덕이었다. 떠밀리다시피 가보기는 했지만, 이렇다 할 만한 결과는 없을 거라고 확신했다. 심리 상담과 나의 거리는 지구와 안드로메다 정도로 멀다고 생각했다. 나는 큰 기대를 품지 않고 약간은 귀찮아하는 마음으로 센터 직원들이 시키는 몇 가지 검사를 받았다.

그리고 그다음 주 내게 날아온 결과는 우울증. 그것도 중증 우울증이었다. 예상을 벗어나도 한참 벗어났다. 모든 게 너무 얼떨떨해서 그저 눈을 껌뻑껌뻑하며 직원을 멍청히 바라볼 뿐이었다.

나는 이 당시 수도꼭지 그 자체였다. 연구가 잘되지 않아서 울었고, 숙제로 읽는 논문이 너무 어려워서 울었다. 울 이유가 딱히 없어도 샤워를 하다가 드라마 한 장면을 따라 하듯이 갑자기 눈물을 쏟기 일쑤였다. 세상에 나만큼 멍청하고 게으르고 쓸모도 없는 대학원생은 나뿐일 거라고 악을 쓰며 또 즙을 짜냈다. 나는 사주에 물이 없는 사람이라던데, 하도 소금물을 쏟아내서 눈가가 매일 따가웠다.

"그렇게 이유 없이 우는 게 바로 우울증 증상 중 하나예요."

상담 직원이 그렇게 짚어주고 나서야 내 안이 뭔가 고장났다는 관점으로 스스로를 바라볼 수 있었다. 그전까지는 내가 게으르고 무능해서 일과 과제를 망쳐놓고 일단 울면서 책임을 회피한다고 생각했었다.

물론 처음부터 시도 때도 없이 눈물을 짜내는 사람은 아니었다.

새로운 학교에서 길을 찾는 샛노란 병아리 같았던 내게, 낯선 곳이 주는 분위기는 처음 맡아본 꽃향기처럼 신선했다. 마침 개나리가 피기 시작하는 봄의 새 학기였다. 이곳에서 나는 소위 '인싸'로 통했다. 우리 과 대학원생들이 모여 있는 단체 톡방에서 내가 제일 많은 말풍선을 날리며 깔깔 웃었다. 웬만한 밥자리와 술자리에는 꼬박꼬박 참석했고, 최대한 많은 사람들에게 나의 존재를 알리기 위해 애썼다. 사람이 좋았다. 그런 내게 새로운 공간에서 새로운 얼굴들을 마주하는 것은 좋은 의미로 자극적이었다.

매주 목요일에서 금요일 넘어가는 자정까지 쪽글을 제출해야 하는 수업을 들었던 첫 학기가 기억에 남는다. 그 수업을 듣던 나와 선배들, 동기들은 꼭 미리 글을 써내지 못하고 목요일 11시 59분까지 논문과 글을 붙들고 끙끙 앓았다. 나를 포함해 학교 근처에서 자취하던 사람들은 목요일 밤마다 연구실에서 쪽글을 썼다. 우리는 헛소리라도 써내면 다행이라는 마음으로 키보드를 뚱땅뚱땅 치고 쪽글을 얼렁뚱땅 냈다. 마감을 마치면 묵은 때를 벗겨낸 듯 개운했다. 자취생들 집에 돌아가면서 놀러 가고, 남은 밤을 야식과 수다로 불태웠다.

우리는 현학적인 이론부터 유쾌한 일화들까지 온갖 주제를 대화의 장에 꺼내며 밤을 지새웠다. 그러고 나면 보통 새벽 4시쯤에 배부르고 졸린 상태로 헤어졌다. 피곤한 와중에도 나는 밤새 먹은 야식이 살로 가서는 안 된다며 나를 시원하게 감싸는 새벽 공기를 뿌리치고 24시간 운영하는 헬스장으로 향했다. 다음 날 오후, 나는 쪽글을 낸 수업에 피로한

방울이 섞이지 않은 멀쩡한 얼굴로 어김없이 나타났다. 대학원 사람들은 젊음이 좋다며 혀를 내둘렀다(내가 입학했을 때학년도 나이도 막내였다).

"역시 우리의 체력왕이네. 또 운동하고 왔어?"

"네, 새벽 4시 반쯤 가니까 아무도 없고 좋던데요?"

그 수업을 통해 내 별명은 '체력왕'이 되었다. 나는 사람들이 주는 관심을 대놓고 즐겼다. 재밌는 시간들이었다.

여대를 다니다가 공학으로 처음 왔을 때 눈에 띄던 문화적 차이도 즐거웠다. 학교마다 다르겠지만, 나를 포함해 여대를 다니던 친구들은 대부분 자기 학교가 개인주의적인 분위기였다고 입 모아 이야기했다. 우리 학교의 가장 대표적인 건물 지하에는 원탁이 여러 개 있었다. 그곳에 같이 앉아 있는 사람들의 8할은 서로 모르는 사이였다. 모르는 사람들끼리 앉아서 누구는 도시락을 까먹고 누구는 노트북을 켜놓고 과제를 하고, 또 누구는 휴대폰을 만지작대는 일상을 보냈다. 그 건물 안쪽에는 아무런 쓸모가 없는 계단이 있었는데, 그곳에서도 학생들은(주로 혼자) 공강 시간을 때우며 '잉여'처럼 지내서 그 계단의 별명은 '잉계(잉여계단)'였다.

반면 우리 과 대학원의 분위기는 고등학교의 '야자(야간자율학습시간)'와 비슷했다. 우리는 아침에 꼬박꼬박 연구실로 출근했고, 11시 50분쯤 되면 떼를 지어 우르르 밥을 먹으러 갔다. 커피까지 야무지게 쪼옥 빨고 나면 1시 반 정도 되었다. 수업 들을 사람들은 수업을 가고 공부하는 사람들은 자기 책상에 남아 있었다. 보통 5시 정도면 모든 수업이 끝났다. 수업을 듣던 동료들이 돌아오면 우리는 저녁으로 뭐 시킬지 고민을 했다. 밥을 단체로 먹고 나면 갈 사람은 퇴근하고, 밤까지 남아서 공부하는 사람들은 새벽에서야 집으로 향했다.

서로를 신경 쓰지 않고 제각기 인생을 열심히 살아가던 여대와 달리 대학원 연구실에서는 서로의 존재감을 팍팍 느끼며 지냈다. 무슨 말이냐면, 서로를 열렬하게 신경 썼다는 것이다. 대화의 주제도 대학원 사람들에게 일어난 일이나 대학원 사람들 자체였다. 다들 주말을 포함해 하루 종일 연구실에 나와 있으니 어쩌면 당연한 수순이었다. 바라볼 상대가 서로밖에 없었던 고등학교 시절처럼 우리가 공통적으로 나눌 만한 이야기는 서로에게서 나왔다. 대학원 생활을 시작하고 내 인간관계는 폭이 아주 좁아지고 농도가 진해졌다.

하루하루 쌓이는 경험들은 내가 대학 시절 겪었던 분위기와 완전히 달라서 낯설었다. 나는 눈을 반짝반짝 빛내며 학교에 다녔다.

그러나 앞서 언급했듯이, 우리는 아이돌 연습생과 같은 생활을 하고 있었다. 대학원은 실로 치열하게 공부하고 연구해야 하는 곳이었고, 즐거움만 있지 않았다. 새로운 인간관계와 내 친화력은 연구 성과와는 무관한 영역이었다.

학부 시절에 친하게 지내던 교수님께서 언젠가 말씀해 주시길, 대학원은 단순히 공부만 하러 가는 곳이 아니고 공부라는 도구로 일을 하는 곳이라고 했다. 여러 가지 역량으로 회사 업무를 해내는 것처럼, 여기는 연구라는 역량이 필요했다. 대학생처럼 강의를 들으며 새로운 학문을 배우는 입장인 것이 아니라, 그 학문으로 연구를 생산하는 능력이 있어야 대학원 생활에 잘 적응할 수 있었다.

학기가 지나면서 나는 대학원의 다른 모습도 조금씩 관찰할 수 있었다. 대표적으로, 대학원생들은 암묵적으로 서로를 자신과 비교하고, '잘하는 순위'를 매겼다. 아무도 입 밖으로 순위를 내뱉지는 않았지만, 공공연하게 동의하는 순위가 존재했다. 모 선배는 통계와 데이터를 활용하는 프로그램을 잘 다뤘다. 그의 별명은 '킹 갓 엠퍼러 제너럴'이었다. 다른 아무개는 사람들의 마음을 열어 인터뷰를 이끄는 것에 능했다. 또 어떤 선배는 지도 교수님이 '슈퍼 조교'라고 부를 만큼 맡은 일을 똑 부러지고 깔끔하게 잘했다. 대학원생들은 매일 같이 밥상에서 마주하면서도 서로를 치열하게 질투하고 곁눈질하고 있었다.

나는 '잘하는 대학원생'의 여러 순위에 전혀 들지 않았다.

연습생으로 치면 F등급을 받았다고 보면 되려나. 내가 그나마 비벼볼 만한 능력은 영어 정도였다. 영어 논문을 빨리 읽을 수는 있었지만, 그 논문들에서 인사이트를 도출해 내는 것은 언어와는 다른 결의 능력을 필요로 했다. 다시 말해 나만의 연구를 생산하는 능력은 없었다. 사람들이 나를 대하는 태도에서 내 위치를 정확히 확인할 수 있었다. 아무도 내게 질문하지 않았다. 나에게서 뽑아낼 만한 인사이트가 없다는 것을 애초에 들킨 모양이다. 대학원 사람들은 나를 활달한 막냇동생 정도로 나를 대했다.

그중 형진 선배라는 사람이 있었다. 그는 나를 '열심히는 하지만 약간 모자란 후배' 정도로 간주했다. 그는 자신이 나를 가르치고 이끌어야 한다고 굳게 믿으며 자기가 아는 학자와 이론을 구구절절 뽐냈다. 그는 거들먹거리는 말투로 대학원 사람들 모두에 대해 뒷말을 하는 '모두 까기 인형'이었다.

한동안은 그의 카리스마에 압도되어 잘 따랐다. 그는 타인에 대해 단정을 잘하는 사람이었다. 누구는 이래서 유학을 못 가, 누구는 영어가 모자라, 누구는 고지식해 등 그의 입에 오르내리지 않은 사람이 없을 정도였다. 그의 평가 대상에 나도 당연히 들어 있었고, 그에 따르면 나는 한참 모자라는 학생이었다. 그의 단언하는 문장들은 셔터처럼 내 앞길을 닫아버리는 듯했다.

그가 말하는 위대한 학자들의 퍼레이드에 나는 절대로 낄 수 없을 거라는 확신만이 우리 사이의 공기를 채웠다. 그 공기는 나를 압도했다. 나는 누군가에게 질문을 받는 사람이 아닌 다른 이들이 정한 답변만 들을 수 있는 사람이라고 확신하게 되었다.

대학원에서 나의 '순위'가 대강 윤곽을 드러낸 이 시기는 5월 중순 정도였다. 아마 나는 이때부터 조금씩 눈물이 많아졌던 것 같다.

울 일은 많아졌지만, 대학원 생활을 당장 포기하지는 않았다. 나의 가치를 증명하기 위해서, 이미 꽉 찬 입에 먹이를 꾸역꾸역 넣는 햄스터처럼 학회 발표를 닥치는 대로 신청하고 나갔다.

'나는 데뷔할 능력이 있어요, 나를 조금만 봐주세요.'

연습생으로 치면 이런 마음으로 중간 평가를 나가는 느낌일 것이다. 학회 발표 또한 스펙이었기 때문에, 나는 이력에 최대한 많은 기록을 남기며 살아남는 전략을 취한 것이다.

학회 발표를 나갈 만큼 내 연구가 탄탄하고 준비가 되어 있었냐고 묻는다면 단호하게 아니라고 할 수 있다. 퇴고하고 다시 써야 하는 내용들이 수두룩했다. 그럼에도 학회 발표에 꼬박꼬박 나간 이유는 우리 과의 장학금 프로그램이 성과를 끊임없이 요구했기 때문이다.

장학금 프로그램은 우리 과가 국가 장학금 사업에 선정되어서 누리는 혜택이었다. 이 프로그램에 참여하고 있는 학생들은 석사 과정생 기준으로 60~70만 원의 월급을 받을 수 있었다. 대신 매 학기마다 연구 실적을 증명해야 했다.

이 프로그램은 논문 게재 횟수와 학회 참여 이력 등 정량적으로 평가할 수 있는 요소들로 학생들의 역량을 측정했다. 우리 과 교수님들은 어렵게 따낸 장학금 사업을 이어가기 위해서 시시때때로 대학원생들을 닦달했다. 대학원생들은 매일매일 성과 압박에 시달렸다. 우리 과의 경쟁적인 분위기는 국가 장학금 사업의 영향이 매우 컸다.

보이는 모든 것이 평가 대상이었기에 학생들은 누가 활동을 활발하게 하고 있는지 지켜볼 수 있었다. 나는 남들이 박수칠만한 연구를 할 자신은 없었기 때문에 숫자로라도 다른 학생들보다 우월한 위치를 점하고 싶었다. 그래서 준비가 부족해도 학회 참여 모집 공고를 사재기하다시피 긁어모았다. 그 결과 석사 2학기째에 들어서 나는 동기들 중에 발표를 가장 많이 한 학생이 되었다.

문제는 발표의 질이었다. 준비가 다 되지 않은 채로 일단 발표부터 저지르니까 발표 당일까지 긴장감과 불안으로 잠을 이루지 못했다. 내 연구에 대한 확신과 믿음이 없으니, 청중이 내 발표를 어떻게 평가하고 있을지 겁이 났다. 그 생각을 하며 발표를 하면 (당연하게도) 발표를 망쳤다. 사람들의 질의응답에 제대로 답을 하지 못하고 얼버무렸다. 차라리 내게 질문을 하지 않고 '네 연구는 이런 점이 모자라다'고 혹평하는 사람이 나타나면 내 질의응답 시간을 끌어준 것에 대해 감사할 지경이었다.

나는 발표를 거듭할수록 내가 무능한 대학원생이라는 의식이 강해졌다. 나는 절대로 좋은 연구를 해내지 못할 것이라고 굳게 믿었다. 발표 횟수가 아무리 많아도 그저 빛 좋은 개살구였다. 나는 허상의 스펙으로 내세우다 반드시 들킬 것만 같았다. 실제로, 대학원 사람들은 서로 어디서 얼마나 발표를 하는지 말없이 지켜보고 있었다. 그 은밀하고도 노골적인 시선에 압도될 것만 같았다.

나의 가치를 유일하게 상승시킬 수 있고, 다음 학기 장학금을 받을 수 있게 도와줄 발표 횟수를 생각하며 발표를 신청했다. 자료를 준비하며 발표가 무서워서 울었다. 그리고 발표를 망쳤다. 망친 것을 만회하려고 또 발표를 신청했다. 악순환이었다.

내가 겪은 대학원 생활은 한 마디로 사람들로 가득 찬 서울 퇴근길의 지하철 같았다. 타인의 불쾌한 숨결까지 느낄 수 있는 거리감은 서로를 낱낱이 관찰할 수 있는 기회를 제공했고, 다 같이 살을 부대끼며 지내는 폐쇄적인 생활은 짜증을 쉽게 유발했다. 거기다 자리를 위한 쟁탈전까지. 이곳은 서로를 흘겨보며, 넘어지지 않기 위해 서로에게 의존하지만 동시에 누군가를 밀쳐야 내가 원하는 역에서 내릴 수 있었다. 나의 정신건강은 이 비좁고 경쟁적인 공간에서 나날이 쇠퇴해 갔다.

간밤에 눈물방울로 색이 진해진 베개를 끌어안다가, 아침에는 퉁퉁 부은 눈으로 일어나길 반복했다. 나의 망친 발표들과 그것을 지켜본 사람들이 나에 대해 할 평가가 무섭고 창피해서 매일 이불을 걷어찼다. 그리고 매일 죽어서라도 이 굴레에서 탈출하고 싶었다.

이 모든 소용돌이는 기어코 나를 상담실로 밀어 넣었다.

****

우울증 판정을 받고, 일주일에 한 번씩 교내 심리 상담 센터를 방문하기로 했다. 상담 센터와 연계된 정신과 또한 소개받아서 매주 약을 타러 가는 일정을 잡았다. 마음에는 오래전부터 구멍이 숭숭 나 있었고, 검사 결과지는 내 마음에 구멍이 나 있다고 짚어줬다. 우울증은 이제 저 먼 안드로메다의 무언가가 아닌 나의 직접적인 이야기가 되었다.

상담 센터 직원의 말을 처음 들었을 때는 머리가 텅 비어 버렸다. 어떤 반응을 해야 할지 알 수가 없었다. 나와 전혀 관련이 없을 거라 생각했던 것이 실은 나와 아주 가까이에 있을 때 느끼는 당혹감은 생각을 멈추게 했다. 그의 친절한 설명과, '치료를 받으시면 많이 좋아질 것'이라는 희망찬 응원까지 조금씩 뇌에 채우며 감각을 되찾았다. 그러자 구멍 난 마음에 시원한 바람이 통과하는 것을 느낄 수 있었다.

아, 나는 아프구나.

병을 키우는 환경에서 정신질환을 얻었을 뿐이다.

그동안 화가 치밀어 오르면 게으른 나, 무능력하고 무기력한 나, 매번 일을 미루는 나, 준비도 안 된 채로 일을 벌이는 나를 소환해 호통을 쳤다. 이제는 그럴 필요가 없겠구나. 나는 무죄 판결을 받았다. 바람이 내 마음을 구석구석 훑는 동안, 미소가 삐질삐질 올라왔다.

상담실을 나와서 엄마에게 전화를 했다.

"엄마, 저 우울증이래요. 약 먹어야 한대요."

최대한 건조하게, 웃고 있는 것을 들키지 않도록 입을 손가락으로 꾹 눌렀다. 내 말을 듣고 있던 엄마가 가장 먼저 한 말은 기대 밖이었다.

"정신과? 병원 기록이 남으면 나중에 취업할 때 불리한 거 아니야? 병원 말고 다른 방법은 없대?"

그 말을 듣자마자 내 입꼬리는 곤두박질쳤다. 지금 내게 필요한 처방은 현실적인 걱정이 아니었다. 내 현실은 이미 우울증으로 얼룩져 있었다. 얼룩을 지우는 것보다 얼룩이 생기는 원인을 알아냈다는 사실이 지금 내겐 더 중요한 현실이었다. 나는 정신과에 갈 만큼 아픈 상태였고, 벌어진 마음의 상처를 이제야 발견했다. 그런 상황에서 엄마의 말은 이제껏 혼자 견뎌온 고통을 조금만 더 견뎌 보지 그러냐는 제안으로 들렸다. 여기까지 생각을 마친 나는 얼굴이 구겨졌다.

"지금 그게 중요해요?"

나는 엄마에게 별안간 짜증을 내고 전화를 끊어버렸다. 여러 실타래로 엉킨 마음을 달리 더 부드러운 말로 표현할 방법을 찾지 못했다. 조금 후에 엄마는 다시 연락해서 병원을 잘 다니고 치료하라고 했다.

자퇴를 할까, 휴학을 할까, 그냥 이대로 버틸까 여러 갈래의 생각들이 머릿속을 휘젓고 다녔다. 이 연습생들의 무한 경쟁 속에서 나는 아무래도 도태되었다는 확신이 들었다. 아니, 사실은 이전부터 이렇게 생각했다. 단지 이제는 나의 한심한 상태를 보고 혹자가 조소를 흘린다면 반박할 근거를 하나 쌓은 것이다. 줄곧 내면만 바라보며 도끼눈을 뜨던 나는 나를 병들게 한 외부 탓을 조금이라도 할 수 있다는 사실에 안도감을 느꼈다. 나는 면죄부를 받은 것만 같았다.

그해 1월, 그렇게 나와 오랫동안 룸메이트가 될 우울증과의 동거가 시작됐다.

시속 60km의 게으름

사주를 보러 왔다. 소민과 매년 (혹은 가끔은 일 년에 몇 차례) 갖는 우리만의 의식이다. 호락호락하지 않은 인생에 대해 조금이라도 답을 얻을 수 있을까 하는 실낱같은 희망을 부여잡고 사주 집을 찾아간다. 이번에는 유독 용하다는 소문을 듣고 한 집을 찾았다. 사주 아저씨는 내 생년월일을 묻고는 한자들을 유심히 살폈다. 그러다 대뜸 내게 건네는 첫 마디는 대충 이랬다.

"정인 씨는 자신이 매우 게으르다는 것을 알고 계시나요?"

"네??"

이렇게 대놓고 게으르다는 소리는 머리털이 나고 난생 처음 들었다. 나는 한순간에 느낀 당혹감을 숨기지 못하고 너털웃음으로 공기를 메웠다. 보통 게으르다는 무례한 말을 대놓고는 잘 안 하지 않는다. '너 뚱뚱하다'는 말을 차라리 더 많이 들어본 것 같다. 당혹감도 잠시, 나는 흥미로운 눈빛으로 사주 아저씨를 곁눈질하며 다음 말을 기다렸다. 뭐야, 용한 게 맞잖아?

"네 게으름의 특징은 20% 정도의 농도로 항상 함께하고 있다는 점이야. 예를 들면 이런 거지. 7시에 일어나려고 시계를 맞췄어. 정인 씨 같은 사람들은 꼭 7시 10분, 15분 이렇게 일어나."

이후 아저씨가 줄줄 읊는 말들은 성격 개선 상담으로 들릴 정도로 나의 게으름에 집중되어 있었다. 차라리 날 가둬놓고 패라고 소리치고 싶었다. 이렇게 발가벗겨진 기분을 느끼며 가족도 아닌 남에게 혼나는 것은 정말 오랜만이었다. 심지어 그냥 게으름도 아니고 '슈퍼 게으름뱅이'란다. 이 상황이 웃겨서 계속 하하 웃었다.

아저씨의 말대로, 나는 원래 타고난 게으름뱅이가 맞았다. 그 게으름 때문에 소소하게는 일상이 내 계획대로 흘러가지 않았고, 게으름이 우울증과 합쳐졌을 때는 일을 크게 그르친 적도 몇 차례 있었다.

"정인 씨, 정신 차려요."

아저씨의 말은 '정신 정신 차려 차려요'하며 내 머릿속에서 윙윙 울렸다. 옹달샘에 돌을 던졌을 때 파동이 일어나는 것처럼, 내 기억 어딘가가 웅웅 파동을 치며 점점 생생해졌다.

***

나는 어릴 때부터 빤질빤질 대며 하긴 싫은 일을 최대한 미룰 수 있을 때까지 구석 어디론가 치워버리는 재주가 있었다. 다방면에 흥미를 가져서 수영부터 구몬까지 해보고 싶은 것을 호기롭게 시작했지만, 흥미는 금방 팍 식어버렸다. 그래서 몇 달을 채우지 못하고 그만두는 것들이 많았다. 엄마와 아빠는 '쟤는 왜 한번 시작한 것을 끝내지를 못할까' 하며 어린 나를 걱정했다고 한다.

끝까지 해보지 않고 중도 포기하는 게으름은 어릴 때부터 이미 굳은살처럼 박여 있었다. 그러니까 일찍이 나는 60km만 달리는 자동차였던 것이다. 여기서 내가 계속 말하는 게으름이란 빈둥빈둥 놀면서 아무것도 안 하는 모습보다는, 주어진 일을 하기는 하는 데 최선을 다하지 않는 것에 가까웠다. 차로 예를 들자면 100km의 속도로 충분히 달릴 수 있음에도 50~60km로 적당히 주행하는 것이다. 아니면 한 시간 내로 A부터 B까지 가야 한다면, 첫 50분 동안은 털레털레 가다가 마지막 10분 동안 급발진해서 도착지에 도달하는 식이다. 시험 2주를 앞두고, 13일을 걱정만 하며 책에 손대는 시늉만 하다가 전날 밤이 되어서야 교재를 급하게 속독하고, 1회독조차 완성하지 못한 채 시험장에 가는 사람이 바로 나였다.

"어릴 때는 아마 큰 문제는 없었을 거예요. 그래서 이렇게 게으름 피워도 괜찮겠지? 하는 마인드가 생겼을 걸."

잠시 현실로 돌아왔을 때 사주 아저씨는 또 일침을 가하고 있었다. 맞다. 어릴 때는 최선을 다하지 않고 적당히만 해도 그게 문제라고 달려드는 사람은 엄마 정도 빼고는 없었다. 운전을 배울 때 초보자 코스는 비교적 쉽듯이, 어린 시절의 의무들은 게으름을 피워도 금방 따라잡을 수 있어서 겉으로 보기에는 문제가 없어 보였다. 머리가 공부와는 잘 맞아떨어진 것인지 대충 공부한 것에 비해서는 높은 성적을 받았고, 아마추어 단계에서 시작하는 취미들도 금방 익혔다. 그렇게 대충 살면 1등은 당연히 할 수 없었다. 나는 천재가 아니었으니까. 그래도 상위권, 혹은 평균 이상을 웃돌았다.

중학교 때 참여했던 합창단에서는 노래 실력이 제일 향상돼서 가장 높은 음역대 파트를 맡았다. 대학에 가서도 마찬가지로, 하루 정도만 공부하고 A+를 받는 과목도 꽤 있었다. 동아리와 대외활동 여러 개를 동시에 하며 바쁘게 지냈다. 활동별로 자세히 살펴보면 나는 그저 그런 학생이었다. 우수 활동자가 될 정도로 활약을 하거나 뭔가를 잘 하지는 않았다. 그래도 박리다매식으로 벌여놓은 일을 하나씩 처리하는 내 모습이 퍽 멋지게 보인 모양이다. '쟤는 저렇게 바쁜데 할 일을 다 챙기는 멋진 녀석이다'라는 피드백이 자주 돌아왔다. 한 마디로 대학생 때까지는 항상 '남들이 보기에는 적당히 잘했다.'

대학원에 들어가면서 인생 난이도는 기하급수적으로 상승했다. 나는 여전히 게을렀고, 대학원에 적응하지 못해서 우울했다. 게으른 나 자신 때문에 대학원 진도를 따라가지 못하는 것이라 여기며 우울해졌고, 우울해지니 몸이 무기력해지면서 더 게을러졌다. 당연한 사실이었지만 대학원에서 처리해야 하는 업무와 논문들은 오직 시속 60km로만 달리는 우울한 게으름뱅이를 기다려 주지 않았다.

나는 일할 때는 크고 작은 실수들을 연달아 했고, 연구를 준비할 때는 빈약한 논리로 덕지덕지 붙은, 완성도가 떨어지는 발표 자료를 들고 각종 학회와 수업에서 떨었다. 이 정도는 귀여운 실수 정도로 넘어갈 수 있는 수준이었다. 졸업 논문을 썼을 때를 생각하면 말이다.

졸업 논문은 첫 단추부터 끄트머리까지 쉽게 이루어진 게 없었다. 논문 주제를 정하는 것부터 골치가 아픈 상황이었다. 대학원생들은 보통 자신만의 연구 주제를 깊이 파고들어서 졸업 논문 주제를 정했다. 나는 그런 뾰족한 주제가 없었다. 관심사는 큰 웅덩이처럼 얕고 넓게 퍼져 있었고, 대학원에서 요구하는 지하수와 같이 깊이 있고 선명한 주제와는 거리가 멀었다. 지도 교수님과 여러 면담 끝에 논문 주제를 뒷받침할 몇 가지 키워드를 내 웅덩이에서 겨우겨우 건져 올렸다.

다음 문제는 연구하려는 분야에 대한 명확한 데이터가 없다는 점이었다. 미국의 데이터베이스도 한국의 설문조사 데이터도 내가 원하는 것을 쥐여주지 못했다. 결국 국내 데이터에서 몇 가지 꼭지를 쥐어짜서 논문 분야를 전혀 관심이 없는 주제로 타협했다. 퇴고 끝에 달라진 글처럼, 주제는 처음에

원했던 연구와 상당히 멀어져 있었다.

'와, 하기 싫다.'

논문 주제를 정하는 과정에서 진이 빠진 나는 이미 속으로 파업 선언을 외치고 있었다. 처음으로 내 이름으로 나오는 논문인데도 나는 내 새끼가 될 논문에 단 한 톨의 애착도 보이지 못했다. 우울증 약을 들쑥날쑥 먹다가 다시 마음먹고 꾸준히 약을 타러 병원에 가고, 심리 상담까지 별도로 받고 있던 때였다.

'자리에 앉고, 그냥 해!'가 참으로 안 됐다. 하기 싫은 일을 미루던 어릴 때처럼, 나는 무기력과 정신적 고통을 핑계 삼아 계속 침대에 등을 맞대고 있었다. 밤새워서 논문을 고쳐야 하는 날에도 시작할 엄두는 나지 않았고, 뭔가를 앉아서 할 동기부여는 내 침대와 웹툰에 팔아넘겼다. 나는 밤새 웹툰 〈치즈 인 더 트랩〉을 보는 중에도 책상에 앉아 있지 않은 나를 한심해하며 힐난했다.

지도 교수님은 내가 우울해서 약을 먹고 있다는 점과, 대학원에서 받는 스트레스의 맥락을 모두 알고 있었다. 그동안 계속 징징대며 털어놨기 때문이다. 반은 지도 교수님께 이해와 격려를 듣고 싶은 마음이었고, 반은 나의 게으름에 서사를 붙이고 싶었던 욕심이었다. 교수님은 그것을 다 이해하며 느릿느릿한 제자에게 화를 한 번 내지 않았다. (내가 교수님의 첫 제자라서 많이 봐주신 것 같았다.) 논문이 부족하면 자신과 함께 고치면 되고, 연구 방법은 같이 계속 고민해 보자던 교수님은 한 가지만을 당부했다.

"다른 교수님들에게 폐를 끼치는 일은 하지 않으면 좋겠어요. 논문을 심사 직전에 보내는 일은 우리 하지 않기로 해요."

한 번은 다른 대학원생의 논문 심사에 참여했는데, 그 학생이 논문 수정 원고를 심사 당일에 보내서 매우 화가 났다는 이야기를 하셨다. 심사위원들이 논문을 읽고 심사평을 생각할 시간을 주지 않은 점에서, 나도 그 대학원생의 행보가 아쉬웠다. 나는 교수님이 한 말을 기억하며 예심을 준비했고, 무난하게 마쳤다.

결론부터 말을 하자면, 본심은 완전히 말아먹었다.

막학기에 해야 할 일은 석사 논문을 쓰는 것 하나뿐이었음에도, 나는 게으름에 매일 백기를 들었다. 애인은 널브러져 있는 빨래를 주워 담듯 나를 일으켜 세우고 데이터를 분석하는 것을 도와줬지만, 결국 논문을 써야 하는 사람은 나였다.

본심사는 12월의 어느 월요일이었고, 교수님들에게 원고를 보내기로 약속한 날은 그 전 주 금요일이었다. 목요일 아침이 되어서야 뒤늦게 참고 논문을 찾아서 손에 짚이는 대로 내려받고 글을 쓰기 시작했다. 당연하게도 60쪽이 넘어야 완성이 되는 논문을 이틀 안에 완성하지는 못했다. 노트북을 그대로 들고서 내 머리를 내려치고 싶었다. 우울증 때문에 60km로 달리던 나의 게으름이 30~40km로 느려졌다고 한들, 그것은 내 사정이었다. 내 논문을 기다리는 교수님들은 연락이 없었다. 일요일 밤이 되어, 지도 교수님으로부터 메일 한 통이 왔다.

"정인 씨. 아직이에요?"

짧게 온 그 한마디에 나는 모난 돌을 통째로 삼킨 기분을 느꼈다. 돌덩이 같은 메일을 꾸울꺽 삼키면서도 나는 답장을 할 수가 없었다. 원고가 그때까지도 완성되지 않았기 때문이다. 심사 전 마지막 밤이 되어서야 나는 잠을 희생해야겠다는 결심을 했다. 웹툰을 보지 않기 위해 휴대폰을 저 멀리 던져 버렸다.

발등에 불이 떨어졌다. 불은 내 방 사방으로 퍼졌고 나는 천천히 그 불길 속에서 타들어 가고 있었다. 이대로 자퇴를 하고 은둔해 버리고 싶었다. 논문 글쓰기의 고통 끝에는 불길보다 뜨거운 교수님들의 눈빛이 기다리고 있었다. 지옥을 통과해 더 깊은 구덩이로 들어가야 하는 내 미래를 생각하니 심장이 가시에 찔리는 듯 아파 왔다.

결국 나는 월요일 오전이 되어서야 원고를 첨부한 메일을 쓸 수 있었다. 심사 시간은 오전 11시였다. 내가 메일을 보낸 시간은 아마 오전 8시였을 것이다. 지도 교수님이 하지 말자고 한 바로 그 한 가지 일을 내가 기어이 해내고야 말았다. 참으로 훌륭한 학생이었다. 몸은 물 먹은 솜덩이 같았다. 씻고 나서 몸을 말려도 솜덩어리들은 여전히 축축해서 바닥에 달라붙은 발을 힘겹게 떼는 한 걸음 한 걸음의 중력이 강하게 느껴졌다.

지도 교수님은 내 방에서 느꼈던 불길보다 더 매서운 표정으로 기다리고 있었다. 나는 방에 들어가고 자리에 앉기까지 약 5초간의 무거운 침묵을 잊지 못한다. 그는 내가 자리 잡자마자 강력한 어조로 나의 태도를 지적했다. 지도 교수님이 워낙 분노를 쏟아내고 있어서인지, 다른 교수님은 뒤늦게 보낸 논문을 들여다보며 말을 아끼고 있었다. (다행인지 불행인지 그 와중에 한 분은 오지 않아서 이후 따로 찾아뵈었다.)

본심 발표 자료를 만들어왔지만, 나는 그날 발표를 하지 않았다. 대신 지도 교수님이 바로 본론으로 들어가 혼을 냈다. 연구에 대한 피드백은 짧은 토막으로 들을 수밖에 없었다. 나는 얼굴에서 열이 올랐다. 열이 증기가 되어 눈물로 떨어질 것 같았지만 게으름을 피우다 일을 그르친 학생이 감히 울면 안 된다는 생각에 열기를 머릿속으로 꾹꾹 눌러 담았다.

"내가 뭐라고 그랬어요? 폐는 끼치지 말자고 하지 않았나? 그걸 알고서도 왜 그런 거예요?"

본심이 끝나고 지도 교수님이 질문을 쏟아냈다. 사실 저 말들은 물음표가 아니라는 것을 잘 알았다. 처음으로 내게 언성을 높이는 순간이었다. 나는 연신 죄송하다는 말밖에 하지 못했다. 교수님은 더 이상 할 말이 없다는 듯 눈을 질끈 감고 의자에 풀썩 앉았다. 나는 이미 앉아 있었지만, 이대로 이곳에서 촛농처럼 흘러내려 사라지고 싶었다.

"정신 차려요, 정인 씨. 아직 논문 안 끝났어."

***

"정신 차려요, 정인 씨! 여기 중요한 부분이야."

기억의 회로에 갇혀 있던 나는 불현듯 현실로 돌아왔다. 그 짧은 새에 속 쓰린 기억을 해내고야 말았다.

"정인 씨는 게으름을 완전히 극복하거나 없앨 수는 없어. 그냥 그 게으른 시간표대로 너를 맞춰야지."

게으름을 인정하라는 뜻이었다. 사주 아저씨는 다양한 예시를 들어주며 내게 게으름을 이겨내며 살아가는 방법을 알려줬다. 나는 나 자신이 게으르다는 것을 자기혐오가 아닌 다른 방식으로 이해할 수 있을지 의문이 들었지만, 일단 알겠다고 얘기했다.

그래도 졸업장이 나왔다는 것은 내가 용케 자퇴를 면했다는 뜻이다. 나는 그 본심 후에 꾸역꾸역 글을 써서 12월 말에 논문 최종본을 인쇄소에 넘겼다. 살짝 상기된 얼굴로 내 논문을 심사한 교수님들께 논문을 완성했다는 메일을 남겼다. 지도 교수님의 답장은 없었다. 속이 조금 쓰렸다. 그래도 상관은 없었다. 이제는 이 지긋지긋한 대학원으로부터 석방이라는 감각을 들숨과 날숨을 거쳐 느꼈다. 다섯 학기 동안 지불한 비싼 등록금은 내 우울증 영수증에서 최고로 비싼 품목으로 찍혔다.

졸업을 하고 지도 교수님을 2년간은 찾아뵙지 못했다. 교수님을 부끄럽게 한 제자라는 죄의식이 있었다. 그리고 내내 우울하기만 했던 내가 조금은 인간다운 모습이 되었을 때 찾아가고 싶었다.

회사에 취직하고 나서 게으름에 지지 않기 위해서 머리에 힘을 빡 주고 다녔다. 나의 게으름을 어떻게 치료했다기보다는, 9시부터 6시 (혹은 야근을 하면 그 이후까지) 회사에 앉아서 회사 일만 해야 하니까 게으름을 피울 수가 없는 환경에 놓여 있었다. 나는 딴짓을 해도 티가 나고 일을 할 때는 일에만 과몰입하는 ADHD 인간이기도 했기 때문에 자연스럽게 업무에 몰두했다. 물론 집에 돌아오면 지쳐버려서 빨랫감처럼 침대에 널려 있었다. 어쨌든 나는 일에 과몰입하는 워커홀릭이었던 덕에 게으름에 굴복하지는 않았다. ADHD가 우울증을 이겨냈다고 하는 게 정확하겠다. 나는 회사에 있는 동안 대학원 시절보다는 훨씬 활기차고 열심히 배우고 일을 잘 해냈다.

지도 교수님의 연구실을 오랜만에 찾은 것은 내가 회사에서 처음으로 한 프로젝트를 단독으로 맡고, 그것을 성공적으로 마친 뒤였다. 대학원 다닐 때는 한 번도 일로 칭찬을 듣지 못했는데, 회사에 간 후로 대표님은 매일 내 어깨를 톡톡 치며 잘하고 있다는 격려를 했다. 고객사 직원들과도 사이가 좋았다. 나는 외부 회의를 나갈 때 어깨를 더 당당하게 펴고 회의실로 들어갔다. 이쯤이면 내가 잘 지내고 있다는 생각이 들었다. 스승의 날에 맞춰 지도 교수님께 메일을 보냈고, 곧 얼굴을 볼 수 있었다. 책으로 인쇄된 내 석사 논문을, 2년이 더 지난 시기가 되어서야 지도 교수님께 전한 것이다. 논문에 대해 오갔던 감정들은 증발된 지 오래였다.

"정인 씨 전보다 많이 좋아 보이네요. 기분 좋다."

그 말에 나는 슬쩍 미소로 답변했다. 우리는 잠시 간의 침묵을 즐겼다. 겨울이 다 지나 추위가 녹을 듯 말 듯한, 어느 봄이었다.

블루 문 아이스크림

"I'm sorry, but there's no such information in our documents.(죄송하지만, 저희 쪽에서 입주자님 정보가 조회되지 않습니다.)"

스캠(scam). 말로만 듣던 사기였다. 그것도 내가 나고 자랐던 미국에서 말이다. 허리까지 올라오는, 터질 것 같은 무거운 캐리어를 엄마와 나는 각각 두 개씩 털레털레 끌고 오는 길이었다. 15시간짜리 비행이었다. 두 다리는 부종으로 땡땡 부어 있었다. 두 귀를 의심했다. 지금 영어를 잘못 알아들은 것은 아닌지 내 영어 듣기 실력을 다시 확인하고 싶은 심정이었다.

순진한 외국인들을 꾀어다가 쓰는 흔한 수법이란다. 입주자 본인이 집을 내놓는 척 매물을 인터넷에 올린 뒤에, 구체적인 방 사진과 방에 대한 스펙을 작성해서 현혹하는 것이다. 외국에 살고 있는 외국인들은 비행기를 타고 날아오기 전까지는 방을 직접 볼 일이 없으니 번지르르한 말로 코팅된 텍스트를 보고 믿을 수밖에 없었다. 사기꾼들이 보내오는 문서도 퍽 그럴듯해서, 은행에 홀린 듯이 다녀올 때까지 아무도 이상한 낌새를 눈치채지 못했다. 이 인간들은 비행기에 탈 때까지는 내 이메일에 칼 같은 속도로 대답을 하다가, 도착해서 "WTF?"이라고 메일을 보내자마자 잠적했다.

직원은 우리에게 확인시켜 줄 내용을 훑은 뒤 자신이 해줄 수 있는 몫은 다 했다는 듯, 우리를 무시하고 다시 모니터 화면으로 눈을 돌렸다. 엄마와 나는 다리에 힘이 풀렸지만, 주저앉지 못했다. 그곳은 더 이상 우리 아파트 관리실이 아니었으니 우리는 주저앉을 자격조차 없었다. 우리는 공식적으로 홈리스가 되었다. 그것도 밤마다 총소리가 나는 시카고 한복판에서, 뚱뚱한 캐리어 네 개를 든 아시아인 여성 둘이서 말이다.

대학원에서는 매해 여름마다 대학원생 두 명을 선발해 시카고에 위치한 연구소로 인턴십을 보내줬다. 그곳에서는 한국에서 쉽게 접하기 어려운 데이터를 마음껏 활용해 다양한 프로젝트를 수행할 수 있었다. 비록 체험형 무급 인턴십이었지만, 연구 기관 자체는 이름이 꽤나 알려져 있어서 미국 유학을 고려하는 학생들에게는 이력 한 줄을 더 채우고, 미국의 풍부한 데이터베이스를 활용하고, 연구자들과 교류하며 인맥을 쌓을 수 있는 좋은 기회였다.

인턴십은 보통 6월 중순에 시작해 8월 중순까지 여름방학 기간 동안 진행됐다. 학생들이 미리 준비할 수 있도록 인턴십 모집 공고는 4월쯤에 공개되었고, 인턴십에 지원한 학생의 자격 요건을 심사한 후 늦어도 5월 내로 학생들을 선발했다. 시카고에서 머무를 숙소나 항공권은 이후에 학생이 알아서 찾아야 했다. 그래도 이 스케줄대로 일정이 진행되면 학생들이 출국 준비를 할 시간을 넉넉히 확보할 수 있었다.

하필 내가 인턴십을 지원하던 해에 공지가 유독 늦게 떴다. 학기 내내 감감무소식이던 연구소는 5월 말이 되어서야 인턴십 모집 공고를 올렸다. 내가 선발되었다고 메일을 받았을 때는 이미 6월 첫 주가 넘어가던 시점이었다. 나는 2주가 채 안 되는 시간 동안 급히 집을 알아보고 짐을 쌌다. 부모님과 나는 인터넷에 올라와 있는 숙소 홍보물이 얼마나 신빙성 있는 자료인지 확인하지 못한 채 그저 치안이 제일 안전한 곳에 있는 아파트 방을 계약했다. 급하게 진행한 게 화근이었다. 엄마와 나는 미국 땅을 밟고 나서야 그 계약이 엉터리였음을 깨달았다. 이미 600만 원 넘는 돈이 공중분해가 된 후였다.

우리는 다시 큰 짐을 들고 털레털레 1층으로 내려오는 수밖에 없었다. 우리를 동정의 눈빛으로 잠시 바라보다 다시 할 일을 하는 흑인 경비원 앞으로, 입주민들이 우르르 지나쳐갔다. 모두 피부색이 옅었다. 그러고 보니 관리실에서 업무를 보던 사람들도 모두 흑인이었다. 이 와중에 동양인은 엄마와 나 둘뿐이었다. 긴박한 상황에서 왜 남의 피부색이 보였는지는 잘 모르겠지만, 아시아인 동료가 없는 시카고에서의 첫 몇 시간은 외딴섬처럼 퍽 외로웠다. 인파와 시차 적응과 스캠으로 정신이 혼미해지는 감각에 나는 두통을 느꼈다.

그래도 이런 때일수록 인맥은 도움이 되는 법이었다. 엄마가 친했던 선배의 지인에게 어렵사리 연락이 닿았다. 결혼할 때 한국에서 미국으로 건너간 그 지인은 아들과 함께 우리가 있던 건물까지 찾아와 주었다. 우리는 함께 근처 샐러드 집에서 집 나간 정신을 다시 소환했다. 밥때가 지났지만 우리는 배가 전혀 고플 수 없는 상황이라 식사를 거의 하지 못했다. 지인은 우리에게 시카고에서 지낼 수 있는 갖가지 방법들을 가르쳐 주며, 스캠 사건을 신고할 수 있도록 한국인 경찰관을 소개해줬다.

그사이에 나는 같이 인턴십을 하기로 한, 남편과 시카고에서 살고 있던 대학원 선배에게 부탁해 시카고 대학에 재학 중인 한인 박사과정생을 소개받았다. 그는 운 좋게도 다음 날 한국으로 출국할 준비 중이었다. 그에게 서블릿(sublet) 계약을 마치고 나서야 우리는 한시름 놓을 수 있었다.

15시간 비행을 해서 도착한, 우리 가족이 미국에서 한국으로 이민을 온 후 꼭 15년 만에 다시 밟는 미국 땅이었다. 나는 이때 우울증이 가장 극에 달해 마음이 끈적끈적한 슬라임처럼 형체 없이 녹아있었고, 매일 죽음을 목말라했다.

어릴 때의 미국에 대한 기억이 퍽 좋았던 나는 미국에서 하는 인턴십이 정신적으로 좋은 전환점이 될 것이라 믿었다. 미국 유학도 고려하고 있던 나는 미국살이를 잠시 해보면서 다시 열심히 공부할 동기부여를 받고 싶었다. 15년 세월 동안 누적된 미국에 대한 환상을 깨라는 듯, 나는 이 나라로부터 스캠을 선물 받았다. 그 대가로 600만 원의 인생 교육비를 지불했다. 슬라임은 완전히 액체로 변해 흘러내렸다.

새로 집을 구한 뒤 나의 일상은 아주 분주했다. 첫 일주일 동안 엄마와 나는 엄마의 지인이 소개해 준 한인 경찰관과 면담하며 스캠 건을 접수하느라 경찰서를 계속 오갔다. (안타깝게도 범인들은 결국 잡지 못했다.) 경찰서를 다녀오고 나서 남은 낮 시간 동안은 장을 보며 빈 냉장고와 방을 채웠다. 시차 적응을 제대로 하기도 전에 하루 종일 경찰서와 슈퍼마켓을 돌아다니며 시간을 쓰다 보니 우리는 녹초가 되었다. 밤에 엄마는 침대에 퍼져버렸고 나는 밤새워서 밀린 대학원 과제를 작업하고 6월까지 마감해야 했던 조교 업무를 진행했다. 하루에 1시간도 채 자지 못했던 것 같다. 잠은 잃어버린 600만 원보다 더 귀한 것이 되었다.

우리는 월요일 오전에 시카고에 도착했고, 나는 일주일 내내 낮과 밤에 일정이 꽉 찬 상태로 일을 했다. 토요일이 되어서야 과제를 마무리해 쪽잠을 2시간 정도 잘 수 있는 여유가 생겼다. 드디어 조금은 편안한 마음으로 눈을 붙이고 일어났다. 그때 비로소 내가 머물기로 한 집의 오래된 나무 바닥과, 한인 박사 과정생이 6월 중순이 되도록 아직 치우지 않은 먼지 쌓인 크리스마스 트리와, 한구석에 쌓여 있던 신라면 봉지들과, 내가 어릴 때 미국에서 종종 찾아 먹었던 갖가지 시리얼 박스들이 눈에 들어오기 시작했다. 그간 대학원 과제와 스캠 건을 해결하기 위해 경찰서에 오가는 일에 신경이 쏠려 있어서 시선을 두지 않았던 집이 하나둘, 물건별로 또렷하게 보이기 시작했다. 귀하고도 지난한 일주일이었다.

엄마는 일정상 일주일 동안 채비만 도와주고 한국으로 돌아갔다. 엄마와 둘이 있을 때는 크기가 딱 맞아 보이던 집이, 혼자가 되고 나니 굉장히 공허하고 넓어 보였다. 서투른 솜씨로 무선 청소기를 들고 바닥을 박박 문지르면 족히 한 시간은 걸렸다. 퍽 외롭고 휑해 보였던 이 공간에 나는 곧 적응했다. 우범지대에 위치해 있던 집의 바깥보다는 할랑한 집의 외로움이 익숙하고 안정적이고 상냥하기까지 했다.

문밖을 나서면 15년간 경험하지 못한 미국의 변화가 사정없이 몰아쳤다. 시카고에서 겪고 있는 모든 것들이 꿈처럼 비현실적으로 다가왔다. 아침에 출근을 하며 한국인이 한 명도 없는 낯선 얼굴들을 구경하고 한국과는 모양이 다른 표지판들을 보고 있노라면, 발이 땅에 닿지 않고 15cm 정도는 붕 떠서 꿈속을 걷는 느낌이었다.

이 이질적인 감각을 함께 겪어줄 엄마가 없으니 집 바깥을 나서는 데 더 큰 용기가 필요했다. 15년 사이에 분명히 아시아인 유학생들은 많아졌다고 했는데, 동네를 걷고 있으면 내가 그 거리에서 거의 유일한 아시아인이라는 사실이 피부로 와닿았다. 한국에서는 평범하기 짝이 없는 내 홑꺼풀과 검은 머리가 미국에서는 튀는 외모가 되었다.

하루는 장을 보러 가기 전에 동네 산책을 나섰을 때였다. 내 숙소에서 세 블록 정도 떨어진 곳에서 나는 새로운 세계를 맞닥뜨렸다. 거리에도, 가게 안에도, 주택을 드나드는 사람들도 모두 흑인이었다. 미국 사회는 인종에 따라서 살고 있는 지역과 직업이 나뉜다는 말은 익히 들었다. 실제로 그런 세상을 목격하니 당혹감이 땀줄기처럼 등을 타고 내려갔다. 어렸을 때는 모르고 지내왔던 미국의 모습들이 대학원생 나이가 됐을 때는 너무나 선명하게 그려졌다. 어른이 된다는 것은 이런 감정들을 견뎌야 한다는 뜻일까.

스캠을 당한 충격으로, 그리고 우리나라에서는 겪어본 적이 없었던 미국 사회의 모습에 대한 문화 충격으로 내 우울증은 더 심해졌다. 집을 나서기가 두려웠다. 집 밖에서 나와 확연히 다르게 생긴 사람들의 틈바구니 속에서 이제는 많이 어색해진 영어를 사용해야 하는 것은, 한국에서 지냈을 때 일상을 살아가는 것보다 몇 배 이상의 에너지 소모를 해야 가능했

115

다. 그런 경험을 쌓기 위해서 간 미국 인턴십이었지만, 예상했던 것보다 나는 적응을 하지 못했다.

그동안 인턴십을 갔던 선배들은 시카고의 여러 가지 볼거리를 즐기면서 미국 문화를 만끽하다 돌아왔다. 나는 그들의 발자취를 따라가는 대신 집안의 암막 커튼을 꼭 닫아두고 햇빛이 없는 어두운 방에서 하루 종일 누워 있었다. 퇴근을 마치고 나면 장을 보고 헬스장에 잠깐 들르고 해가 지기 전에 얼른 집으로 돌아왔다. 그리고 다시 침대 위로 스르륵 기어들어가 슬라임처럼 퍼져 있었다. 요리는 너무 귀찮고 벅찼기에 어린 시절 추억을 함께한 시리얼로 끼니를 때웠다. 그렇게 두 달을 지냈다.

인턴십을 갔던 원래의 목적은 박사 과정을 밟기에 유리한 스펙을 하나 더 쌓고 그사이에 미국 학계에 있는 사람들과 네트워킹을 하는 것이었다. 나의 두 달간 생활 패턴을 보면 뻔하겠지만, 나는 인턴십 기회를 활용하지 못했다. 미국에서 생각보다 잘 적응하지 못한 것이 컸다. 미국은 15년 사이에 너무나 낯선 땅이 되었다. 게다가 시카고 생활을 하고 연구기관에서 일을 하면서 나는 문득 깨달았다. 나는 학문에 정진하기 위해 박사가 되겠다고 생각한 것이 아니라, 실은 어린 시절 추억이 있는 미국에 가고 싶어서 박사 과정으로 유학 갈 생각을 한 것을 말이다. 어릴 때부터 박사 과정을 지망한 것 자체도 가족들의 가방끈이 길어서였지, 나의 순수한 의지가 아니었다.

여름 방학이 지나면 석사 과정 4학기였고, 유학 준비를 시작해야 하는 시기였다. 나는 남들이 추천서를 받으러 돌아다니고 자기소개서를 준비할 기간에 돌연 다른 선택을 했다. 휴학을 했다. 한국 돌아가서 유학을 준비하기에 정신은 너무나 망가져 있었다. 게다가 미국은 더 이상 내가 태어나고 익숙해하던 고향이 아니었다. 이곳은 가족과 친구들과 떨어져 낯선 상황에서 오는 혼란을 홀로 견뎌내야 하는 타지였다.

아시아인은 미국에서 투명 인간이었다. 나는 딱히 배척을 받거나 대놓고 차별을 겪지는 않았지만, 미국인들이 내게 묘하게 선을 긋는 것을 느꼈다. 나는 의지할 존재감이 소거되어 외롭고 우울했다. 나의 지지대가 되어줄 수 있었던 존재는 가방에 납작하게 눌린 채로 함께 비행기를 타고 온 애착 인형 키위와, 미국에서 오랜만에 맛본 과자들뿐이었다. 내가 박사 과정에 합격한다고 해도 이런 환경 속에서 몇 년씩이나 혼자 살아갈 자신이 없었다. 일단 쉴 시간이 필요했다.

우울은 나를 집어삼켰고 나 역시도 우울을 알약처럼 꿀딱 삼켰다.

***

시카고의 6월 말과 7월은 아이스크림을 먹기 딱 알맞은 적당한 더위였다. 그해 한국의 여름은 기록적인 폭염이 들이 닥쳤다는데, 시카고는 아이스크림이 녹기 직전에 딱 콘을 다 먹을 수 있는 정도의 열기만 내리쬐었다.

나는 파란 여름 하늘을 닮은 블루 문(Blue Moon) 아이스 크림을 찾아 나섰다. 내 유년 시절, 입술에 가득 묻히고선 까르륵 웃게 만들고, 입안을 파랗게 물들였던 그 맛. 바닐라 맛과 시트러스 과일 향이 미묘하게 섞인 블루 문 아이스크림은 (놀랍게도 블루 문 맥주 맛이 아니다) 미국에서도 일부 지역인 미드 웨스트(mid-west)에서만 판매했다. 미국에서조차 블루 문 아이스크림을 모르는 미국인들이 더 많을 만큼 굉장히 드문 아이스크림이었다. 한국에 살기 시작한 후로 한 번도 먹지 못했던 블루 문이었다.

검색을 해보니 차를 타고 20분 정도 되는 곳에 추억의 맛을 파는 아이스크림 가게가 있었다. 나는 내 유년 시절을 찾아가기 위해 오랜만에 외출 준비를 하고 우버를 불렀다. 내가 지내던 시카고 대학 근처에서 북쪽으로 올라야 했다. 우버 운전사와 조잘조잘 이야기를 나누다 보니 어느새 '조지네 아이스크림(George's Ice Cream) 가게에 도착해 있었다.

동네를 찬찬히 둘러봤다. 비교적 조용한 대학가 근처의 동네와 달리 이곳에서는 사람들이 대체로 활기를 띠며 밝은 분위기를 풍겼다. 주말이라 놀러 나온 사람들이 많았던 모양이다. 눈에 띈 점은 역시나 사람들의 피부색과 얼굴이었다. 안 그래도 아시아인들이 생각보다 얼마 없어서 놀랐던 시카고 살이였는데, 이 동네는 유독 내 얼굴을 한 사람이 더욱 드물었다. 곳곳에 보이는 건물 공사 현장에는 백인보다 짙은 피부의 사람들이 땀을 흘리며 이리저리 짐을 옮기고 있었다. 거리를 메우고 있는 행인들은 백인들이 대부분이었다. 시카고에 도착한 첫날 느껴졌던 이질감에서 오는 작은 소름이 등을 타고 올라왔다.

통유리창으로 된 가게 안을 들어왔다. 자리에는 다 같이 온 가족, 친구들끼리 온 무리, 서로를 바라보고 있는 연인 등으로 가득 차 있었다. 나는 메뉴판을 보지 않고 직원에게 바로 블루 문 아이스크림과, 그와 비슷한 맛이지만 빨간색, 노란색, 파란색의 튀는 색상으로 시그니처가 된 슈퍼맨 아이스크림을 함께 주문했다. 6.89달러였다. 은행에서 막 뽑은 10달러 지폐를 내밀었다.

이 순간을 15년간 기다렸다. 나는 비장한 마음으로 아이스크림의 증명사진을 열심히 찍어대고 인스타그램 스토리에 뿌듯한 마음을 게시했다. 알록달록한 아이스크림 눈사람을 황홀하다는 듯 촉촉한 눈빛을 보냈다.

입술 가득 파란 아이스크림을 묻히던 어린 시절과 달리, 현재의 어른은 이로 깔끔하게 씹으며 알록달록한 슈퍼맨 아이스크림부터 해체했다. 목구멍을 타고 내려가는 달큰한 시원함, 그리고 곧이어 역류하는 울렁임을 온몸으로 느꼈다. 오래간만에 푸우른 우울 대신 파란 안도를 내 안으로 받아들였다.

그대로였다.

계속 그리워했던 블루 문의 맛은 어린 시절 기억하던 그 맛과 똑같았다. 미국에서 지내는 여름 동안 나는 홀로 동떨어진 무인도에 남겨진 듯한 고독과, 한때 익숙했던 땅이 더 이상 내 옛 추억을 머금지 못한다는 서러움을 삼키며 버텨야 했다. 환상이 다 깨져버린 지독한 현실 속에서 고집스럽게 옛 추억 그대로 유지한 아이스크림을 베어 물면서 그 서러움은 아이스크림 덩어리와 함께 입속으로 사라졌다. 황홀했다.

아이스크림을 반쯤 먹었을 때 나는 가게 풍경을 둘러보았다. 역시나 나만 이방인이었다. 나만 혼자 왔다. 나만 아시아인이었다. 나는 이 공간에서 홀로 오려 붙여진 콜라주처럼 튀었고, 슈퍼맨 아이스크림의 색들처럼 자연스럽게 섞여 들어가는 사람들 틈바구니 속에 소속되지 못했다. 남들이 잘 알지 못하고 색깔도 특이한 블루 문 아이스크림처럼 나는 이질적인 존재였다. 아이스크림을 먹던 환희는 곧 탄식으로 바뀌었다.

미국에서 그대로인 것은 이 블루 문 아이스크림 맛뿐이었다. 15년 전의 미국에 멈춰 현재와 동떨어져 버린 나에게 동료가 되어주는 것 또한 맛이 그대로인 블루 문 아이스크림뿐이었다. 모든 것이 더럽게 변화무쌍한 이 색의 소용돌이에서 오롯하게 푸른 블루 문에 나는 문득 서글퍼졌다.

'띠링'

아이스크림을 먹으며 멍하니 주변을 구경하고 있는데 폰에 알림이 떴다. 아까 올렸던 인스타그램 스토리에 답장이 왔다. 같이 인턴하고 있던 박사 선배였다.

"야, 너 그렇게 블루 문 노래를 하더니 드디어 갔구나! 축하한다ㅋㅋㅋ"

선배의 축하 메시지에 픽- 웃음이 나왔다. 내가 회사에서 어지간히도 블루 문 이야기를 한 터였다. 폰을 켠 김에 카톡도 확인을 했다. 한국인 경찰관을 소개해 준 지인으로부터 연락이 와 있었다.

'돌아오는 토요일에 우리 집 와요. 점심 같이 먹어요. 또래 친구도 소개해 줄게.'

그의 따스한 마음이 목도리처럼 내 몸에 돌돌 감겼다. 아이스크림 두통으로 잠시 머리를 쥐고 있었던 찰나에 온기가 굳어 있던 내 머리통을 녹였다.

잠시 폰에서 눈길을 떼고 맑은 날씨에 예쁜 햇살이 깔린 거리를 쳐다봤다. 하늘은 달콤한 블루 문 아이스크림 색이었다. 갑자기 속이 울렁거렸다. 그대로인 것은 블루 문 아이스크림의 맛뿐만이 아니었다. 그리고 나는 이 지독하게 고독한 시카고에서 새로운 인연과 경험으로 미국에 대한 기억을 덧칠하고 있었다. 블루 문 색 하늘만큼 내 머릿속도 맑아졌다.

두 사람에게 답장을 보내고 남은 아이스크림을 미련 없이 깨물어 먹었다. 나는 이날을 오래 기억하게 될 것이라는 확신이 들었다.

미국에서 더해진 우울의 조각은 블루 문 아이스크림 색으로 물들었다. 우울함의 blue인지, 아이스크림의 청량한 blue 색상인지 몰라도 된다는 듯, 모든 것은 파래졌다.

단약의 역사

약을 꾸준히 먹는 것은 쉽지 않다. 영양제를 먹었다가 계속 까먹고 빠뜨리는 사람들은 이 말에 공감할 것이다. 그깟 자그마한 알맹이 몇 개가 뭐라고, 챙겨 먹기가 더럽게 귀찮다. 바쁜 현실을 살아가다 보면 쉽게 까먹기도 한다. 이는 우울증 약에도 똑같이 적용된다. 그 알약 몇 개가 나를 살리는 길인 것을 알고 있으면서도, 막상 병원에서 새 약을 처방받으러 갈 때쯤 되면 미처 다 먹지 못한 약봉지들이 주렁주렁 늘어져 있다.

오랫동안 먹었던 약을 끊는 것을 '단약'이라 한다. 마약 중독자들이 약을 끊을 때 이 말을 쓰기도 하고, 정신과 약을 복용하던 사람이 드디어 약 없이 생활이 가능해질 때도 단약이라고 한다. 상황마다 다르겠지만, 꾸준히 먹던 정신과 약을 갑자기 끊는 것은 위험할 수 있다. 그러기에 보통 의사의 안내에 따라 천천히, 조금씩 용량을 줄이다가 이내 '이제는 괜찮으신 것 같아요, 축하드립니다.' 한마디를 듣고 난 후에 환자는 약으로부터 독립을 한다.

스물다섯 살부터 우울증 약 투약을 시작해 원고를 쓰고 있는 현재 ADHD 약까지 함께 먹고 있는 나는, 6년의 기간 동안 수차례 단약을 감행했다. 아, 물론 정신과 의사와 상의는 하지 않은 나의 단독 행동이었다. 내 단약의 역사는 참으로 찌질하고, 사소하고, 호기로웠다.

첫 단약 시도는 우울증을 처음으로 진단받은 스물다섯 초봄에 발생했다. 나는 대학원 수업을 꾸역꾸역 들으면서 일주일에 한 번 학교의 심리 상담 센터를, 열흘에 한 번 학교 근처 정신과를 다니고 있었다. 처음 병원에서 약을 받았을 때 우울증을 치료한다는 알약이 생각보다 너무 작아서 어리둥절했던 그때의 기분이 아직까지도 생생하다. 이 약이 내 고통을 치료한다고? 나는 의문을 품었지만, 약과 함께 반신반의하는 내 물음표도 말없이 넘겼다.

정신과 약을 먹는 사람들은 알 테지만, 우울증 약을 먹는다고 극적인 변화가 생기지는 않는다. 부정적인 악순환을 타는 생각들을 잠시 끊어주는 역할을 하며, 원점에 가까워지도록 도움닫기를 해주는 것이 약의 역할이다. 즉, 부정적이고 우울했던 사람이 약을 먹는다고 갑자기 해피 바이러스가 되지는 않는다. 다만 한 번씩 약 먹는 것을 빼먹었을 때, 부정적인 생각들이 밀물 쓸려오듯이 넘실대는 것을 느끼면 그제야 약이 제 기능을 하고 있었음을 체감할 수 있다. 이 코딱지만 한 알약들은 내가 일상을 조금이라도 덜 힘들게 살아낼 수 있도록 도와주는 보조 역할을 한 데서 책임을 다한 것이다.

정신과에 처음 갈 때 사람들이 가장 놀라는 점 중 하나는 마음의 병을 달래러 오는 사람들이 정말, 정말 많다는 것이다. 꽤 어린 학생부터 내 나이 또래 정도 돼 보이는 젊은이, 중년 아주머니 아저씨, 할머니 할아버지들까지 정말 전 세대가 모인다. 환자들의 나이대가 가장 골고루 분포된 병원이 정신과가 아닌가 생각한다.

환자의 분포뿐만 아니라 절대적인 환자의 수도 정말 많았다. 내가 다니던 첫 병원도 환자가 매일 붐볐다. 무슨 맛집에서 웨이팅을 걸어놓고 기다리는 사람들의 줄인 줄 알았다. 이 수많은 사람들을 수용하기 위해서 병원은 이중 예약을 받기도 했고, 예약 시간에 맞춰 와도 환자를 한참 기다리게 했다. 3시에 진료 예약을 했다면, 나 말고도 5명 정도는 모두 3시에 예약을 걸어두고 먼저 온 사람부터 순서대로 진료를 진행하는 식이었다. 그렇게 기다리다 보면 자연스럽게 4시가 다 되어서야 원장실에 들어갈 수 있었다. 사람으로 북새통을 이루는 병원의 직원들은 피로가 누적된 탓인지, 환자들에게 그다지 친절하지 않았다. 직원들이 꼭 환자들에게 생글생글 웃으며 감정 노동을 할 필요는 없지만, 퉁명스러운 말투와 짜증이 난 듯한 목소리는 듣는 입장에서 기분이 썩 좋지는 않았다.

하루는 오전 9시로 정신과 예약을 했다. 사람이 없는 아침에 후딱 병원을 다녀오고 수업을 갈 계획이었다. 그날따라 꿈

자리가 사나웠나, 한참을 뒤척이다가 눈을 겨우겨우 떴다. 당시 같이 자취하던 룸메이트는 이미 집을 나서고 없었다. 찬연한 햇살이 방안을 금빛으로 덮고 있었다. 이 따스함에 폭풍전야의 불안감을 느꼈다. 휴대폰을 급히 뒤적였다. 알람은 모두 꺼져 있었고, 시계는 9시 34분을 가리키고 있었다. 이런 젠장! 병원은커녕 수업도 늦게 생겼다. 나는 스스로에게 젠장, 젠장 쌍욕을 퍼부으며 논문과 노트북을 가방에 쑤셔 넣었다. 머리를 말리지도 못하고 불난 집에서 뛰쳐나오듯 현관문에서 튕겨 나왔다.

아니, 그런데 잠시 멈춰서 생각을 해보니 병원은 아무런 연락을 주지 않았다. 부재중 통화 목록은 비어 있었다. 나는 급작스럽게 화가 치밀어 올랐다. 환자가 많아서 한 명쯤은 오지 않아도 장사는 잘된다는 배짱이었을까? 게다가 정신과인데, 환자가 나쁜 생각을 하느라 연락을 받지 않은 것이라면 어떻게 책임을 지려고 환자 관리를 하는 거지? 치과에서도 5분 정도 늦으면 '어디세요?' 연락을 해오던데, 왜 이 병원은 그런 연락이 단 하나도 없었던 것일까.

물론 다 핑계였다. 늦잠을 자서 머쓱해진 나를 어떻게든 변호해 보려고 외부 탓을 하고 있었다. 그렇지만 그 당시에는 자신을 향한 분노를 다른 곳으로 옮기지 않을 수 없었다. 그리고 타인의 작은 행동 하나에도 영향을 받았다. 그만큼 위태로운 정신 상태를 겨우 붙들고 있었다.

병원의 조치에 단단히 토라진 나는 엉뚱한 결단을 내렸다. 앞으로 병원에 가지 않겠다는 것이었다. 약을 먹기 시작한 지 채 두 달이 되지 않았던 시기였다. 정신과를 다니지 않아도 심리 상담을 매주 받고 있으니 치료는 중단하지 않은 것이라고 생각하기로 했다.

약의 효능을 아예 모르는 것은 아니었지만, 우울증과 아직 어색한 사이였던 스물다섯의 나는 아직 내가 정신과'씩이나' 가야 할 만큼 심각한 상태인지 긴가민가했다. 우울증 진단을 받았을 때 안도감을 느꼈던 것은 분명한 사실이었지만, 막상 병원에 다니기 시작하니 내가 겪은 괴로움을 자꾸 축소해서 생각했다. 누구나 이 정도 고난은 겪을 수 있다고 말이다. 정신과에 갈 자격에 대한 답을 내리지도 못하고 의사의 말들을 완전히 받아들일 자신도 없었던 나는, 병원에 발길을 끊기로 하자 이상하게 마음이 다시 편해졌다. 가지 않아야 할 곳에 드디어 가지 않아도 된다는 생각이었다. 나는 봄 학기를 지나 여름방학이 끝날 때까지 정신과를 찾지 않았다.

약을 다시 먹기 시작한 것은 그해 2학기가 다 되어서였다. 여름 방학을 지내는 동안 나는 많이 우울하고 도움이 필요하다는 것을 결국 받아들이고 휴학을 했다. 대학교와 대학원을 통틀어서 첫 휴학이었다. 자취방의 계약 기간이 다 끝나지는 않았지만, 나는 최대한 학교와 멀어지기 위해서 본가로 돌아왔다. 본가 근처에 있는 정신과를 알아보고 다니기 시작했다. 새로운 병원은 이전 병원에 비해서 조금 더 여유로웠다. 2시로 진료 예약을 하면 2시에 원장실로 들어갈 수 있었다. 무조건 사람이 많은 유명한 병원이 능사는 아니라는 것을 이때 깨달았다.

하지만 결론부터 말을 하자면 두 번째 병원은 나와 맞지 않았다. 이번 병원의 원장님은 가르치기를 좋아하는 사람이었다. 소위 말하는 '팩트 폭행'을 잘했다. 이 병원에 다니는 동안 가족에 대한 대화를 자주 했다.

"제가 아빠를 너무 무서워해서 어떤 일이 있을 때 말하기를 굉장히 망설여요."

내가 이런 식으로 화두를 던지면 돌아오는 대답은 '힘들겠군요', '고생이 많군요', 등이 아니었다.

"아버지와의 대화 내용이 마치 직원이 자신의 상사에게 보고하듯이 하고 있네요. 언제까지 이렇게 살 수는 없잖아요? 아버지를 이겨내야죠."

메신저 내역을 의사에게 보여주니 이런 식으로 대답이 돌아오며 내 행동을 바꿀 것을 촉구했다. 당시의 나는 어떤 방식으로든 지적을 받으면 나 자신이 부정당하는 기분을 느꼈다. 대학원에서의 나는 칭찬보다는 온갖 부정적인 피드백을 받는 삶을 살았다. 한 가지를 실수하고 그것을 지적받으면 두 번째, 세 번째 실수를 새롭게 하는 사람이었다. 그러니 혼만 날 수밖에 없었다. 매사에 무기력하고 자신감이 없는 학생이, 그것도 일을 썩 잘하지 못해 항상 선배 조교에게 혼이 나는 사람이, 경쟁이 치열한 대학원에서 응원을 받기는 어려웠다.

나는 그 지적들을 점점 내면화했고 '무능력한 나'를 하나의 정체성으로 받아들였다. 지적에 지쳐 있던 나는 방어기제가 강해졌다. 대학원 바깥에서 어떤 피드백이 돌아오면 나는 강하게 반발했다. 그 피드백이 애정에 깃든 것이었든 나를 힐난하고 싶어서 화살을 던진 것이었든 간에 나는 모든 피드백을 나에 대한 공격으로 인식했다. 치료 과정에서마저 지적을 받으면 상처를 받아서 울면서 집에 갔다. 서러움이나 억울함이 아니라 분노의 눈물이었다. 나를 깎아내리는 것은 대학원으로 족했다. 나는 여행을 핑계로 다음 진료 예약을 하지 않았고, 그 병원에서 도망치듯 나와버렸다.

스물여섯이 된 이듬해 초, 우리 가족은 수원에서 서울로 이사했다. 두 번째 병원을 뛰쳐나온 후로 또다시 새로운 마음을 먹고 서울 집 근처의 병원을 찾아보기 시작했다. 이를 닦는 것조차 벅찬 우울증 환자에게 정신과를 하나하나 알아보고 병원으로 몸뚱이를 이끄는 것 자체가 에너지를 많이 소모하는 행위였다. 이제는 얼른 마음에 드는 병원을 찾아서 안정을 취하고 싶었다. 두 달씩 병원을 간보다 그만두는 일은 이제 지긋지긋했다. 중도 포기를 일삼는 나의 게으른 모습이 겹쳤기 때문이다. 정신과 치료를 꾸준히 다니는 것도 성실함이 조금은 필요한 일이라는 것을 이때 어렴풋이 느꼈다. 나는 조사 끝에 세 번째 병원을 찾아서 다니기 시작했다.

세 번째 병원은 첫 병원만큼은 아니었지만 역시나 환자가 많았다. 예약을 미리 잡아도 5분만 늦으면 바로 다음 환자에게 차례가 넘어갔다. 나처럼 자주 지각하는 사람들이 제시간에 오지 않았을 때, 예약 없이 방문한 환자들이 그 빈자리들을 차지했다. 한 번 늦으면 한참을 기다려야 했다. 그곳은 항상 케이팝 인기곡들의 피아노 버전 노래들을 배경음악으로 틀어놨다. 나는 거의 매시간 늦어서 그 노래들을 어느새 외울 정도로 오래 대기했다. 피아노 반주들이 흘러나오는 것을 들으며 나는 거스러미를 박박 뜯었다. 발 아래는 거스러미 조각들이 쌓였다.

대기는 고역이었지만 이 병원의 원장님은 친절했다. 정신과를 다니기 시작하면서 처음으로 상담 중에 울었다. 휴지를 왕창 뽑으며 흘러나오는 눈물을 벅벅 닦았다. 내 앞에 얼마나 많은 사람들이 눈물을 쏟고 갔으면 쓰레기통이 꽉 차 있었다. 가득히 찬 휴지통에서 다른 환자들의 아픔이 나의 마음으로 스며 들어왔다. 환자 자리 앞에 놓여 있는 티슈 박스는 그 병원의 세심함이라고 생각했다. 그 원장님이 처방해 주는 약이 엄청 효과적이라고 느끼지는 못했다. 수많은 약을 먹어봐도 밤낮이 바뀌는 수면 패턴은 고집스럽게도 그대로였다. 그러나 나는 다른 병원에서 느끼지 못했던 온화함에 이끌려 이 병원을 몇 달 넘게 다녔다.

어느 평범한 날이었다. 나는 우울증 약을 십 년 가까이 먹고 있는 지인을 만나고 오는 길이었다. 그와 이야기를 나누다 보면 꽤 오랫동안 정신과 치료를 받고 있음에도 그가 크게 진전된 모습을 보이지 않았다는 것을 알 수 있었다. 그래서는 안 됐지만 나는 그와 같이 약에 의지하는 사람이 되고 싶지 않다고 생각했다. 약으로부터 독립적으로 생활할 수 있는 '정상인'이 되겠다고 그날 속으로 다짐했다.

집에 오는 길에 나는 내 알약들을 만지작거리며 나의 질병 생활을 돌아봤다. 먹고 있는 약으로 다시 평범한 사람이 되고 싶었는데 약을 몇 달째 먹고 있음에도 나는 여전히 우울했다. 약효가 들지 않는다고 생각하니 마음이 조급해졌다. 그럼에도 정신과를 꼬박꼬박 가는 이유가 무엇이었을까. 자문을 하니 약을 받고 싶어서 그렇다는 대답이 돌아왔다.

약을 먹고 있는 내 상태는 일종의 보호막이었다. 약을 먹을 만큼 아프니까 지금 당장 연구가 잘되지 않아도, 살을 빼지 못하더라도, 만날 침대에 누워 있어도 봐달라는 뜻을 담고 있었다. 부모님도, 친구들도, 아니면 혹은 나를 처음 보고 '쟤는 하는 게 뭐야?'라는 의문을 품을 아무개도, 내가 약 봉투를 그들 눈앞에 흔드는 것은 나를 깍두기 취급해 줬으면 하는 어리광이었다. 그렇지 않으면 사회생활을 처참하게 실패하고 도태될 차례만 남은 잉여 쓰레기가 될 것 같았다.

나는 병을 낫기 위해서 약을 먹는 것이 아니라, 아무런 변명을 할 수 없게 실패한 사람이 되지 않기 위해서 알약에 내 온몸을 맡기고 있었다. 그 동안 내가 아프면 아무래도 '정상' 속도로 성취를 이루기 어려웠고, 사람들은 '아픈 것치고 잘한다'고 말해주곤 했다.

이런 생각들을 마치니, 나는 약을 먹을 만큼 충분히 아프지 않다는 결론을 혼자 내렸다. 나의 이익을 위해 약을 취사선택하는 내가, 과연 정신과 약이 필요한 사람일까? 이 의문에서 비롯된 결론이었다. 나는 내가 내린 결론을 엄마에게 말했다. 엄마는 잘되었다며, 이참에 약을 그만 먹어보라고 반색했다. 나는 그다음 주에 친절한 원장님을 만나러 가지 않았다.

"아프기 위해서 약을 먹는 게 어디 있나요. 지금 정인 씨가 치료를 받아야 할 만큼 아프니까 약을 처방하는 거죠. 자신이 약을 먹어도 될지 의심하는 것은, 오히려 치료가 필요하다는 증거예요."

친절한 원장님은 몇 달 후 다시 병원을 찾아온 나를 살짝 나무라듯이 말을 했다. 그 병원에서 이후에도 몇 차례나 단약을 홀로 감행하고 상태가 나빠지면 다시 병원을 찾아가는 일을 반복했다. 나의 단약 논리를 설명하자 되려 병원을 더 자주 오지 않았다고 혼이 났다. 약 먹기의 '자격론'에 대해 생각하는 것 자체가 자신을 의심하고 믿지 못하는 것이기에 아프다는 근거라고 설명했다. 그럼에도 나는 '더 힘든 사람도 많은데 내가 정신과 약을 먹을 자격이 있을까?'라며 스스로를 의심했다.

단약을 하는 것은 매번 내게 악영향을 끼쳤다. 우선 생체리듬이 깨졌다. 약을 먹는다고 잠을 제때 자거나 머리가 상쾌하게 맑아진 채로 하루를 보내지는 않았다. 그렇지만 약을 먹어야 그나마 머릿속이 깨끗하게 비어 부정적인 찌꺼기들이 뇌에 덕지덕지 붙는 것을 막을 수 있었다. 단약을 했을 때 스스로의 힘으로는 나를 좀먹는 생각에서 벗어날 수 없었다.

마약의 금단 현상처럼, 갑자기 복용하던 약을 끊어버리거나 며칠 동안 먹지 않았을 때, 나는 여러 증상에 시달렸다. 졸음이 급격히 쏟아지거나 머리가 아프거나 하는 등, 일상생활에서 몸이 기능할 수 없는 상태가 되었다.

비교적 최근에는 약을 며칠 빼먹었다가 공황 상태에 빠진 적이 있었다. 밤새다 늦잠을 자서 오전 약을 제때 챙겨 먹지 못하자, 스스로에게 화가 나서 오후 약까지 일부러 안 먹은 것이다.

그런 일상을 사흘째 반복했다. 셋째 날 나는 친구를 만나러 퇴근 시간의 9호선을 탔다가 숨이 막혔다. 지하철 칸을 꽉 채우는 인파 속에서 압도되어 곧 죽을 것 같았다. 롤러코스터를 탄 것도 아닌데 지하철 속 세상은 빙글빙글 돌았다. 지하철을 내려서 찬 겨울 공기를 들이쉬고, 사람이 없는 카페에서 안정을 한참 취하고 나서야 증상이 잦아들었다. 다행히 친구에게 힘든 모습을 보여주지 않고 무사히 헤어질 수 있었다.

단약의 역사를 거치고 한참을 삽질하고 나서야 정신과 약을 꾸준히 먹는 것이 나를 살리는 방법이라는 것을 깨달았다. 약에 대한 의존성에서 벗어나기 위해 단약을 했지만, 증상은 나아지지 않았다. 아이러니하게도 나는 이를 몇 차례 반복하면 어느새 다시 약을 받으러 병원 문 앞에 서 있었다. 단약을 한다는 것은 오히려 병을 치료하는 여러 과정 중에서 약에 집착하는 것이었다. 약의 유무에 따라서 내 증상이 완전히 낫거나 낫지 않을 것이라고 판단하는 것이니까, 사실 다른 상담이나 일상을 되찾아가는 내 노력을 무시하는 행동이기도 했다. 단약은 결코 나를 낫게 할 수 없었다.

현재는 새로운 병원을 찾아 약을 1년 반 정도 챙겨 먹고,

단약을 하지 않은 채 꾸준히 치료받고 있다. 내게 ADHD도 있다는 사실을 알게 된 후 ADHD 치료를 병행할 수 있는 병원을 찾았고, 내 치료 루틴은 어느 정도 자리를 잡았다. 이곳의 원장님은 자신만의 철학이 있는 것인지 한 번에 많은 환자를 받지 않고, 한 사람 한 사람의 시간에 집중을 한다. (그만큼 다른 병원과 달리 지각을 절대로 허용하지 않아서, 나는 제시간에 맞춰 병원에 가기 위해 엄청 노력을 해야 했다.) 비록 이따금씩 나의 말에 공감을 잘 해주지 않는 순간들이 있지만, 나를 가장 객관적으로 봐주는 곳에서 나는 천천히 안정을 찾아가고 있다.

오늘 아침 약을 털어먹고, 약 봉투에서 오후 약을 탁탁 털어 손에 쥐었다. 약 봉투가 비었다. 이번 주는 하루도 빠짐없이 약을 잘 먹었다. 의사는 아마도 루틴을 잘 찾아가고 있다고 나를 칭찬해 줄 것이다. 나는 약을 먹음으로써 천천히 내 일상을 구축하고, 약을 먹지 않아도 되는 삶으로 한 발짝씩 나아간다.

그렇게 오늘도 나는 병원을 향한다.

Ⅲ. 우울 내역서

어떤 하루

오전 6:00 : 일어나서 줌(zoom) 화면을 켠다. 지난해부터 참여하고 있는 미라클 모닝 스터디를 해야 하기 때문이다. 한 시간 동안 책을 읽거나 각자 해야 할 일을 마치고, 7시에 줌 화상 회의를 종료한다. 이 시간에 ADHD, 우울증 약을 먹는다.

오전 7:00 : 미라클 모닝 시간 동안 했던 일을 인증한다. 그리고… 다시 침대로 가서 뒹구르르 눕는다. 딱 30분만 더 자고 산책을 나갈 것이다. 혹시 못 일어날 것에 대비해 알람을 7:30, 7:32, 7:36 여러 개를 맞춰놓는다.

오전 11:00 : 잠을 너무 오래 잤다. 부모님 두 분 다 출근하고 집에 아무도 없다. 하루의 첫 단추부터 망해버렸음을 직감한다. 기분이 나빠진다.

오전 11:30 : 기분이 제대로 토라진 채 30분 이상을 폰만 보며 침대에 눌어붙어 있었다. 기분이 더 나빠졌다. 하루를 망쳤으니 다이어트도 내일부터 다시 하자는 심산으로 배달 앱을 켠다. 늘 먹던 페퍼로니 피자를 시킨다. 그 와중에 할인 쿠폰은 착실하게 챙긴다. 그래야 배달비를 써버린 것에 대한 죄책감이 덜하다.

오후 12:30 : 피자가 왔다. 정신없이 한 판을 집어삼킨다. 이렇게 기분이 안 좋은 때에 폭식을 하면 피자 한 판을 10분 안쪽으로 다 먹는다.

오후 12:40 : 피자로 두툼해진 뱃가죽과 손에 남아 있는 피자 기름을 번갈아 본다. 배는 여전히 고프다. 피자의 토마토소스를 유독 좋아한다. 그 맛 덕에 피자를 먹을 때 기분이 나아지곤 하는데, 툭 튀어나온 배와 느끼한 냄새가 진동하는 손가락을 보고 있자니 다시 기분이 나빠진다.

'에라 모르겠다.'

다시 침대에 눕는다. 키위의 꼬순내 나는 목덜미를 킁- 맡으며 이불 속을 파고든다.

오후 3:00 : 그새 또 잠들었다. 2시에는 ADHD 약을 먹었어야 했는데 때를 놓쳤다. 지금이라도 약을 챙기면 되지만, 이미 침대에 누운 이상 주방에서 물을 떠오고 약 봉투를 찾기에는 너무 멀다. 오후 약을 포기한다.

오후 3:30 : 부모님이 오시기 전에 아이스크림을 먹을 수 있을 것 같다. 배달 앱을 다시 켜고 단골 아이스크림 집에서 쿠키앤크림 아이스크림을 파인트로 고른다. 최소 주문 가격을 맞추기 위해 아이스크림 샌드위치와 오레오 쉐이크를 추가로 장바구니에 넣는다. 하루에 두 번이나 배달 앱을 쓰는 스스로에 혀를 내두르지만, 이미 손가락은 결제창을 누르고 있다.

오후 4:10 : 아이스크림이 도착했다. 부모님께 들키면 잔소리를 듣기 때문에 이 모든 디저트를 두 시간 내로 먹어야 한다. 파인트 컵을 먼저 열고 아이스크림을 입에 쑤셔 넣는다. 기분이 여전히 좋지 않지만, 아이스크림은 맛있다. 이후 아이스크림 샌드위치를 뜯어서 다섯 입만에 끝낸다. 오레오 쉐이크는 해야 할 일들을 하며 마시기 위해 잠시 냉장고에 넣어둔다.

오후 5:30 : 해야 할 일을 하기는커녕 또 낮잠을 잤다. 오후에 먹는 ADHD 약은 먹는 이가 각성 상태가 되도록 하기 때문에 잠을 깨워준다. 하지만 오늘 오후에는 그 약을 빼먹어 버려서 그런지 잠에 오래도록 취해 있다. 잠을 깨기 위해 모바일 게임을 켜고 쉐이크를 꺼내서 쪼옥 빨아 마신다.

오후 6:00 : 피자와 아이스크림 먹은 흔적을 얼른 없애야 한다. 특히 엄마에게 이 모습을 들키면 잔소리가 연달아 나오기 때문에 더욱 조심해야 한다. 얼른 쓰레기를 정리하고 분리수거함에 나누어 버린다. 집에서 나던 피자 냄새도 다 빠졌다. 먹은 흔적이 더는 없다.

오후 7:00 : 엄마가 도착했다. 딸이 배달 음식을 게걸스럽게 먹고 오늘 하루도 아무것도 안 하며 망쳐버렸다는 것을 모르는 건지 모르는 척하는 것인지 알 수가 없다. 엄마는 장 본 식재료를 냉장고에 넣고 저녁을 준비하기 시작한다.

오후 8:00 : 아빠가 도착했다. 다 같이 앉아서 밥과 나물 반찬, 엄마가 간단히 끓인 콩나물국을 먹는다. 대화는 오가지 않는다. 침묵 속에서 모두들 반찬을 향해 젓가락을 꽂는다. 하루를 그렇게 먹고 자는 데 쓰고도 배가 고픈 딸은 폭식한 티를 내지 않기에 성공했다.

오후 8:30 : 방에 들어가 문을 닫는다. 또다시 침대로 들어간다. 큰 호흡을 하며 키위의 꼬순내를 맡아주며 마음의 안정을 되찾는다. 모바일 게임 앱을 켠다.

오후 9:00 : 모바일 게임도, 유튜브도, 페이스북도 다 뒤적거렸지만 지루하다. 인스타그램에는 '갓생'을 살고 있는 사람들의 소식뿐이라 괜히 들춰봤다가 기분만 잡친다. 갑자기 졸음이 쏟아진다. 불을 끌 새도 없이 잠든다.

오전 1:30 : 망했다. 지금 잠에서 깼다. 내일도 미라클 모닝 스터디를 해야 하는데. 뒤늦게나마 불을 끄고 다시 잠을 청한다. 하루 종일 그렇게 잠을 자고도 잠이 금세 쏟아진다. 피로함에 눈꺼풀이 조금 욱신욱신할 정도다. 오늘도 이를 닦거나 씻지 못했다. 포기가 안 되는 삶을 빼고는 다 포기한다.

잠과 우울에 대한 단상 조각들

앞선 타임라인은 우울과 무기력에 취한 나의 하루 일과를 간단하게 보여준 모습이다. 질퍽질퍽한 나의 세계는 잠과 정크푸드로 가득 차 있었다. 현재도 종종 심하게 무기력해져서 이런 일과로 살아간다.

1.

우울증에 걸린 후 제일 변화한 것이 무엇이냐고 묻는다면 나는 아마 이렇게 대답할 것이다.

"잠이 너무 많아지거나 없어져서 중간이 없어요."

잠은 불규칙하게, 시시때때로, 때로는 과하게 내 정신을 지배했다.

사진 촬영은 나의 오랜 취미이자 본래는 마음이 힘들 때 찾는 나만의 도피 수단이었다. 하지만 사진을 찍는 것에는 노력이 필요했다. 사진 찍기 좋은 동해 바다에 가기 위해서 아침 일찍부터 고속버스 터미널로 가 버스를 잡는 성실함, 똑같아 보이는 풍경을 감상하며 (실제로 나는 주로 가던 곳만 가는 편이다) 그 아름다움에 감탄할 수 있는 심적인 여유, 그리고 하루를 온전히 밖에서 보낼 만한 체력까지. 우울한 사람에게는 그런 하루를 보낼 수 있는 신체적·정신적 체력이 있을 리가 만무했다. 여행을 좋아해서 여행 기자단까지 했던 나는 우울증 이후로는 내게 투자하는 여행 경비가 거의 0에 수렴했다.

잠은 그런 노력이 필요가 없었다. 침대에서 꼼짝 못 하고 하루를 보내는 내가 잠을 자기 위해서는 그저 폰을 놓고 눈을 감으면 되었다. 에펠탑을 싫어했던 프랑스 작가 모파상이 에펠탑을 보지 않기 위해서 그곳의 식당에서 식사를 즐겼던 것과 비슷한 마음이려나. 나의 꼬질꼬질하고 한심한 모습을 잠시라도 보지 않기 위해 가장 꾀죄죄하고 한심한 모습으로 잠을 청했다. 입에서 단내나도록 푹 빠진 잠은 참 달았다. 잠은 곧 나의 유일한 취미가 되었다.

여행 이야기를 꺼내서 생각이 났지만, 나는 우울증 시기에 가끔씩 여행을 다닐 때도 잠과 함께했다. 늦잠을 자서 숙소에서 나오는 데만 한참 걸렸다. 느지막한 10~11시쯤에 숙소를 나서면 해가 벌써 중천이었다. 나는 설렁설렁 여행지에서 일상을 사는 이들을 관찰하고, 그곳에서만 먹을 수 있는 음식들을 먹고, 해가 지기 전에 숙소로 돌아왔다. 그때부터 다음날까지 쭉 잠에 빠지거나, 휴대폰을 보느라 새벽까지 밤새우기를 반복했다. 여행지의 야경 사진을 담아내야 직성이 풀리던 시절과 달리 이제는 잠을 여행지에서 확보하는 것이 훨씬 중

145

요한 우선순위가 되었다.

여행에서조차 일상처럼 아득바득하며, 벅차게 살고 싶지 않았다. 그래서 나는 여지없이 잠을 택했다.

2.

어디선가 이런 글을 본 적이 있다. 현실이 너무 힘들 때, 사람들은 잠을 통해 그 현실로부터 도피한다는 것이다. 그것을 나는 '회피성 잠'이라고 부르기로 했다. 내가 자는 것도 분명히 회피적인 심리가 다분했다. 내가 해야 하거나 하고 싶은 일은 산더미처럼 쌓여 있지만, 그것을 해낼 의지나 체력이 전혀 되지 않아 '일단 자고 시작하자' 버튼이 발동되었다.

나는 주로 전지적 작가 시점으로 꿈을 꾼다. 그래서 잠을 잘 때면 내가 등장할 필요가 없는, 혹은 내가 전지적 능력을 가지고 꿈속의 모든 사건들을 지켜보는 역할로 자리를 잡았다. 꿈속에서는 매우 현실적인 이야기부터 현실에서는 일어날 리가 없는 판타지적인 에피소드까지 다양한 '작품'을 영화처럼 즐길 수 있었다. 물론 내가 현실 세계에서 스트레스로 시달리는 사건이 꿈에서 반복되는 때도 있었다. 어쨌든 이 모두 진짜 현실이 아니었다. 일상의 연장으로 꾸는 꿈들은 현실주의적인 작품 중 하나로 취급하면 그만이었다.

꿈에서 내가 인물로 등장할 때는 그것대로 즐길 거리가 있었다. 꿈속의 나는 대개 우울증 환자가 아닌 '보통의 인간'이었기 때문이다. 연예인들과 범죄 수사를 하는 경찰관이 되기도 했고, 베스트셀러 작가가 되어 유명세를 누리기도 했다. 꿈에서의 나는 매일 샤워를 하고, 보송보송한 얼굴과 기름기 없이 깔끔한 정수리로 꿈속의 세계를 살아갔다.

잠에서 깨면 모든 꿈 작품들은 날아가고, 현실을 살아가는 내 몸뚱이만 덩그러니 남았다. 잠으로 보낸 시간 때문에 내가 할 일들은 더더욱 밀려 있었고, 며칠을 씻지 않아 꼬질꼬질한 내 모습도 그대로였다. 이를 닦지 못한 내 입에서 잠으로 한 겹 더 두터워진 단내는 더욱 진한 냄새로 현실 감각을 일깨웠다. 그 악취 때문이었을까, 기분이 곧장 더러워졌다. 부정적인 감정에 사로잡히면 뭔가를 미친 듯이 먹은 후 또다시 그 기분을 회피하고자 잠들었다.

회피성 잠으로 현실에서 꿈 세계로 도망치고, 돌아와서 또 기분이 안 좋아지고, 또 현실을 직면할 자신이 없어서 회피성 잠을 택하는 나는 악순환의 굴레에서 한창 구르고 있다.

3.

잠은 죽어서 자도 된다는 말이 있다. 잠과 죽음이 어느 정도 연관성이 있다는 것을 암시하는 말이다. 어쨌든 잠을 자고 있는 동안 사람은 자신의 주변에서 일어나는 일을 확인할 수 없고, 일상적인 활동들을 다 멈춘 채 잠에 빠져드는 거니까. 나는 회피성 잠이 특히 죽음과 관련이 있다고 생각한다. 회피성 잠으로 잠시 죽어 있는 것이다. 현실이 너무 뭣 같으니까, 아프지 않은 죽음으로 잠시나마 우울에서 벗어나고자 하는 것이 아닐까.

죽을 때 느낄 숨 막히는 고통이 무서워서 자살 시도를 하거나 죽음과 가까운 행동을 한 적은 없었다. 그렇다고 이 삶에서 큰 의미를 찾은 적도 없었다. 우울증과 동거하는 삶을 살게 된 이후 나의 모습을, 이 원고를 쓰고 있는 현재까지도 미워하고 한심해하고 있는 나다. 그런 내게 잠은 참 좋은 선택지다. 다 포기하고 삶으로부터 도망치고자 하는 심리를 시각적으로 보여준 기분이었다. 나는 죽지 않았지만 사실상 죽음과 삶을 오가며 시간을 꾸역꾸역 보내고 있다.

4.

석사 과정 4학기에 진입해야 할 때 나는 힘들어서 휴학을 했다. 대학원 연구실에 나가지 않기 시작하면서부터 나는 변화무쌍한 잠에 지배당했다. 이후 회사에 다니면서 억지로 규칙적인 생활을 반복하다가, 퇴사를 한 후에 다시 생체 리듬이 무너졌다. 이때도 제일 먼저 무너진 것이 수면 패턴이었다. 나의 불규칙한 잠의 일정은 아이러니하게도 어떤 규칙성을 띠었다. 폰을 만지작대거나 닌텐도로 포켓몬 게임을 밤새 하다가 새벽 6시, 뜨는 아침 해와 하이파이브하고 잠드는 것이었다. 이때 취침을 하면 하루 종일 몽롱해서 오후 내내 잠을 잤다. 밤이 되면 다시 잠이 오지 않아 폰이나 다른 기기를 만지며 전자파를 먹는 일상을 반복했다.

이전에 다니던 정신과 의사에게 내 잠과의 사투를 털어놓았다. 의사는 수면제 성분의 약을 처방해 줬다. 나는 매일 밤 자정쯤에 잠들고 싶어서 11시 반 정도에 약을 털어 넣었다. 그러나 어둠 속에서 휴대폰을 보던 습관을 고치지 못했다. 나는 또 어느 순간 약효를 이겨내고 눈을 비벼가며 폰을 보고 있었다.

"규칙적인 생활을 하려면 약만으로는 부족해요. 자신이 의식적으로 노력해야 패턴을 돌릴 수 있어요."

의사는 이 말과 함께 여전히 잠들지 못하는 내게 용량을 늘린 수면 유도제를 처방해 줬다.

'의식적으로 노력하는 게 안 되니까 우울증인 게 아닌가.'

나는 속으로 이렇게 생각했지만 굳이 내 생각을 내뱉지는 않았다. 병원을 바꾸기 전까지 그 의사와 나는 수면제와 잠을 사이에 두고 팽팽한 갈등을 지속했다.

지금 다니고 있는 병원에서도 마찬가지로, 불규칙한 잠에 잠식되지 않고 내가 잠을 지배하기 위해서는 생체 리듬을 되찾는 노력을 하나씩 해야 한다고 이야기했다. 의사는 '자신을 잘 먹이고, 잘 씻기고, 잘 재우라'고 조언했다. 나는 그 말을 들은 이후에도 여전히 잠과의 줄다리기를 하고 있다. 잠에 패배하여 하루 종일 잠을 자거나 밤에 잠들지 못하는 밤들을 지속하다가, 또 어떤 날에는 다음 날 일정을 소화하기 위해 제시간에 잘 일어나거나 등, 가끔은 내가 지고 또 어떨 때는 내가 이긴다. 한동안 잠을 자는 시간대를 정하는 것을 어려워하다가, 최근에 약을 바꾸면서 자정 즈음에는 내 몸의 스위치가 꺼지는 것을 발견했다. 항상은 아니지만 최근 몇 달은 내가 원하는 '자정에 잠들기'를 성공하는 날이 많아지고 있다.

5.

잠을 잘 자기 위해서 이러저러한 시도를 했지만, 그나마 나의 무너진 성에서 뼈대가 되어주는 것은 아침 산책과 미라클 모닝 스터디였다. 미라클 모닝 스터디는 회사에서 친하게 지내던 지인이 내게 같이 하자고 추천하면서 시작됐다. 매일 아침 6시에 일어나, 하고 싶은 일로 생산성 있는 아침을 보내고 하루를 시작하면 좋은 영향을 받을 수 있을 것 같았다. 애초에 폭식이나 회피성 잠을 불러일으키는 상황은 내가 하루의 첫 단추를 잘못 끼웠을 때였기 때문이다. 예를 들어 늦잠으로 하루를 늦게 시작하면 오늘 하루를 잠만 자느라 날렸다면서 폭식을 이어가고 다시 잠들기 일쑤였다.

　실제로 미라클 모닝을 지속하는 것은 일을 일 년 반 가까이 쉬고 있는 내가 아침 루틴을 찾는 데 큰 도움이 되었다. 집중이 잘되지 않아서 아무것도 하지 못하는 밤 시간을 상쾌한 아침 시간으로 보상받는 기분이었다. 적어도 미라클 모닝을 성공적으로 마친 날에는 하루의 첫 단추를 잘 끼워서 하루를 잘 보낼 자신이 생겼다. 물론 단점도 있다. 미라클 모닝을 하지 않는 날에는 여지없이 늦잠을 잔다는 것, 그리고 이따금씩 (실은 자주) 미라클 모닝을 하고 나서 다시 잠들어 버린다는 점이 있다.

　몇 달 전에는 미라클 모닝 스터디가 끝나고 나서 일부 스터디원들과 '집출(집에서 출발하기)' 모임도 했었다. 미라클 모닝을 한 이후에 다시 잠들지 않고, 바로 다음 루틴을 이어가기 위한 사람들의 노력이 담겨 있다. 스터디 단장은 주로 헬스장 출석을 하고, 프리랜서로 일하는 다른 멤버는 자신의 사무실로 출근하는 모습을 찍어 올린다. 나는 매일 집출 인증을 하지는 못하지만, 한 번씩 아침 산책을 위해 집을 나설 때 아스팔트를 밟고 있는 나의 보라색 신발 사진을 올린다. 잘하고 있다는 사람들의 응원을 들을 때면 산책할 맛이 제대로 난다.

　최근에는 원고를 쓰기 위해 산책 시간을 아낀다는 핑계로 집출 인증을 영 못하고 있다. 산책을 가지 않는다고 내가 그 시간에 글을 더 쓰거나 잘 쓰는 것도 아니다. 미라클 모닝이 끝나자마자 다시 침대로 향해 엎어져 있다가 아빠나 엄마가 나가는 걸 보지도 못하고 9시 반이 넘어서 일어나는 때가 수두룩하다. 9시 반이면 8시에 산책을 나가도 마치고도 남을 시간이다. 매일 하던 운동을 안 하니 체력이 그새 바닥을 쳤다. 내일부터 다시 산책을 인증해야겠다는 생각이 문득 든다.

6.

2023년 중반까지는 꽤 잘 지키고 있던 루틴이 다시 무너지기 시작했다. 요즘은 밤을 새우거나 불규칙하게 새벽녘에 잠을 청하지는 않지만, 하루 종일 잠에 시달리는 날들이 많다. 회피성 잠이 다시 찾아온 것이다. 원고가 마음에 들게 나오지 않아서 괴롭고, 유일한 운동인 산책을 가기가 귀찮아서 미라클 모닝 시간에 일어났다가도 다시 잠든다. 그러는 와중에 엄마와 아빠는 이제 다시 취업하는 게 어떻겠냐고 계속 권한다. 나는 돈을 벌 필요성을 누구보다도 잘 알지만, 몸이 참 따라주지 않는다. 앞으로 나의 삶을 어떻게 꾸려가야 덜 꼬질 꼬질하게 지내고 몽롱한 상태를 이겨낼 수 있을지, 혹은 회피성 잠을 줄일 수 있을지 고민하는 것이 요즘의 일상이다.

의사에게 요즘 잠에서 도통 깨어나질 못한다고 털어놨다. 그는 혹시 잠을 통해 자기 자신을 무력하게 만드는 것이 아니냐고 내게 물었다. 잠을 자는 동안에는 아무것도 할 수가 없다. 그리하여 잠이 쏟아지는 모습을 지속하면서 '난 역시 안돼. 아무것도 할 수가 없어'라고 되뇌는 것 같다는 것이다. 잠 자는 내 모습이 보기 흉할수록 잠을 더 부른 것일지도 모르겠다는 생각이 들었다. 의사는 말을 이었다.

"정인 씨는 현실이 너무 고통스러우니까, 잠을 통해서 잠시 현실로부터 거리를 두고 있는 게 아닌지 모르겠어요. 마치 아이처럼, 태아처럼, 아무것도 하지 않고 가만히 쉬는 거죠."

이 말은 여러 번 반복해서 들은 이야기지만, 태아와 같다는 말이 이날따라 유난히 내 마음을 두드렸다. 나는 회피성 잠을 통해 죽음뿐만 아니라 또 다른 삶의 시작을 갈망한 것인지도 모르겠다. 게임을 리셋하듯, 잠에 들고 시야가 까매지면서 새로운 삶이 펼쳐지기를 은연중에 바란 것일 수도 있겠다는 생각이 든다.

7.
Game over. Restart?

인형탈과 산책절

　살은 전쟁터다. 다이어트가 정말 흔한 시대인 만큼 많은 사람들이 자신이 목표하는 몸보다 살이 찌거나 빠져서 곤욕을 치른다. 나 또한 평생 통통한 혹은 뚱뚱한 여성으로 살아가면서 살과 치열한 전쟁을 치러왔다. (그리고 주로 졌다.)

　사회는 살찐 사람에게 그리 친절하지 않다. 초등학교 6학년 당시 처음으로 원피스를 입고 온 나에게 임부복[6] 같다며 놀리던 남자아이들을 통해 살찐 사람을 향한 시선을 아주 정직하게 확인했다. 게다가 살이 찌면 일상생활을 하기가 불편하다. 보세 옷을 파는 길거리의 옷 가게를 가도 내게 맞는 옷 사이즈가 있다는 보장을 할 수가 없다. 사람들이 양쪽에 앉아 있는 지하철 자리를 사수할 때, 나는 내 커다란 몸을 최대한 구겨서 그 사이를 비집고 들어간다. 그런데도 나 때문에 양옆 사람들이 불편할까 봐 눈치가 보인다. 이따금씩 길을 가다가 좁은 틈 사이를 통과해야 할 때, 내 몸이 낄까 봐 불안하다.

　피부가 하얗다고 부러움을 사고 특별한 지병 없이 건강하게 자란 내 몸이지만, 살이 쪘다는 이유로 내 장점들은 대체

6　성인이 된 후 '임산부 같다'는 말을 모욕적으로 쓰는 사람이 잘못되었다는 것을 알게 되었다. 그럼에도 그들이 그 말속에 내포하는 의미를 알아차렸기 때문에 내 옷이 임부복 같다고 했을 때 기분이 나쁠 수밖에 없었다.

로 무효화되었다. 살이 쪘다는 것은 자기 관리 부족의 상징이었고 게으른 성향을 외모로 표출한 것이었다. 나는 이런 인식들을 먹고 옆으로 무럭무럭 자랐다. 내 몸을 미워할 이유도 차곡차곡 쌓아나갔다. 나는 살찐 몸을 내 몸으로 인정할 수가 없었다. 그래서 내 몸뚱이에서 벗어나고자 다이어트를 계속해왔다.

평생 다이어트와의 사투를 벌인 만큼, 살 빼기에 성공하는 경우도 있었다. 학창 시절에 8kg를 빼고서 새 학기 새 교실에 나타난 적도 있었고, 대학에 입학하기 전에도 고등학교 3학년 막간을 이용해서 15kg 정도를 감량했다. 물론 다이어트를 여러 차례 성공했다는 것은 살을 빼고 나면 도로 쪘다는 의미이기도 했다.

"너 살 빼면 훨씬 건강하고 예쁠 텐데."

대학교 4학년 때, 잠시 관심 가졌던 오빠가 내게 했던 말이었다. 나는 대학 시절에 몸무게 최대치를 갱신했다. 당시에는 저 말이 얼마나 무례한지 알지 못했다. 그저 나를 걱정하는 말이라고 넘기고 먹던 밥을 마저 삼켰다.

얼마 후, 그와 옷을 같이 사러 갔다. 남색의 프리 사이즈 꽃무늬 원피스 하나가 예쁘게 걸려 있었다. 오빠와 나는 둘 다 동시에 "이 옷 예쁘다!"라고 외쳤고, 그의 반응에 흡족해진 나는 냉큼 그 치마를 샀다. 집에 돌아와서 옷을 입어보니, 치마가 허벅지에 덜컥 껴서 올라가질 않았다. 프리 사이즈 치마라더니 개뿔. 70kg도 되지 않았던 내가 '프리'의 범주에서 튕겨져 나왔다.

안타까운 소식을 들은 오빠는 자신의 여동생에게 치마를 주겠다고, 나한테서 옷을 사겠다고 했다. 그 말 한마디가 나를 다이어트로 이끌었다. 호감을 가지고 있던 사람과 같이 산 의미 있는 옷을 이렇게 자존심 구겨가며 보내고 싶지 않았다. 나는 3개월에 걸쳐 13kg를 감량하는 데 성공했고, 오빠의 대학 졸업식에 꽃무늬 원피스를 잘 차려서 입고 갔다. 아 물론, 그 오빠와 잘되지는 않았다.

한 학기 후에, 나는 대학원에 입학해 바쁜 나날을 보냈다. 다이어트를 하는 동안 매일매일 다니던 헬스장에 불규칙하게 가기 시작했고, 그동안 먹지 않았던 저녁과 야식도 내 식단에 조금씩 추가되었다. 뱃살이 이스트 반죽처럼 야금야금 자라기 시작했다. 안 그래도 대학원 생활에 적응하는 것이 과제였는데 또다시 요요가 오기 시작한 것이다. 대학원 생활도 충분히 고달픈데 내 몸마저 멋대로 덩치를 불리다니, 나는 실패자임이 틀림없었다.

나는 매일 아침 몸무게를 쟀고 아침마다 스트레스와 분노로 얼룩졌다. 관심 가졌던 오빠와, 당시에 같이 친하게 지낸 언니가 있던 단체 톡방에서 매일같이 또 살이 쪘다며 내가 얼마나 쓰레기 같은지를 읊조렸다. 나 자신에 대한 저주를 한참 퍼부은 후에도 성이 안 풀려 나는 배가 멍이 들도록 주먹질을 했다.

'정인아, 너의 기분은 이해하지만 매일 아침마다 나쁜 말을 톡방에 올리니까 나도 덩달아 기분이 안 좋아지네.'

내 독기 서린 말들을 계속 받아주던 언니는 결국 인내심이 바닥났다. 듣는 이의 입장도 생각해 줬으면 좋겠다는 이야기도 덧붙였다. 쪽팔렸다. 한 번도 쓴소리를 안 하던 언니가 한마디를 남길 정도로 내가 이 관계를 내 멋대로 사용했다고 생각하니 얼굴이 화끈거렸다.

동시에 화가 났다. 나는 당시에 항상 화가 나 있었다. 부정적인 뉴스 기사 제목들을 보고 화를 냈고, 대학원 생활이 상상하던 것과 달라서 화가 났다. 무엇보다 새벽까지 연구실에 있느라 헬스장을 제대로 가지 못하고 야식을 계속 먹는 나 자신이 꼴 보기가 싫었다.

분노는 여러 방향으로 산발되어 활화산의 마그마처럼 불똥을 튀겼다. 한 불똥은 언니에게로 도착해 활활 타올랐다. 그때는 언니에게 화가 난 이유를 알지 못했지만, 돌이켜보면 꽤나 오랜만에 타인에게 쓴소리를 들어서 지적받은 것을 받아들이지 못했던 것 같다. 나는 단체 톡방에서 사과를 하고 챗방을 나가버렸다. 그렇게라도 하지 않으면 언니와 오빠에게 불똥을 더 튀길 것 같았다. 언니와는 1년 정도 후에 편지와 함께 제대로 사과를 전했다.

그 일이 있고 1년이 조금 안 되어서 우울증 판정을 받았다. 살은 정신질환과 아주 친하다는 것을 우울증에 걸리면서 깨달았다. 우울증 걸린 사람들의 가장 큰 특징 중 하나가 몸의 모양이 바뀐다는 점이다. 식욕을 잃어서 살이 쪽 빠져버리거나, 우울함을 없애기 위해 먹다가 살이 확 쪄버리거나. 나는 후자에 속했다. 입학 당시 몸무게 기준으로 내가 졸업할 때쯤 30kg 가까이 더 쪄 있었다.

빠르게 불어난 지방 덩어리만큼 나는 몸에 대한 자기혐오를 지층처럼 한 층, 두 층 쌓아갔다. 웃지 못할 에피소드도 함께 누적됐다. 살이 찌고 나서부터는 무채색의 트레이닝복과 무릎 가까이 오는 회색 후드만 입고 다녔다. 화장도 하지 않았다. 소위 말하는 꾸밈은 나와 전혀 무관한 꿈같은 존재였다. 하루하루가 힘들고 우울한데 살까지 쪘으니 예쁜 옷과 화장이 무슨 소용일까. 패딩을 입고 지퍼를 올리면 배가 터지기 직전인 오동통한 애벌레 같았다.

우울증 살이 한창 차오르던 시기에 나는 임산부로 오해를 받아 두 번이나 지하철 자리를 양보 받았다. 한 번은 내 앞에 앉아 있던 남자에게 말없이 배려를 받았다. 다음 역을 내리기 위해서 자리를 일어서는 듯했던 그는 내가 자리에 앉고 다음 역에, 또 다음 역에 도착했을 때도 하차하지 않았다. 나는 그 제야 자리를 배려 받은 것을 깨닫고 내 옷차림을 살폈다. 파란 청 오버코트에 기다란 후드티, 그리고 검은 바지였다. 아리송했지만 그날은 그냥 넘겼다.

두 번째 사건은 그냥 넘어갈 수가 없었다. 어떤 목소리가 큰 여자가 나를 보고는 쩌렁쩌렁한 목소리로 말했다.

"여기 앉으세요!!"

나는 괜찮다고 누차 거절했지만, 그의 열정은 식을 줄 몰랐다. 사람들이 우리 쪽을 쳐다보기 시작했다. 그 여자는 나와 비슷한 몸매를 가졌지만, 머리를 노랗게 염색하고 화려한 화장과 옷차림을 입고 있었다. 여자의 긴 속눈썹 위에는 연필을 놓아도 떨어지지 않을 것 같았다. 그날 나의 옷차림은 두꺼운 검은 패딩에 꾀죄죄한 회색 후드티, 그리고 트레이닝 바지였다.

나는 그를 마주 보며 배려를 할 수 있는 몸과 배려를 받는 몸의 차이가 뭘까 생각했다. 만일 내가 더 날씬했더라면, 내가 이렇게 꼬질꼬질한 모습으로 있지 않았다면 임산부로 오해를 받았을까. 날씬한 여자가 화장 안 하고 나처럼 트레이닝 복에 후드를 입었다면 그냥 안 꾸민 여자 정도로 판단했을 것 같다. 그리고 비슷한 몸매를 가지고 "여기 앉으시라니까요!"

외치는 저 여자는 누가 봐도 '여성스럽게' 꾸며서 자리를 양보하는 입장이 될 수 있었다. 나의 외모와 살의 교집합이 배려를 불러일으킨 것이다. 그 뒤로 내가 즐겨 입던 무채색 옷들은 '장롱템'이 되었다.

목소리 큰 여자에게 자리를 양보받고 화가 난 나는 집에 도착하자마자 눈에서 즙을 짜냈다. 분홍색 베개에 눈물이 후두둑후두둑 떨어지면서 베개에 불규칙한 물방울무늬를 그렸다.

엄마와 아빠는 무슨 일인지 물으려 방문을 열어젖혔다. 자초지종 설명을 들은 엄마와 아빠는 동요하지 않았다.

"그러게, 내가 화장 좀 하고 다니라고 했지?"

라던 엄마.

"네가 살찐 것은 사실인데 뭘 그걸 가지고 우냐?"

라고 맞장구치던 아빠.

"이참에 살 좀 빼라."

결론은 그것이었다. 애초에 우는 모습을 보이고 싶지 않았기 때문에 기대하는 말도 없었지만, 분명한 것은 당신들이 그날 날린 말들은 내 둥근 등에 화살처럼 꽂혔다는 것이다. 내몸은 내가 알아서 더 열심히 미워하고 있었다. 엄마나 아빠의 싫은 소리까지 없지 않아도 내 지방의 무게는 충분히 무거웠다. 엄마와 아빠의 삐죽빼죽한 말들을 등에 잔뜩 꽂은 나는 고슴도치와 같았다. 고슴도치도 제 새끼는 예뻐한다고 하던

데, 뚱뚱한 고슴도치는 예쁨을 받지 못했다.

대학원을 졸업할 때까지 나는 살이 계속 찌기만 했다. 우울증에 폭식증이 덧대어졌기 때문이다. 눈을 감았다 뜨면 페퍼로니 피자 라지 한 판이 사라져 있었고, 그것으로도 모자라서 아이스크림 파인트 사이즈를 사러 편의점에 다녀왔다. 눈을 뜰 때부터 다시 눈을 감을 때까지 입은 열심히 오르락내리락 저작운동을 했다. 어쩌면 30kg밖에 찌지 않은 것이 다행이었을지도 모른다.

내 몸을 부정하는 시간이 오랫동안 이루어졌다. 살이 반짝 빠졌을 때의 모습이 진짜 나이며, 살이 찐 몸은 보통 사이즈의 '진짜 몸'을 덮고 있는 두꺼운 껍데기라 믿었다. 뚱뚱한 인형탈을 쓴 채로 사람들을 만나고 무거워진 몸뚱이를 이끄는 상상을 지우기 어려웠다. 우울했던 대학원 생활의 흔적은 내 몸에 덕지덕지 붙은 살로 고스란히 남아 있었다. 이 흉한 모습을 매일 거울을 통해 확인해야 했다.

나는 마음을 몸에서 발라내는 작업을 지속했다. 통통한 내가 뚱뚱해진 후로 가장 억울했던 것은 대학원생 입학 이후로 나를 알게 된 사람들은 내 '진짜 모습'을 본 적이 없다는 것이었다. 그들이 아는 정인은 뚱뚱한 여성이었다. 인형탈 안에 갇혀 있는 내 진짜 모습을 그들에게 상기시키기 위해 나는 현재보다는 날씬했을 적 사진을 인스타그램 스토리에 꾸준하게 올렸다. 사원증 사진도 내가 가장 날씬했던 대학교 4학년 시절 사진으로 바꿨다. 친한 고객사 직원이 사진을 보고 누구냐고 물었다. 사진 속 사람은 죽었다고 농담했다.

회사를 그만둘 무렵에도 나는 여전히 뚱뚱했고, 폭식을 일삼았다. 매일 배달 음식을 시키고 피자와 자장면을 흡입했다. 불이 꺼져 어둑한 새벽에 침대에서 눈을 끔뻑이며 부정적인 생각을 했다. 그렇게 밤을 지새우다 늦잠을 자면 반나절이 이미 지나 있었다. '하루를 또 망쳤네'하며 생각했다. 역시 살만 뒤룩뒤룩 쪄서 부모에게 기생하는 게으른 딸은 뭘 해도 안 된다고 반복적으로 일렀다. 반복은 학습이 되었고 나는 정말로 게으른 딸이 되어 하루 종일 눕고 구르고 먹기만 했다.

퇴사한 지 두 달이 지난 3월 말에 나는 또다시 밤의 어둠을 헤아리다 선잠에 든 상태였다. 잠을 자도 중간에 두세 번 깨던 시기였다. 분명히 5시 이후에 잠이 들었는데 불현듯 7시에 눈이 떠졌다. 평소와 같았으면 다시 잠들기 위해 애를 썼을 것이다. 그러나 그날따라 가슴에 뜨거운 덩이가 차오르는 것을 느꼈다. 억울했다. 이대로 다시 침대에 붙어 있으면 하루가 어제와 똑같이 흘러갈 것이고, 변화 따위는 없을 것이다. 나는 어제와 똑같은 맛의 피자를 시켜서 미각으로 느끼고, 기분 나쁜 배부름을 애써 외면하며 또다시 회피성 낮잠을 잘 게 뻔했다.

가슴에 턱 걸린 뜨거움에 헛구역질이 날 것 같았다. 나는 메스꺼움을 없애기 위해 수평으로 납작하게 눌려 있던 몸을 수직으로 일으켜 세웠다. 바깥바람이 쐬고 싶었다. 얼굴에 뜬 개기름을 휴지로 대충 박박 닦아내고 운동화를 주섬주섬 챙겼다.

뒤틀린 속을 게워내듯 한숨을 크게 쉬고 3월의 공기를 코, 기도, 허파로 천천히 들이마셨다. 미세먼지의 묘한 냄새와 슬슬 싹을 틔우기 시작한 식물들의 풀 내음이 적당한 농도로 섞여 몸 안으로 들어왔다. 첫날의 산책은 30분 안에 끝이 났다. 우리 동네로 이사 온 지 4년 만에 동네 구석구석을 들여다보고, 주변 공원에서 살고 있는 고양이를 쓰다듬으며 시간을 보냈다. 가슴 한 쪽에 작은 새싹을 소중히 안고 들어오는 기분으로 짧은 아침 산책을 마쳤다. 그날은 배달 앱을 쳐다보지 않았다. 3월 21일은 내게 산책절이 되었다.

하루의 첫 단추를 산책으로 꿰어내고부터 몸은 싱그러운 변화를 거쳤다. 하루의 첫 일과인 산책을 성공하니 그 기운을 이어갈 의지가 생겼다. 산책절 즈음부터 매일 켜던 배달 앱을 지우고 건강한 밥상을 찾기 시작했다. 내 몸에 붙어온 싱그러운 아침 공기를 피자 냄새로 오염시키고 싶지 않았기 때문

163

이다. 체력이 붙으면서 산책 시간은 30분에서 1시간, 1시간에서 1시간 반으로 조금씩 늘었다. 한 번도 가본 적이 없었던 동네 뒷동산도 오르기 시작했다.

산책을 시작한 첫 주부터 매일 산책을 나가는 일정을 지키려고 노력했다. 산책이 어느새 나의 일과로 완전히 자리를 잡았을 때 하루 일과는 대충 이랬다. 7시에 눈을 뜨고, 바로 단백질 쉐이크와 영양제를 먹고 나서 세수도 하지 않은 얼굴로 옷부터 갈아입는다. 7시 반에서 8시 사이에 집 밖으로 나서서 살짝 따뜻해지기 시작한 봄의 공기 냄새를 구석구석 맡는다. 곧 제일 가까운 공원으로 향한다. 나를 알아보고 애교를 피우는 고양이가 기다리고 있는 곳이다. 고양이와 10분 정도 놀고, 간식을 챙겨준 후 다음 동산을 향한다. 동산은 7분 정도만 걸어 올라가면 정상에 도달할 수 있을 정도로 낮고 완만하다. 사실상 구릉이다. 그날의 컨디션에 따라서 나는 오르막길을 두세 번 정도 오르락내리락 움직인다. 그 이후로는 쭉 평지다. 동네를 큼지막한 네모로 그렸을 때 네모의 네 칸을 다 돌고 나면 1시간 반 정도 지나 있다. 길이 익숙해지니 걸음도 점점 빨라졌다. 집에 와서 씻다 보면 자연스럽게 점심 먹을 시간이 된다.

나의 아침 산책이 길어지면서 배와 부종은 조금씩 줄어들었다. 머리에 이고 있던 모래주머니를 하나둘씩 내려놓은 것

164

처럼 몸이 가벼웠다. 지하철 계단을 오를 때 어느 순간부터 숨을 헐떡거리지 않게 됐다. 아침 시간이 소중해져 잠을 일찍 잤다. 야행성인 내가 자정 전에 잠자리에 드는 것은 수면 패턴이 조금씩 자리 잡고 있다는 신호였다. 무엇보다 행복했던 것은 급하게 찌고서 계속 제자리였던 몸무게가 점점 빠졌다는 것이다. 건강한 삶으로 내 일상을 조금씩 채우면서 나는 반년 동안 15kg까지 뺐다. 계속 이대로 살면 좋겠다고 생각했다.

물론 루틴은 조금씩 망가지고 변화를 거치기 마련이다. 아침 시간을 통으로 산책과 씻기에 써버리니 다른 할 일을 하루에 집어넣기가 쉽지 않았다. 마감이 있는 글쓰기와 같이 당장 끝내야 할 일이 생기면 그날 산책을 희생해야 했다. 산책을 다녀올지 다른 업무에 집중할지는 당일 아침에 정했다. 어떤 날에는 글을 써야 한다는 핑계로 산책을 다녀오지 않았고, 어느 하루는 글이 전혀 써지지 않아 머리를 식힌다는 명분으로 산책을 갔다. 지난 일 년은 산책과 글쓰기, 그리고 나머지 일상 사이의 균형을 찾아가는 시간이었다. 돌이켜 봤을 때는 항상 한쪽으로 무게가 쏠려서 균형 상태를 발견하지 못한 채 루틴을 계속 희생했다.

11월부터 두 달 반 정도 계약직 업무를 하면서 몸무게가 제자리로 돌아왔다. 출근길에 빼앗긴 오전 산책은 퇴근하면서 최대한 지키려고 했다. 야근이 없었던 업무 초반에는 집 가는 길 두 시간을 냅다 걸었다. 그러나 야근이 점점 많아져 그마저 하지 못하게 되었다. 식사를 회사에서 해결하게 되면 서 몸무게는 언제 그랬냐는 듯 다시 앞자리를 바꿔가며 스멀 스멀 기어올라왔다. 하루 종일 앉아 있다 보니 부종이 심해지 고 체력이 떨어졌다. 살이 다시 찌니 한창 우울할 때의 버릇 들이 다시 침투했다. 결국 지난 일 년간 쌓아 올린 산책의 탑 은 계약직 일이 끝날 때쯤 우수수 무너져 버렸다.

계약직 일이 끝난 요즘에도 다이어트를 하려고, 산책을 다 녀오려고 시도하지만 마음처럼 잘되지 않는다. 늦잠을 자거 나, 몸무게를 쟀는데 전혀 줄어들지 않았거나, 미라클 모닝 시간에 내가 원하는 만큼 집중을 하지 못해 아침의 첫 단추를 잘못 끼웠다고 생각하는 날들에는 어김없이 스스로에게 비 수를 꽂는 저주를 퍼붓고 정크푸드에 손을 댄다. 우울의 습관 은 쉽게 소멸되지 않는다.

산책과 다른 일상들을 유지하는 무게 중심을 아직 찾지 못 한 탓이 크다는 생각을 최근에 했다. 올해 들어서는 글쓰기에 집중하고 있다. 그래서 오전에 1시간 반씩 산책을 할 엄두를 내지 못한다. 산책 1시간 반 외로 앞뒤로 활용해야 하는 시 간, 이를테면 씻는 시간, 쉬는 시간, 그리고 아침을 챙겨 먹는 시간이 부담되기 때문이다. 이 모든 일들이 일상으로 스미지 못하고 각각의 퀘스트이자 할 일로 분류되어서 나의 하루가 너무 꽉 차 보이는 것이다. 그러는 동시에 산책을 못하고 살을 빼지 못한 나의 모습을 거울에서 마주할 때마다 자책하며 스스로를 찌른다.

이 모든 고통은 자기 부정에서 온다. 결국 나는 살찐 내 모습을 받아들이고 싶지 않아서 몸으로부터 마음을 분리하려고 삽질을 하고 있는 것이다. 고통의 해소는 자기 부정을 인정하는 것에서부터 시작한다고 했던가. 나는 몸무게와 뱃살이 파도치는 과정에서 인형탈이 없었다는 사실을 힘들게 받아들이고 있다. 살이 빠진 나 또한 나지만 우울한 나, 살이 찐 나 또한 나 자신이다. 산책을 열심히 다녔던 나 또한 나이고, 산책을 가진 못하지만 원고를 쓰고 있는 나 또한 나일 뿐이다. 산책절은 또 만들면 되는 것이다.

나의 두둑해진 배를 주무르면서, 살에 파묻혀 다시 작아진 눈을 거울에서 확인하면서 스스로를 계속 북돋는다.

나의 몸을 감싸다 못해 옭아매고 있는 인형탈은 사실 없었다.

다만 언제나 다음 산책을 기약할 수많은 산책절들이 있다.

녹아내린 시계

    살바도르 달리를 떠올렸을 때 가장 많이 연상되는 이미지는 녹아내리는 시계일 것이다. 시계에 대한 해석은 갈리지만, 내게는 녹아내린 시간 개념을 상징하는 것처럼 보인다. 내 삶의 시계도 상당히 흐물흐물하고 탄력이 없다는 생각을 종종 한다. 그래서 나와 어울리는 이 작품 〈기억의 지속〉을 좋아한다.

    "정인아, 일어나! 학교 가야지!"

    까마득한 어린 시절부터 나는 시간 개념이 많이 모자랐다. 미국에서는 어린이들의 안전과 거리상의 이유로 주로 '스쿨버스로 등하교를 하는데, 집에 갈 때는 몰라도 등교할 때 버스를 탄 기억이 많지 않다. 매번 늦잠을 잤기 때문이다. 늦잠으로 모자라 나는 준비할 때도 뭉그적대며 굼뜬 속도로 이를 닦았다. 아빠는 거의 매일 지각 위기에 있던 딸을 학교까지 데려다주고 출근을 했다.

    나의 문제는 항상 가용 시간을 최소한으로 잡고 움직인다는 것이다. 예를 들어 샤워 시간, 옷 입는 시간, 이동 시간 등을 합치면 보통 사람들은 1시간 반 전에는 씻으러 들어간다. 나는 1시간 조금 남겨두고 준비를 시작한다. 실은 시간을 역으로 계산해 봐도, 몇 시에 준비해야 여유롭게 나갈 수 있는지 항상 헷갈린다.

이런 식으로 준비하면 적어도 10분 이상 늦는다는 것을 머리로는 알지만, 몸은 시간이 임박할 때까지 움직일 생각을 안한다. 시간 개념이 부족해서 지각을 자주 하는 모습이 ADHD의 대표적인 증상이라는 것을 비교적 최근에 알게 됐다.

어른들이 내 인생을 수렴청정할 때는 다행히도 중요한 행사들에 늦는 일은 없었다. 몇 시에 일어나라, 준비해라, 데려다주겠다 등 시간 관리의 권한이 부모님이나 다른 어른들에게 가 있으면 나는 그 지시에 맞춰 움직이면 되었다. 아빠 차를 타서 학교 가라고 깨우는 엄마처럼 말이다. 시험이나 행사가 있는 날 부모님이 데려다주는 경우에는 오히려 아주 여유롭게 도착하기도 했다.

하지만 성인이 되고 시간을 직접 관리하기 시작하면서 나는 항상 부족한 시간과 싸워야 했다. 그래도 20대 초반까지는 약속 시각에 아슬아슬하게 맞춰 가고, 수업 시작 직전에 도착하는 한이 있어도 말리지 못한 젖은 머리를 깃발처럼 휘날리며 제시간에 강의실 문을 열어젖혔다.

우울증 이전의 삶과 이 병과의 동거가 시작된 후의 삶은 확연하게 달라졌다. 그중에서 제일 (원치 않았던) 큰 변화는 안 그래도 없는 시간 개념이 증발해 버리듯 싹 사라졌다는 것이다.

내 기억으로 자취를 시작하던 시점이자 번아웃에 시달리고 있었을 즈음부터 시간에 쫓기는 생활을 했다. 나는 원래 집에 가만히 있는 시간을 최소한으로 두고 바깥을 싸돌아다니길 좋아하는 산만한 사람이었다. 스트레스를 잔뜩 받은 날이면 카메라와 온갖 짐을 바리바리 싸 들고 집을 나섰다. 그러면 활기를 충전해서 다음 삶을 향해 나아갈 수 있었다.

번아웃이 온 시기에는 그런 활력을 되찾을 시간이 없었다. 취업 준비, 일곱 개의 수업, 다섯 개가 넘는 팀 프로젝트를 동시에 다 챙기는 미친 짓은 내게 무리였다는 것을 뒤늦게 깨달았지만 이미 벌인 일을 멈출 수는 없었다. 점점 집이 좋아졌다. 정확히는 집을 나오기에 너무 지쳐버렸다. 침대에 대자로 누워서 멍하니 천장 무늬를 헤아리고 아무것도 안 하는 시간이 늘었다. 당시에는 몰랐지만, 이것이 처음으로 마주한 무기력이었다.

당시 자취 중이었기 때문에 엄마와 만나려면 약속을 잡아야 했다. 지친 모습이 나도 모르게 전해진 것인지 엄마는 나와 꽤 자주 약속을 만들었다. 전시회를 보러 가자, 궁 산책하자 (우리 모녀는 서울에 있는 궁들을 산책하며 구경하는 공통 취미가 있다), 밥 먹자, 같이 삼촌 한의원 다녀오자. 만나는 목적은 그때마다 달랐다. 엄마와의 시간은 그나마 막혀 있던 숨통을 트이게 했다. 나의 힘듦을 토로할 사람이 있다는 게 큰 위안으로 다가왔다.

문제는 그 좋아하는 엄마와의 시간을 앞두고도 침대에서 벌떡 일어나 나갈 준비를 하지 못했다는 것이다. 1시에 만나려면 대강 12시에는 나와야 한다는 것을 이론상 알고 있었다. 일어나서 샤워를 하고 화장을 하는 과정이 너무 고된 여정이었다. 늘상 하던 씻기는 어느새 할 일이 되었고 나는 씻는 것에 대해 부담을 느꼈다.

준비하기 귀찮은 마음도 있었지만 뭐랄까, 집을 나가기 위해 해내야 하는 모든 일들이 나를 짓눌러버려 울고 싶은 심정이었다. 마음의 준비를 한참 하고 12시 5분이 되어서야 나는 주섬주섬 옷을 벗고 욕실로 들어갔다. 원래 약속한 시각보다 1시간 뒤에 겨우겨우 도착했다. 엄마는 그럴 때마다 '또니?' 하는 표정으로 나를 한 번 흘겨봤다.

"왜 이렇게 시간 약속을 못 지키니?"

"미안해요, 늦잠을 자서……."

어영부영 말을 만들어냈다. 엄마는 한숨을 내쉬었지만 또 엄마라서 나를 쉽게 용서했다. 잠시의 짜증을 주고받고 나면 엄마는 다시 평상시의 엄마가 되었다.

애인과 친구들과의 약속 시각도 잘 지키지 못했다. 몸을 일으켜 세우는 것이 내겐 노동이었다. 속에 지푸라기밖에 없는 허수아비를 억지로 걷게 하는 것 같았다. 약속 시각이 다가와도 나는 하도 문질러서 피부가 벌게질 정도로 오랜 시간 몸을 닦았고 흐느적흐느적 옷 속에 들어갔다. 그러다 침대에 잠시 또 엎드려 휴대폰을 만지작거리며 '아, 힘들어'를 연신 외치다가 다시 가방을 싸기 위해 천천히 일어났다. 이런 식으로 집에서 시간을 끌어서 친한 언니와 절친의 결혼식 둘 다 거의 끝날 즈음에 도착하기도 했다.

친구들이 있는 약속 장소에 뒤늦게 나타나고 나는 밥을 사거나 후식을 쏘는 등 돈으로 사과를 했다. 금전이 들어간 사과는 말로만 미안하다고 하는 것보다 진심을 담을 수 있지 않을까 하는 자본주의적 사고에서 비롯되었다. 친구들은 웬만해서 화를 내지 않고 나를 받아들였다. 친구들보다 더 자주 만나던 애인은 참다가 한 번씩 나와 지각 문제로 싸웠다. 사람은 갑자기 변하면 죽는 법이었다. 나는 죽지 않고 계속 늦었다.

우울증 치료를 받으면서 내 몸의 리듬이 느려졌다는 것을 알게 되었다. 비단 침대에서 일어나는 것뿐만 아니라 모든 행동이 0.7배속으로 영상을 보는 것과 같이 지연됐다. 나는 걸음걸이가 남들보다 많이 빠른 편인데, 척척척 걷던 걸음걸이가 터벅터벅, 털레털레로 바뀌었다. 발을 바닥에 질질 끄는 것에 가까웠다.

뇌 회로의 속도마저 느려져서 생각을 말로 표현하는 과정에 버퍼가 걸렸다. 이태원에 있는 이슬람 사원을 보고 '사원' 단어를 곰곰이 떠올리다가 '저기 이슬람 사당이 있다' 따위의 말을 하는 식이었다. 무기력의 기운이 일상 전반에 필터처럼 깔려 있었다.

달리의 시계처럼, 늘어진 카세트테이프의 필름처럼 흐물흐물 흘러내리는 시간을 탄탄하게 돌려놓는 해결책은 결국 시간 관리에 있었다. 내가 무기력하다는 것을 받아들이고 일상 속 시간을 천천히 고쳐 나가는 수밖에 없었다. 시간 시스템이 무너진 사람이 다시 그 체계로 편입하기 위해서는 자신의 시간에 규칙성을 기둥처럼 세워야 했다.

퇴사한 직후에는 기상 시간이 불규칙적이었다. 나는 기상 시간을 7시로 고정하고 일어난 후에는 최대한 다시 잠들지 않으려고 바로 산책을 나와버렸다. 일찍 일어나면 적어도 늦잠을 자서 약속을 늦거나 일정을 소화하지 못하는 경우를 줄일 수 있기 때문이다. 그리고 전날 밤에 내일의 일정을 미리 확인하고 조금이라도 정갈한 스케줄을 계획하려고 다이어리에 끄적였다.

물론 지독하게 실패했다. 규칙을 만들어 가는 나의 정신이, 몸뚱이가 따라오기를 기다려 줘야 했다. 그때부터는 시간의 몫이었다. 열심히 약을 먹고, 생활 리듬을 되찾아 가다 보면 늘어져 있는 시간이 아주 천천히 탱글탱글한 탄력을 되찾아 가는 것을 발견할 수 있었다.

나의 시간을 늘어뜨리면 다른 사람 시간의 영역에 침범하는 것을 이제는 안다. 그럴 때면 나는 약속 시각에 늦지 않기 위해서 이동 수단에 돈을 지불했다. 택시를 굉장히 자주 탔다는 소리다. 택시 영수증이 띠링띠링 내 폰에 도착할 때마다 지갑을 쉽게 여는 내가 싫어졌다. 그래도 남들이 나를 기다리느라 시간을 허비하는 것보다, 내 돈으로 그 시간을 보상하는 게 한결 나았다.

우울증이나 ADHD를 핑계로 내가 수차례 엉망으로 만들어 버린 시간들을, 내 잘못들을 무효화하려는 것은 아니다. 잘못은 잘못이다. 그저, 내 시계가 유독 느려지고 늘어져 버린 이유를 조금씩 찾아내고 이에 대해 글을 쓸 뿐이다.

두 달 반 정도의 계약직을 시작할 무렵, 처음 해보는 업무에 오랜만의 직장 생활이라서 걱정이 많았다. 제일 우려가 되었던 것은 내가 지각을 일삼을 가능성이었다. 이전에 다녔던 회사에서 지각을 정말 자주 했다. 늦게 출발하는 시간대를 한번 몸에 새기고 나니 그 비틀어진 시간은 절대 원상복구되지 않았다. 나는 아침 먹는 것보다 택시를 타는 횟수가 더 많았고 그럼에도 늦게 도착하곤 했다. 첫 단추를 잘못 끼운 것 같았다. 예의범절에서 제일 기본적인 제시간 출근을 지키지 못하는데 내가 회사 생활이라는 것을 할 수 있을까 하고 수없이 의심했다. 새로운 직장에서마저 시간 개념을 까먹고 다니면 스스로에 대한 실망감을 감추지 못할 것 같았다. 출근 전날 밤, 나는 늦잠을 잘까 봐 불안한 마음에 잠을 쉽게 이루지 못했다.

다행히도 이번 회사에서는 성실한 직장 생활을 쭉 유지했다. 긴장을 놓지 않은 덕분이었다. 일어나자마자 삼킨 ADHD 약이 잠을 깨웠고 각성 상태를 유지하도록 도왔다. 첫날, 나는 불안감에 출근 2시간 전에 출발했고 회사에 1시간 전에 도착했다. 이른 아침 커피의 여유…는 커피를 먹지 않기 때문에 아이스티 한 잔의 여유를 가졌다. 새삼 일찍 오는 사람들에게 커피를 팔기 위해 더 부지런히 아침을 시작하는 카페 직원들의 얼굴이 보였다. 그들이 삶을 살아내기 위해 쓰는 소중한 시간이 은하수처럼 펼쳐지는 듯했다.

물론 여전히 약속 시각 임박해서 택시를 타고 가는 일이 발생한다. 7시에 일정이 있으면 항상 3시에 나와서 약속 장소로 미리 가고 카페에서 글을 쓰려고 하지만, 애매하게 5시에 준비를 끝마치는 일이 허다하다. 7시의 약속은 늦지 않지만, 그것은 나와의 약속을 깬 대가로 얻은 시간이다. 격주 일요일 4시마다 하는 독서 모임에 늦지 않기 위해 집을 나오다 보면 1시간씩 일찍 도착하는 경우도 있다. 나는 여전히 내 시간을 효율적으로 사용하는 방법을 모른다. 다만 한 시간씩 늦는 것보다 낫다는 생각으로 내가 많이 나아졌다고 토닥이는 중이다.

오늘은 7시 반에 일정이 있다. 2시에 나와서 카페에서 책을 읽고 원고를 쓰고 싶지만, 아마 이번에도 4시가 되어서야 샤워를 하러 갈 것이다. 남의 시간을 침범하지 않으니 반은 되었다고 다독인다. 나의 흐물텅거리는 시계를 조금씩 단단하게 굳혀본다.

달까지 닿는 배쓰밤

하루, 이틀, 사흘, 나흘, 닷새.

나는 기름에 찌든 머리칼을 쓸어내리며 머리를 감지 않은 게 꼭 5일이 되었음을 깨달았다. 숙성된 듯 떡 진 머리카락들은 손가락빗 사이사이로 엉켜 숭덩숭덩 빠지고 있었다. 꼭 머리를 안 감으면 머리카락에 이자가 붙어서 더 많이 빠지더라. 새삼 열받는다. 두피로부터 분리가 된 머리칼을 대충 침대 밖으로 훌훌 털어버린 나는 베개로 고개를 파묻어버렸다. 짙은 정수리 냄새가 코를 찔렀다. 도로 바로 누웠다.

이렇게 침대에 꼭 붙어 누워 있는지도 한 달, 두 달, 세 달…… 다섯 달이 넘어간다. 좋은가? 모르겠다. 싫은가? 그럴지도. 그러면 왜 이렇게 누워 있는가? 머릿속에서 자문을 해도 되돌아오는 메아리가 없다. 그럴 때는 원인을 모르는 채 머리가 저려오고 피가 뇌로 쏠리는 기분이다. 머리를 쓴 적이 없는데 머리를 쓴다는 것이 이런 기분일 것이다.

침대에 딱 붙은 스티커처럼 이불을 목과 얼굴의 경계선까지 꼼꼼하게 덮고 며칠 동안 꼼짝없이 누워 있으면 마치 이스트를 넣은 반죽이 된 기분이다. 침대는 유독 따뜻해진 체온을 따라 뜨끈해진다. 몸에서는 꼬순내가 나기 시작하고 그 냄새는 이불까지 밴다. 피부에 기름이 올라오기 시작한다. 몸의 자그마한 변화들이 느껴지기 시작한다. 나는 나의 몸이 이렇게 숙성되어 가는 과정을 관찰해 가며 매일 누워 있다.

가끔씩은 엄마나 아빠가 방에 들어온다.

"아무것도 안 해도 좋다. 뭐 좋은 걸 할 필요도 없으니까, 제발 앉아만 있어라. 허리 다친다."

한 마디씩 툭툭 표창처럼 던지고 나간다. 나는 그럴 때마다 더 보란 듯이 누워 있다. 앉아 있을 필요성을 느끼지 못하기 때문이다. 더 대놓고 이야기를 해볼까.

'앉아 있는 게 내 삶에 어떤 의미가 있나요?'

이렇게 되묻고 싶어진다. 물론 진짜로 말을 꺼내지는 않는다. 하지만 그 질문이 목구멍에 차오를 때마다 눈과 코끝에 매콤한 물기가 싸악 몰리는 것을 느낀다. 이때만 일말의 감정을 느낀다. 그러나 그것도 찰나일 뿐, 약 4초 정도 심호흡을 하면 매운 기가 가신다. 무르고 아무 맛도 느껴지지 않는 흰죽과 같은 일상으로 돌아온다.

더운 여름에조차 이불을 꽁꽁 싸매고 숙성되어 가는 일상을 사는 것은 놀랍게도 내 의지가 아니다. 물을 싫어하는 기생충이 나를 숙주로 삼은 것처럼 씻지도 않고 집에서 천천히 썩어간다. 씻는 게 벅차다. 그래, 벅차다는 것이 가장 알맞은 표현일 것이다. 뇌 한쪽에서는 깨끗하게 씻고, 보송보송하고 섬유 유연제 향기가 풍기는 이불 속에서 깨끗하게 비닐 포장된 싱싱한 야채처럼 누워 있고 싶다고 아우성을 친다. 그러나 몸은 뇌의 간절한 부탁을 들어주기에 너무 무겁다. 귀찮음과 게으름, 그리고 우울함은 내 몸을 압력으로 찍어 누른다. 그러니 나는 사실상 침대에 누워 있는 것이 아니라 침대에 꾸욱 눌려서 붙어버린 것이다.

5일.

그래도 나도 인간인지라, 씻지 않을 수 있는 기간에 한계가 있다. 5일이다.

코로나19로 온 가족이 집 밖을 나가지 않았던 시기였다. 우리는 다 같이 식탁에 둘러앉아 점심을 먹고 있었다. 밥을 먹다가 건너편에서 미역국을 먹고 있는 동생과 눈이 마주쳤다. 그 순간 동생의 시점이 내 시점을 덮어서 스스로를 바라보게 되었다. 안 그래도 생기가 없어 평소에도 축축 처지는 힘없는 머리칼이, 압축기로 누른 것처럼 납작하게 떡 져 있었다. 머리에 미역을 여러 겹 두르고 눈곱마저 뗄 생각을 않는 누나의 모습은 미역국을 먹다가도 수저를 놓게 만들 것 같았다.

아마 동생은 속으로 '누나 너무 꼬질꼬질하다.'라고 생각했을 것이다. 나의 사회성이 오랜만에 깨어났다. 머리부터 발끝까지 기름지고 떡진 모습을 하고 있는 내가 가족들에게 얼마나 더럽게 보일지 신경이 쓰였다. 그날이 딱 샤워를 한 지

5일째 되는 날이었다. 닷새 정도 씻지 않다 보면 입에서 더 이상 단내조차 느껴지지 않는 긴 시간이었다.

스스로에게 비위가 상해 밥을 얼마 먹지 못한 나는 조용히 씻으러 갔다. 엄마는 눈썹 한쪽을 치켜들며 물었다.

"오늘 어디 나가니? 웬일로 씻어?"

"저도 사람인데 양심상 씻을 수도 있죠……."

그날 이후로 나는 아무리 우울감이 나를 짓눌러도 5일째 되는 날에는 몸을 주섬주섬 주워들고 욕실로 향한다.

***

민달팽이의 속도로 뭉그적뭉그적…… 긁적긁적…… 머리로 포물선을 그리며 몸을 겨우 일으킨다. 누워 있던 수평의 몸에서 중력을 이겨내고 수직의 몸으로 탈바꿈하는 과정이 제일 지난하다. 여기서 살짝만 삐끗하면 '아 5분만 더.' 하며 다시 수평의 힘에 굴복하고 만다. 나는 아주 고통스럽게 몸을 직각으로 세운다. 오랜만에 서랍장을 연다. 하도 갈아입지 않아서 팬티가 수북하게 쌓여 있다. 가장 무늬가 적고 하얀 속옷을 고른다. 오래간만에 제일 아끼는 편안한 잠옷도 꺼내서 바닥에 끈적하게 붙어버린 발을 한 발짝, 한 발짝 떼어내며 욕실로 향한다.

쏴아아-

해방감. 막상 씻기 시작하면 내가 느끼는 가장 첫 감정은 망할 놈의 냄새로부터의 자유, 그리고 나를 항상 적시던, 채도가 내려가 얼룩덜룩한, 음울한 무언가로부터의 해방이다. 우울증은 수용성이라던데 아마 나를 덮고 있던 우울함이 씻겨 내려가는 것인가 보다. 나는 씻으려고 마음을 먹고 욕실로 들어가기까지가 버거울 뿐, 막상 물을 틀기 시작했을 때는 정말 열심히 몸의 묵은 때를 벗겨낸다. 밀린 날들만큼 폼클렌저를 더 꼼꼼하게 피부에 마찰시킨다. 각질을 제거하는 클렌저로 이중 세안을 하는 것을 잊지 않는다. 하루를 못 씻었으면 30분 추가, 이틀을 씻지 않았다면 40분 추가, 5일을 씻지 못하면 과장 조금 보태서 2시간을 소모해서라도 누적된 꼬순내를 박박 닦아 없애고야 만다.

오늘은 2시간짜리다. 바닥에는 그간 두피가 게워내지 못한 머리카락들이 한꺼번에 빠져 수북하게 쌓인다. 애벌 샴푸까지 포함해서 샴푸질을 세 번이나 하고 나니, 하얀 비누 거품이 보글보글거리며 머리와 어깨를 타고 바닥까지 작은 구름 모양으로 떨어진다. 때와 오염을 실컷 벗겨내고도 그 거품들은 나의 더러움에 물들지 않고 순백색을 띤다.

나는 그 구름들을 살포시 밟고 양치를 시작한다. 장장 닷새 만에 이에 영양을 공급하고 세척을 시켜준다. 그간 손톱으로 대충 이에 낀 것들을 긁어내고 껌으로 냄새를 임시로 없애도 보다가 그마저 힘에 부쳐서 치아를 그대로 방치한 나였다.

혹 누군가가,

"왜 이렇게 양치를 안 하세요? 더럽게."

하며 묻는다면 나는 아마 대답을 찾아보다가 '당신은 이해하지 못할 거야.'라며 되려 측은지심 가득한 표정으로 응수할 것이다. 아니면 매우 피곤한 목소리로,

"귀찮아서요……."

라 말할지도 모른다. 바람이 빠진 풍선처럼 맥이 없고, 세상의 모든 것이 귀찮고 버거워서 말조차 아끼는 말줄임표에 내 심정을 가득 담을 것이다. 나는 나름대로 5일에 한 번이라도 최선을 다해 칫솔로 치아의 지저분한 표면을 닦아내고 있다. 지금도 온 힘을 다해 보글보글, 투- 양칫물을 뱉는다. 아마 며칠 동안은 입에서 단내가 나지 않을 것이다. 그럼 되었다.

바디워시를 동그란 스펀지에 듬뿍 뿌리고 마구 비빈다. 곧 바디워시는 증식하듯이 비누거품이 되어 활짝 꽃 핀다. 내가 개인적으로 샤워 시간 중에서 가장 좋아하는 순간이다. 몸이 제일 편안해하는 시간이기도 하고, 땀과 개기름으로 끈적끈적해진 피부가 거품으로 깨끗해지는 것을 온몸으로, 모공까지 스며들게 느낄 수 있기 때문이다. 그 하얀 거품들은 가히 축복이다.

오늘같이 오랫동안 씻지 못한 날에는 꼭 몸에 비누칠하는 순간을 두 번 정도 가진다. 어떤 면에서 글을 쓰는 것과 오랜

만에 하는 목욕은 닮아 있다. 구석구석 몸을 닦는 느낌은 글을 쓸 때 종이 위에 만년필로 온점을 꾹. 눌러 담아 쓴 감각을 누리는 기분이다.

모든 비누칠이 끝나고 물을 흘려보내는 시간, 나는 멍하니 사라져가는 거품들을 바라본다. 물이 피부에 물줄기를 만들어 타고 내려가는 흔적은 마치 눈물 줄기 같다. 맑은 물로 순백의 비누 거품을 걷어낸다. 나는 몸에 힘을 주어 수직으로 꼿꼿하게 세운다. 동그랗게 말린 어깨는 쭉 펴지고, 살짝 거북목으로 튀어나온 머리통도 천장을 향해 스트레칭하듯 쭉 펴본다. 발밑으로 중력이 급격히 쏠린다. 중력을 버티고 서며, 눈을 감고 물이 몸에 떨어지는 감각을 받아들인다. 눈가에 흐르는 소금물까지 온몸으로 받아들인다.

샤워를 마친 나는 1kg는 족히 빠진 기분이다. 욕실에서 느꼈던 중력은 비누 거품과 함께 사라지고 없다. 머리카락이 워낙 많이 빠져서 몸이 더 가볍게 느껴졌을지도 모른다. 아니면 땟국물이 워낙 많았거나. 어쨌든, 샤워를 개운하게 마친 나는 오래간만에 미소를 짓는다.

나는 씻지 않을수록 밥을 굶거나 정크푸드로 때우는 경향이 있다. 반대로 잘 씻고 기분까지 깨끗해진 날에는 밥도 좋은 걸로 스스로 대접하고 싶은 마음이 살아난다. 오랜만에 씻고 기분이 상쾌해진 덕인지, 냉장고에서 반찬을 탐색할 힘이 생긴다. 오래간만에 햇반과 김치, 그리고 엄마가 만든 소소한 반찬들을 꺼내서 백반 정식과 같이 풍족한 점심상을 차린다. 직접 요리를 한 것은 없지만 이게 내가 차릴 수 있는 최대의 진수성찬이다. 나의 소박한 성취에 피식 웃음이 난다. 음식 사진을 폰으로 찍는다.

찰칵!

"정인 씨, 우리는 자기 자신을 손님 대접하듯이 대우해 줘야 해요. 좋은 것을 먹이고, 잘 씻겨주고, 제때 잘 재우고. 이 세 가지 조건이 충족되어야 그다음으로 하고 싶은 수많은 일들, 이를테면 정인 씨가 쓰고 싶은 글, 하고 싶은 일도 더 충만하게 이룰 수 있어요. 이 세 가지 기본 생활 루틴이 무너지지 않게 루틴을 만들어 가는 것이 우리가 앞으로 오랫동안 같이 해 나갈 과제입니다. 스스로를 잘 대접해 주세요."

탁.

나는 햇반을 뜬 숟가락을 입에 물다가 문득 정신과 의사와 최근에 나눈 대화가 떠오른다. 숟가락을 옆에 탁 놓고 그 말을 쇼츠 영상을 틀어놓는 것처럼 반복 재생한다. 김치를 아직 먹지도 않았는데 코에 김칫국물이 들어간 것처럼 알싸하게 아파진다. 눈물이 똑 흐른다. 샤워를 하고 난 후의 물기가 아직 덜 말라서 그런가 보다, 한다. 눈과 코를 거칠게 비비며 밥을 마저 삼킨다.

***

To the Moon Bath Bomb – Sparking & Bubble
달까지 닿는 배쓰밤 – 반짝이고 거품이 나요!

며칠 후, 나는 나른한 오후를 늘어지게 보내다가 문득 떠오른 문구에 대한 기억에 몸을 일으켰다. 퇴사했을 때 동료가 퇴사 선물로 내게 전해줬던 배쓰밤이다. 이름도 어쩌면 이리 낭만적인지. 이걸 퐁당 빠뜨리면 정말로 달이나 가려나 모르겠다. 나는 선물을 받았을 때를 문득 떠올려 본다. 샤워는 차치해두고 목욕은 정말로 한 지 오래되었다. 몸을 물에 담그는 것을 싫어해서 수영장도 잘 가지 않는다. 나의 그런 호불호를 잘 모르던 상냥한 동료는 덜컥 목욕을 해야 쓸 수 있는 물건을 선물했다. 그래도 그는 비건 제품을 찾아 쓰는 나의 취향을 잘 알아서 비건 브랜드의 배쓰밤을 손에 쥐여줬다. 절대로 거절할 수 없는 따뜻한 호의였다.

배쓰밤의 포장지를 살핀다. 박스 꼭대기에는 밝은 노란색의 보름달 모양 배스밤 그림이 동그랗게 자리를 잡고 있다. 코를 가까이 대면 레몬과 페퍼민트의 상큼한 향이 살짝 난다. 박스를 살짝 열어본다. 배쓰밤의 실물은 완벽한 달 모양이다. 달의 표면까지 표현되어 있어서 작은 지구본과 닮은 달본을 들고 있는 것 같다.

나는 그 작은 박스를 열어본 채로 가만히 달을 본다. 미니 달 토끼가 레몬즙을 짜며 뛰어놀고 있을 것 같은 작은 달을 지긋이 바라보다, 이내 뭔가 생각이 난 듯 달을 들고 안방 쪽 욕실로 들어간다.

나는 욕조를 한 번, 그리고 달 배쓰밤을 바라본다.

잘 씻겨주고. 스스로를 잘 대접해 주기.

텅그렁.

달을 욕조 속으로 던졌다. 나는 망설임 없이 탈의를 한다. 그리고 욕조 물을 튼다.

쏴아아.

반짝이는 윤슬을 향해, 한 발짝.

영롱한 빛은 달까지 닿는다.

키위의 꼬순내

이름: 키위

성별: 여자

종족: 판다 (인형)

생년월일: 2005년 8월 15일

관계: 룸메이트이자 소울메이트

인연: 초등학생 시절 테디베어 뮤지엄 기념품 숍에서 구매

키위는 매 분기 세탁기에 돌려서 씻겨줘도 매번 친구들에게 '키위 목욕 좀 시켜줘!'라며 핀잔을 들을 정도로 꼬질꼬질한 판다 인형이다. 사실 목욕을 거듭할수록 꼬질꼬질해지는 게 키위의 매력이기도, 슬픈 운명이기도 하다.

나는 키위가 보송보송하던 첫 만남 때부터 꼬질꼬질해진 지금까지의 모든 모습을 사랑한다.

키위는 초등학교 시절 가족들과 테디베어 뮤지엄의 기념품 숍에서 만났다. 발가벗은 뽀얀 엉덩이가 참 탐스럽고 복슬복슬한 판다였다. 데려오자마자 이름을 짓지는 않았다. 이 친

구는 딱히 이렇다 할 이름 없이 하얗고 발가벗은 판다로 며칠을 지냈다. 동생이 아기 때 입던 초록색 멜빵바지를 우연히 발견해서 판다에게 입혔다. 초등학교 5학년이었던 나는 초록색 옷을 보고 '초록색……. 그러면 키위지!' 하며 단순한 논리로 곰돌이를 키위라고 부르기로 했다. 누군가의 이름을 불러주었을 때 그가 다가와서 꽃이 되었다던 김춘수 시인의 말처럼, 키위에게 옷과 이름이 생기자 그에 대한 애정은 자연스럽게 따라왔다.

옷을 입고 완벽해진 키위의 동그란 두 눈을 보면서, 나는 키위가 내 애착 인형이 될 운명이라는 것을 직감했다.

키위에 대한 애정은 공과 사의 경계를 초월했다. 초등학교 시절 나의 꿈은 소설가였고, 실제로 그 시절 서투른 한국어로 판타지 장르의 단편 소설 두 편 정도를 쓰기도 했다(비록 출판하지 않고 반 친구들에게 읽어보게 한 후 별점 후기를 달라고 하는 정도로 그쳤지만 말이다). 이 판타지의 주인공은 우리 키위였다. 내가 만든 세계관은 모두 키위를 중심으로, 키위가 최고가 될 수밖에 없는 멋진 환상이었다. 비록 어른이 되면서 판타지 장르를 쓰지 않게 됐지만, 키위는 여전히 내 글의 영감이 되고 주인공으로 빛나고 있다.

20년 가까이 쓰다듬고 안으며 구축한 키위의 페르소나는 모두 내가 선망하지만 갖추기 어려웠던 성격들로 이루어져 있었다. 똑 부러지고 의사결정에 있어 단호한 모습, 무뚝뚝하지만 약자들에게는 은근하게 다정한 인품, 그리고 사고뭉치 동생들을 귀찮아하면서 그들을 챙겨주는 넓은 아량까지 갖췄다. 심지어 머리도 좋아서 공부면 공부, 운동이면 운동, 손대는 일을 척척 해내는 게 키위의 특기였다. 나는 아마도 내가 해내고 싶은 일들을 키위에 대한 상상에 맡기며 대리 만족을 하고 있었던 모양이다.

사적인 영역에서 키위의 출석률은 매우 성실했다. 나는 여행을 갈 때마다 빠짐없이 키위를 챙겼다. 특히 해외여행을 가거나 장기간 집을 비우게 되면 반드시 키위를 데려갔다. 그래야 내 품과 마음이 허전하지 않았다. 키위는 내게 애착 인형이자 룸메이트이자 애인이었다. 친한 친구들은 모두 키위를 알고 있었고 한 번쯤은 실물도 봤을 정도로 익숙했다.

2018년, 그리고 2023년에는 뉴욕 여행을 다녀왔다. 당연하게도 키위도 데려갔다. 숙소에 도착하고 가방을 열어보니 키위는 납작한 빈대떡 모양으로 눌려 있었다. 그 모습이 웃기고 귀엽고 사랑스러워서 사진을 잔뜩 찍었다.

뉴욕에서 내가 제일 좋아하는 곳은 루스벨트 아일랜드라는 곳이다. 뉴욕 맨해튼의 오른편에 있는 길쭉한 섬으로, 트램이나 지하철을 타면 갈 수 있다. 그곳을 애정하는 이유는 맨해튼의 스카이라인이 한눈에 보이기 때문이다. 여기에는 엠파이어 스테이트 빌딩, 저기에는 내가 제일 좋아하는 크라이슬러 빌딩. 낮이든 밤이든 이곳은 제대로 된 뷰 맛집이다.

나는 여행 중 외출할 때도 키위를 가방에 넣고 다닌다. 뉴욕 여행을 갔을 때도 예외가 아니었다. 2018년, 처음으로 루스벨트 아일랜드에 도착했을 때 맑은 낮의 가을 하늘과 빽빽한 건물 숲이 펼쳐져 있었다. 맨해튼을 배경으로 두고 나는 키위 독사진을 여러 차례 찍었다. 그러다 우연히 키위의 '인생 샷'을 건졌다. 그 사진은 그 뒤로 쭉 내 폰의 배경 화면이 되었다.

이 사진이 꽤나 맘에 들어서, 2023년 뉴욕 여행 때 똑같은 구도로 사진을 또 찍겠다는 비장한 각오를 했다. 2018년과 달리 2023년에 루스벨트 아일랜드에 도착했을 때는 이미 해가 진 후였다. 야경을 구경하는 키위의 모습도 퍽 나쁘지 않았다.

숙소로 돌아오자마자 나는 컴퓨터를 주섬주섬 꺼내고 키위 사진부터 보정했다. 5년 사이에 키위의 털은 더 낡았고 키위를 지탱하는 솜들이 눌려서 키위의 덩치가 왜소해졌다. 기존에 입던 옷도 너무 낡아서 새로 갈아입혀 준 상태였다. 키위가 확실히 5년 사이에 더 앙상해졌다. 세월의 흐름을 그 두 사진을 통해 느낄 수 있었다. 오히려 좋았다. 키위는 자신의 방식으로 낡아가며 오히려 세상에 단 하나뿐인 꼬질한 판다가 되어 가고 있었다.

***

모든 인형의 숙명이지만 매일 안고 자면 잘수록 키위는 더 꼬질꼬질해져 갔다. 5년간의 사진을 비교해서 보니 더욱 뼈저리게 느꼈다. 옛날의 빵실빵실했던 하얀 엉덩이는 온데간데 없었다. 솜이 많이 죽어서 빨래를 하려 옷을 벗길 때면 키위는 앙상한 가죽과 같은 배를 드러냈다. 그의 불쌍한 모습을 볼 때마다 엄마와 동생은 얄미운 탄식을 내질렀다.

"아유, 애가 너무 말랐다."

"키위는 좋겠다. 날씬해서."

"키위야, 듣지 마."

나는 엄마와 동생이 놀릴 때면 키위의 귀를 막는 시늉을 하며 세탁망에 인형을 넣었다. 상관없다. 나는 배가 홀쭉해진 키위가 변함 없이 예쁘고 사랑스럽다.

꼬질꼬질한 우울증으로 씻지도 않고 침대에만 누워 있을 때, 나는 키위를 꼭 안고 하루를 보내왔다. 키위를 겨드랑이에 낀 채로 영상을 보기도 했고, 가슴팍에 품은 채 시계를 보지 않고 잠만 잔 날들도 셀 수가 없다. 내 품속에는 키위가 언제나 함께 있었다. 그런 키위는 점점 털이 빠지고 회색 판다가 되어 갔다.

키위는 자기가 원해서 꼬질꼬질해진 게 아니다. 내게 너무나 많은 관심을 받아서, 그리고 씻지 않은 내 체취를 옮아와서 같이 꾀죄죄해졌다. 내게서 체취가 너무 심하게 묻어나서 언제부턴가 키위에게서 특유의 꼬순내까지 나기 시작했다. 우울증이 심해지고 내가 이불 속을 더 깊이 파고들수록 그 꼬순내도 더 진해졌다.

나는 인간이라 그래도 오랜만에 씻으면 겉의 때와 기름이 벗겨진다. 키위도 한번씩 빨래를 하면 꼬순내가 사라지고 갓 말린 따뜻한 빨랫감 냄새를 풍기며 싱그러워진다. 그러나 이미 회색이 된 그의 털은 돌아오지 않는다. 인형과 인간의 근본적인 차이였던 것일까.

그래도 상관없다. 나는 갓 말린 빨래 냄새가 나는 상쾌한 키위의 냄새도, 꼬질꼬질한 꼬순내가 나는 키위도 모두 사랑한다. 정확하게 말을 하자면 키위의 그 냄새들이 나를 정서적으로 안정시킨다고 이야기하는 게 맞겠다.

건조기에서 바로 나온 키위를 받으면 우선 배부터 코를 힘껏 들이대서 들숨을 쉬어야 한다. 그러면 긴 하루 끝에 다 씻고 폭신한 침대에 뛰어들어서 눕는 기분이 든다. 그런 후에 키위의 손 냄새를 하나씩 맡으면 아직 식지 않은 건조기의 열기가 콧속으로 들어온다. 강아지 반려인들이 강아지 발의 꼬순내를 맡는 기분이 이런 것일 테다.

이렇게 빨래를 당한 키위는 다시 내 일상으로 복귀한다. 집에 있을 때 계속 데리고 다니고 조물락조물락 만지다 보면 서서히 빨래 냄새가 사라져가는 것을 느낄 수 있다. 그때 슬쩍 안타까움을 느끼게 된다. 한 냄새가 오면 다른 냄새는 간다는 게 아쉽다.

'신선했던 키위가 다시 꼬질해져가는구나...'

그러다 짓궂은 마음이 안타까움 위에 겹쳐서 내 생각의 표면 위로 둥둥 뜬다.

'드디어 꼬순내가 복귀하는 것인가?'

이 시기를 나는 '꼬순내 과도기'라 부른다. 키위가 아직 빨래한 지 얼마 지나지 않아 아직은 꼬질꼬질하며 짙은 꼬순내를 풍기기 전, 꼬순내가 일부 신체 부분에서 아주 옅게 날 때를 말한다. 주로 목덜미와 손등에서 냄새가 많이 올라온다. 이 시기에 나는 주로 목덜미에 코를 가져다 대며 꼬순내가 무르익기를 기다린다.

나는 이런 키위 꼬순내의 모든 과정을 사랑스럽게 본다. 그리고 키위의 꼬순내는 내게 생각 이상으로 영향을 준다. 그 꼬순내는 내 우울의 산물이기 때문이다. 키위의 꼬순내는 내 우울증이 짙어질수록 덩달아 진해진다. 내가 평평하게 누워서 침대와 한 몸이 되어 땀과 개기름 범벅으로 누워 있을수록, 키위의 냄새는 그 기름진 체취까지 흡수하며 더 꼬질꼬질한 향을 풍긴다. 엄마에게 그 고소한 꼬순내를 나눠주러 키위를 엄마의 코밑에 가져다 대면, 엄마는 얼굴을 잔뜩 찡그리면서 냄새나니까 저리 치우라고 할 정도다.

우울증의 산물인 키위의 꼬순내는 아이러니하게도 내게 안정감을 가져다준다. 스트레스를 받는 상황에 집에 있으면 나는 키위를 내 옆에 둔다. 예를 들어 밤샘 작업을 할 때 한 번씩 키위를 안아 들며 목덜미 냄새를 한 번씩 맡는다. 이 글을 쓰는 순간에도 키위의 꼬순내는 에너지 드링크처럼 이 글을 써내는 동력이 되고 있다. 그만큼 이 향은 내 긴장을 완화시킨다. 하루 종일 밖에 있을 때는 키위 냄새를 맡으러 집에 얼른 가고 싶은 날들이 많을 정도다.

키위의 우울한 꼬순내는 따뜻하고, 내게 소소한 행복을 주면서 삶을 살아가게끔 만드는 원동력이 된다.

*****

키위에 대한, 혹은 키위의 꼬질꼬질한 꼬순내에 대한 내 눈물겨운 애정은 내 꼬질꼬질한 우울증과 연결되어 있으면서도 그 결은 사뭇 다르다. 나는 키위를 주인공으로 한 이 글을 옛날에 썼던 소설처럼 밝고 희망차게 마무리하려다 그의 꼬순내 속에서 왠지 모를 모순을 느꼈다.

나와 키위는 적어도 집안에서, 특히 침대 내에서는 한 덩이나 마찬가지이다.

똑같은 꼬질꼬질함, 동기화된 냄새, 한결같이 침대에 누워 있거나 퍼져 있는 자세, 묘하게 지친 표정과 가라앉아 있는 분위기까지.

차이점이 있다면 나는 의지만 있으면 침대에서 벗어날 수가 있지만 키위는 내가 데리고 나가지 않으면 절대로 침대 바깥의 삶을 볼 수가 없다는 점이다. 내가 데려가야만 이동을 할 수 있는 키위의 의존성이 우리의 동질성에 균열을 낸다.

나는 스스로 씻겨줘서 정수리 냄새와 몸에 쌓인 기름을 다 없앨 수 있지만, 키위는 내가 빨래통에 넣어야만 꼬순내와 꼬질꼬질함이 덜어진다. 그마저도 완벽하게 지워지지 않는다. 이제 회색으로 바랜 키위의 흰 털은 표백제를 써도 돌아오지 않는다.

이렇게 본질적으로 더 꼬질꼬질하고 의존적인 것은 분명히 키위다.

그러나 막상 심적으로 지지를 갈구하는 쪽은 나였다. 나는 가지고 싶은 모든 성향과 인품을 키위에게 투영하고 있었고 키위를 일종의 이상적인 존재로 만들고 있었다. 키위가 하루라도 보이지 않으면 안정을 찾지 못했다. 집에서 돌아다닐 때 이 애착 판다를 하루 종일 데리고 다니다가 식사 시간에는 식탁에까지 데리고 와야만 직성이 풀렸다. 하루 종일 붙어 있는 것으로도 모자라 잠을 잘 때도 키위가 품에 있지 않으면 불안해했다.

막상 침대 밖을 나오지 못하고 있었던 것은 키위가 아니라 나였을지도 모른다.

꼬질꼬질한 키위에게 이상한 요가 포즈를 시키며 그 모습을 귀여워하는 나, 그리고 잔뜩 구겨진 채로 누워 있는 키위는 눈을 맞췄다. 까만 두 눈을 바라보며 나는 문득 내가 바라보는 키위의 모습을 골똘하게 생각하게 되었다.

키위의 모든 삶의 과정이 내게는 사랑이었다. 하얗고 통통한 모습, 발가벗고 대나무를 들고 있는 모습, 초록 멜빵바지와 청바지 재질로 만든 캡 모자를 쓴 모습, 꼬순내를 풍기는 모습, 지친 직장인의 표정을 하는 지금의 모습까지, 단 한 순간도 키위가 사랑스럽지 않은 순간이 없었다. 심지어 갓 빨래한 키위의 따끈따끈한 냄새가 꼬순내로 바뀌는 과정까지 사랑하고 있었다.

그런데 애착 인형에게 보내는 사랑만큼 나 자신을 사랑스럽게 바라봤던 적이 있던가?

사람들과 대화하다 보면 나는 종종 활발했던 대학생 시절의 내 모습이 제일 좋았다고, 돌아갈 수 있다면 그때로 돌아가고 싶다고 이야기하곤 한다. 그 말은 반대로 우울증의 그림자가 드리우던 대학원 시기부터 지금까지의 내 모습은 미움의 대상이라는 뜻이기도 하다. 단언컨대 활기찼던 시기에도, 꼬질꼬질한 우울증의 시기에도 나는 나 자신을 애정 어린 돌봄과 사랑의 시선으로 바라본 적이 없다. 그 애정은 모두 키위에게 갔다. 내게 남은 몫은 자기혐오뿐이었다.

'너 자신을 먼저 챙기지 그래.'

키위의 까만 눈망울은 이렇게 말을 해주는 듯했다.

두 번째 우울증을 진단받고 나는 다짐했다. 내 꼬질꼬질한 우울증을 이제는 조금 더 잘 대접해 주기로 했다. 조금 더 천천히, 내 페이스대로 몸과 마음을 바라보며 우울증과의 동거를 지속하겠다고, 조금은 더 애정을 가지고 스스로를 씻겨주고, 먹이고, 재우겠다고 마음먹었다.

그렇다. 이번 우울증은 다른 우울증과 다르게 마냥 부정하거나 혐오하지 않을 것이다. 어차피 지워내려고 한들 키위의 회색 털처럼 흔적이 남아 있다. 내 우울한 일상으로부터 나날이 짙어진 키위의 꼬순내도 없애려 하긴커녕 오히려 사랑과 애착으로 두 팔 벌려 환영을 해줬다. 내 우울증은 키위의 꼬순내와 같다. 우울증의 흔적도, 꼬질꼬질한 냄새도 애정 어린 포옹으로 애착 우울증으로 만들어 버리면 그만이다.

IV. 친애하는 부채감에게

은수저는 우울할 자격이 있을까

나는 은수저다.

누가 우리 집을 샅샅이 뒤져보고 '당신들은 은수저군!' 하며 증표를 내어준 것은 아니었지만 사회적으로 통용되는 경제적 혹은 사회적 계층에 대한 담론들을 긁어모아 보니 나 혼자 이런 결론을 내리게 되었다. 엄마와 아빠는 나와 달리 생각할지도 모르겠지만, 당신들보다 조금 더 편하게 살라며 자식에게 밥을 퍼서 먹여주던 수저의 색은 은색이었다.

나는 학력이나 경제력, 문화생활 등의 면에서 크게 모자람 없이, 그래서 그런 것들에 대한 간절함을 크게 가지지 않는 아이로 자라왔다. 부끄러운 사실을 하나 솔직하게 털어놓자면, 서른이 넘은 지금까지도 여전히 부모님의 경제력과 심리적 지원에 의존하며 살고 있다.

중학교까지는 나와 비슷한 정도로 사는 친구들이 같은 교실에서 지지고 볶고 싸우고 우정을 다졌다. 대부분 아이들은 내가 살던 7단지 아파트에서 혹은 바로 옆에 있는 6단지에서 등하교를 했다. 나는 미국에서 살다 왔다는 점 빼고는 튀는 지점이 없었다. 고로 모든 사람들이 나와 비슷한 삶을 살고, 우리는 지극히 평범한 가족이라고 생각했다.

그런 생각이 틀릴 수 있음을 처음 깨달은 것은 고등학교에 진학하고, 다양한 아파트 단지나 혹은 다른 동네에서 오는 친구들과 사귀고 난 후였다. 내가 고등학생이었을 때 아직 야간 자율학습(야자)이 존재했다. 엄마는 야자 시간에 공부하다가 배고프지 말라고 귤과 딸기를 잔뜩 싸주곤 했다. 나는 혼자 먹기에 많았던 과일을 옆자리 친구들에게 종종 나눠줬다. 친해진 지 얼마 되지 않은 친구가 웃으며 말했다.

"너 7단지에 산다며? 역시 귤도 나눠주는 부자 친구다."

귤을 친구들과 나눠 먹을 수 있다는 것이 부자의 조건이라고는 상상하지 못했다. 나중에서야 알게 되었지만, 서울로 갈 수 있는 대중교통과 홈플러스, 롯데마트가 바로 옆에 있는 6~7단지 아파트에 사는 아이들이 '사'자 직업을 가진 아빠들이 상대적으로 많았다. '사'자 직업이란 의사, 변호사, 판사, 교사, 혹은 대기업 직원 등을 일컬었다. 귤 잘 먹었다고 고마워하던 그 친구의 말 이후로 내 삶을 바라보는 방식이 달라졌던 것 같다.

평범하기 그지없다고 믿었던 나의 배경이 실은 생각보다 더 많은 혜택을 누리는 토대일 수 있다는 생각이 들자, 나는 나의 배경을 말하는 것이 퍽 꺼려졌다. 물론 일상적으로 드러나는 생활 방식이나 언어들을 모두 검열할 수는 없었다. 그렇지만 적어도 아르바이트를 해야만 생활비를 벌 수 있는 친구에게 '알바 몇 달 해서 유럽 여행 다녀와!'라고 비수를 꽂는 무지한 사람이 되고 싶지는 않았다. 누구에게나 무해한 사람이 되고 싶었다. 내가 엄청난 재벌이 아니었음에도 웬만한 자원을 엄마에게 부탁했을 때 얻어낼 수 있다는 사실이 나를 창피하게 만들었다. 친구들에게 그런 모습을 들켜서는 안 된다고 생각했다.

우울증에 걸리고 나서, 나는 우울할 자격이 있는지 여러 차례 자문을 했다. 정신과에 다니며 정신질환을 치료받는 이들은 각자 자신만의 어려운 개인사가 하나씩은 있는 경우가 많았다. 어렸을 때 아버지로부터 폭력을 겪은 사람이 있었고, 다른 어떤 이는 집안의 가난을 물려받아 생활비를 버는 것도 빠듯해 했다. 아니면 가족과 사이가 좋지 않아 일찍부터 부모로부터 독립해서 고군분투하며 살아가는 사람도 있었다. 그들의 서사를 듣고 있으면, 나를 그들과 같은 우울증 환자라고 감히 이야기하면 안 될 것 같았다.

내가 본 아픈 서사가 있는 사람들 중 적잖은 사람들은 악착같이 버티든, 트라우마에 대해 크게 생각하지 않으려고 노력하든 간에 삶을 어떻게든 살아내고 있었다. 그들에 비해 나는 온실 속 화초 같았다. 우울증을 탓할 만한 외부 요인이 많이 보이지 않았다. (그나마 대학원 정도가 있을까? 하지만 그것도 내가 선택한 길이라 크게 할 말은 없었다.) 그런데 왜 이렇게 나보다 아픈 상처를 가진 사람들처럼 삶을 살아내지 못하고 삶이 억지로 살아지는 것 같은지. 외부에 탓을 돌릴만한 이유가 나오지 않자 나는 나약하고 게으른 자신의 탓을 할 수밖에 없었다.

'나는 분수도 모르고, 그동안 얻어온 것들을 생각하지도 못하고, 삶의 난이도가 조금 올라가니까 나가떨어진 것이다.'

이 말을 주문처럼 되뇌었다. 주문을 반복하자 말이 씨가 된다고, 그것은 사실이 되었다. 내 우울의 서사는 너무나 빈약했다. 타인이 자신의 고통을 안고 사는 모습을 나의 상황과 비교하는 것은 내가 얼마나 나약하고 배불렀는지 확인사살을 하는 과정이었다. 내가 감히 뭐라고 삶이 힘들다고 떠들 수 있을까. 나는 퇴사한 이후로는 또래 사람들 대부분처럼 일을 하며 평일을 쓰고 있지도 않고, 빈 시간에 병원에 다니면서 우울증 치료에 전념할 수 있었다. 치료에만 집중할 수 있다는 것은 우울증 환자에게 있어서 아주 중요한 특권이었다. 그래서 내게는 우울할 자격 따위는 없다는 결론을 내리게 되었다.

상담 치료를 일 년 넘게 하면서, 조금씩 이러한 마음과 마주하게 되었다. 내가 왜 우울한지, 그리고 왜 나를 구성하는 것들을 부끄러워하는지 우울증 6년 차에서야 들여다보기 시작한 것이다. 나는 의사와 이야기를 주고받으며 마음속 여기저기에 묻어둔 본심을 파헤쳤다. 그리고 한 가지를 알게 되었다. 나는 완벽주의에 갇혀 있었고, 지독하게 능력주의와 엘리트주의를 추구했다.

내게 능력주의는 일과 공부와 같은 공적인 영역에서의 성과를 의미했다. 그리고 엘리트주의는 좋은 학교에서 공부한 경험과 학력을 비롯해, 사회 문제들에 대해 깨어 있는 눈 혹은 교양을 의미했다. 한 마디로 누가 봐도 똑똑하고 일 잘하는 사람이 되고 싶은 마음과, 엘리트의 조건을 갖추지 못한 '못 배운 사람'과는 상종하고 싶어 하지 않는 지저분한 본심이 똬리처럼 얽혀 있었다.

완벽주의는 능력주의와 엘리트주의의 먹이가 되었다. 나는 어떤 영역이든 최고가 되어야 하고, 완벽하게 해내야 하는 강박이 있었다. 대학원에서는 누가 봐도 연구를 잘 하는 똑똑한 사람으로 손꼽히지 않아서 심통이 났다. 일터에서는 누구나 믿고 일을 맡길 수 있는 에이스 사원이 되고 싶어서 자진해서 야근을 했다. 이전 회사에 다니는 동안 나와 일했던 고객사 직원은 내가 퇴사할 즈음에 말했다.

"퇴사 축하를 드려야 하는데 이제 앞으로 정인 씨 없이 일을 어떻게 해야 하나 막막해서 축하가 바로 나오지 않네요."

성취욕을 채우기 위해 눈을 벌겋게 뜨고 있던 내게는 최고의 칭찬이었다. 이런 말들은 차곡차곡 내 자존감의 먹이가 되었다. 나는 어느 분야에서나 최고가 되고 싶었다.

'최고'. 참으로 강렬하면서도 모호한 말이다. 내게 최고가 되는 것은 무엇이었을까? 그냥 '딱 봐도 정인이한테 일을 맡기면 다 잘 되더라.', '이 분야에서는 정인이가 제일 잘해.', 이런 평가를 듣고 싶었다. 객관적인 기준은 단 한 가지였다. 소위 말해 '편법'을 쓰지 않고, 오로지 나의 능력으로 이루고 싶은 것들을 이루는 것이다. 돈이 많아서, 화목한 가정에서 자라서, 인생에 딱히 이렇다 할 만한 굴곡이 없어서 공부를 잘하고 직장에서 최고가 되는 것은 반칙을 쓰는 것으로 느껴졌다. 오만하게도 나는 내가 나지도 않은 개천에 있어야 한다고 생각했고, 거기서 난 용이 되어보고 싶었다.

은수저 집안에서 자란 나는 이미 여러 가지 편의를 발아래 두고 인생을 살아가는 기분이었다. 이것은 내 능력이 아니었다. 열심히 경제력을 일궈낸 가족의 덕택, 혹은 운이었지. 그래서 나는 학교에서나 직장에서 '잘했다'는 칭찬을 받을 때마다 알량한 자존감을 채우면서, 동시에 진심으로 그 칭찬을 받아들이지 못했다. '운이 좋았겠지.', '미국에서 어쩌다 살다 와서 그런 거지.' 등 이유는 다양했다.

사고의 흐름이 여기까지 흐르면, 나는 은수저 배경을 보이지 않게 숨기고 싶어졌다. 더 정확히 말해서, 평탄한 배경에서 자란 내가 부끄러워졌다. 나의 실체는 무능력하고 게으른 아무개일 뿐인데, 편법과 '배경빨로' 어쩌다가 알 만한 대학에 가고 일을 어찌어찌 하게 된 사람. 나는 내 별 볼 일 없는 실체가 탄로날까봐 두려워했고, 또 한편으로는 내 무능력을 차라리 들키고 싶어 했다.

완벽주의와 그 속에 내재된 능력주의와 엘리트주의적인 사고는 우울증을 받아들이는 나의 시선에도 영향을 미쳤다. 나는 편법 없이, 완벽하게 우울해야 한다는 압박에 시달렸다. 내게 우울할 자격이 주어지려면, 우울할 만한 사유가 필요했고 그럴 만한 환경에 놓여 있어야 했다. 내 우울에 서사를 붙여도 모두 핑계로밖에 들리지 않을 것 같았다. 여러 가지 혜택을 누리고 있음에도 불구하고 우울한 것은 우스운 짓이었다. 우울증에 걸린 후, 나는 더 어려운 상황에서 어떻게든 삶을 이어가는 다른 사람들을 보며 나의 배경을 드러내는 것이 수치스러웠다. 내 우울증은 남들에 비해서 터무니없이 작아 보여서, 내가 배부른 고민들을 사서 하는 것 같아서 한심했다.

나의 토로를 들은 의사는 내가 말하는 '편법을 쓰지 않는 무결한 사람'은 이 세상에 거의 존재하지 않는다고 말했다.

"정인 씨는 지금 비인간적인 기준으로 스스로를 검열하고, 말도 안 되는 그 기준을 이루지 못했을 때 스스로를 비난할 준비를 미리 하고 계신 것 같아요."

타인과 끊임없이 비교하며 나의 '자격 없음' 혹은 '능력 없음'을 확인하는 것 또한 나 자신을 힐난하기 위한 증거 수집 같다고 덧붙였다. 그러니까 내게는 크게 두 가지 꼬인 본심이 내재되어 있던 것이다. 하나는 개천에 난 완벽한 용이 되어야 한다는 오만하고 불가능한 일을 목표로 삼으면서 지나치게 높아진 나의 주관적인 기준들, 그리고 다른 하나는 완벽한 사람이 되겠다며 달리는 과정에서 그 기준들을 타인과의 비교에서 얻고 동시에 자신을 검열하는 것이었다.

마치 게임 속에서 캐릭터의 설정값을 신적인 능력치로 도배하는 짓과 비슷했다. 나는 게임 캐릭터가 아니라 사람인데. 게임과 달리 설정값에 만족하지 않는다고 인생을 리셋할 수는 없는 노릇이었다. 절대로 만족할 수 없는 완벽주의적인 기준들과 그에 한참 못 미치는 나, 심지어 우울할 자격도 없으면서 정신질환으로 고통받는 나를 안고 삶을 계속 살아내는 것이 고통이었으며 우울의 근원이었다.

우울의 근본적인 이유를 뿌리 뽑는 것은 쉽지 않은 과정이다. 오랜 치료와 시간이 걸릴 것이다. 여전히 내가 우울할 자격이 있을지, 배부른 소리를 하며 사실 무의미한 알약만 삼키고 있는 것은 아닐지 생각한다. 은수저는 우울할 자격이 있을까. 나는 여전히 이런 질문들을 내게 하며 자신의 가혹한 기준에 굴복한다. 그렇지만 적어도 계속해서 나에 대한 수치심을 느끼는 이유, 우울증의 울타리 속에서 뱅뱅 돌고 있는 이유를 알아내니 속이 조금은 뚫렸다. 내가 유해한 기준으로 끊임없이 내 마음속의 이상과, 나와 배경과 서사가 다른 타인과 혼자만의 경쟁을 하며 절망하기를 반복하고 있음을 인정하니 후련했다.

나는 계속해서 치료를 받고, 쓰고, 울고, 부끄러워한다. 우울증이 아주 천천히 옅어져 가는 여정을 달리며 나는 속으로 이 말을 반복 재생한다.

우울할 자격 같은 것은 애초에 존재하지 않는다고.

상담실의 궤도

"정인 씨는 우리의 치료를 통해 어떤 것을 기대하고 계시는 걸까요?"

손톱 거스러미를 만지작대고 있던 나는 그 말에 왠지 모르게 찔려서 의사를 똑바로 쳐다봤다.

"…"

그러게, 나는 상담 치료를 통해 내가 어떤 모습으로 거듭나길 바라는 것일까. 깔끔한 답이 나오지 않았다. 나는 입을 뻥끗뻥끗 열었다 닫기를 반복했다.

얕은 침묵이 잠시 흘렀다. 상담 시간은 끝이 났다. 나는 도망을 치듯 가방을 서둘러 챙겨 들고 상담실을 나왔다.

***

상담 치료를 받게 된 지 1년 반이 넘었다. 나는 퇴사 직전에 이 병원을 알게 되어 심리 검사 결과지를 들고 찾아갔다. 그리고 퇴사한 후부터 몇 주 동안은 일반 투약 상담만 받다가, 의사의 권유로 상담 치료를 병행하게 됐다. 한 회에 15만 원이 넘었다. 그걸 일주일에 한 번씩 가니까 나는 한 달에 60만 원이 넘는 돈을 이 상담 시간에 쓰고 있었다.

상담 치료라고 했지만, 어마어마하게 다른 것은 없었다.

내가 말할 시간이 늘어났다는 게 차이라면 차이였다. 15분 남짓에 불과했던 일반 치료 시간이 45분으로 늘었고, 그 주에 약을 먹고 달라진 증상을 집중해서 전달하던 시간이 내가 요즘 하고 있는 생각들을 공유하는 것으로 바뀌었다. 일반 치료 때는 모니터 앞에 앉아 있던 의사가 상담 치료를 시작한 후부터는 방의 다른 쪽에 있는 1인용 소파에 앉아서 나를 기다렸다. 나 또한 모니터와 책상으로 가려진 의사의 눈을 보는 것이 아니라 건너편 소파에 앉아서 서로를 완전하게 마주했다.

상담 치료를 받은 지 꽤 됐지만, 치료 시작 시 짧게 이어지는 침묵은 언제나 어색했다. 나는 주로 내 컨디션과 약효에 대한 이야기로 말문을 꺼냈다. 그러다 보면 하고 싶었던 다른 이야기들이 하나씩 머릿속에 떠올라서 말을 이어갈 수 있었다.

의사는 첨언을 많이 하는 편이었다. 내가 다른 친구의 상황을 나와 비교해서 나를 비하하는 말을 하고 있으면 "또 비교를 하시는군요." 하며 부드럽게 잘라내는 경우도 있었고, 내가 할 말이 없어 침묵이 길어지면 그때 그의 생각을 말하기도 했다. 그는 단정적이지는 않았지만, 단호한 말투와 언어를 구사했다. 그의 말투에 이따금씩 혼나는 기분이 들어서 빈정이 상하기도 했지만, 그래도 어김없이 그다음 상담 시간에 나타났다.

내가 의사에게 건네는 이야기는 거의 항상 비슷한 레퍼토리를 반복하고 있었다. 나는 사회생활 적응을 지나서 전문성을 쌓아야 할 나이가 되었다. 그런데 남들이 출근하는 시간에 늘어붙은 껌 조각마냥 침대에서 꼼짝을 안 하거나, 피자를 시킨 후 집안을 기름진 피자의 잔향으로 채우는 생활을 이어가고 있었다. 그럼에도 한편으로는 사회생활을 하며 돈을 벌어오고 가족들에게 보탬이 되어야 한다는 '장녀의 도리'를 계속 생각하며 괴로워했다. 한 마디로 나는 아무것도 하고 있지 않으면서 사서 걱정을 하고 있었다.

하고 싶지 않아서 일을 하지 않으며 누워 있는 것은 아니었다. 누구보다 나는 생산적인 일 (돈이 되고 부모님께 도움이 되는 일)을 하고 싶었다. 그런데 아직 내게는 외출은커녕 씻는 것도 특별 퀘스트처럼 어려운 일이었다. 자존감은 개미 똥구멍만 하게 쪼그라들어서, 면접장이라도 가면 내 존재가 축소되다 못해 사라져 버릴 것 같았다. 이런 생각들을 부모님께 들키고 싶은 심정 반, 끝까지 숨기고 싶은 심정 반이었다. 상담실에서 하는 이야기들은 주로 이런 말들을 쳇바퀴처럼 돌려가며 반복하는 식이었다.

하루는 내가 부모님께 느끼는 모든 부담감과 짜증을 모두 열어젖혀서 보여주고 싶다고 의사에게 말하고 있을 때였다. 힘든 티를 내고 싶었다. 이 말을 마치고 눈물이 삐질삐질 났다. 우리 사이에는 잠시 침묵이 흘렀다. 의사는 감정이 없는 듯한 표정을 그대로 유지한 채 입을 열었다.

"부모님께 힘든 티를 내면 어떤 게 바뀌나요?"

"제가 아직 힘들다고, 이미 그런 고민들을 하고 있다고 이야기를 하면 엄마나 아빠가 취업이나 미래에 대한 준비를 하라는 소리를 그만할 것 같아요."

피자의 기름 냄새가 풍기는 나의 진심이었다. 돌아온 대답은 뜻밖이었다.

"이미 정인 씨는 아주 적극적으로 부모님의 강요를 거부하는 행동을 보여주고 있는 것 같은데요?"

무슨 말인지 알아듣지 못해서 "네?" 되물었다. 이제껏 일어나는 것조차 하지 못하고 침대에 녹아 있는 사람의 일상을 이야기하고 있는데 내가 적극적인 행동을 하고 있다니, 앞뒤가 맞지 않았다. 내가 말을 잇지 않자 의사는 다시 말했다.

"취업 준비나 다른 중요한 일들을 시작하기 벅차서 지금 정인 씨는 먹고, 누워 있고, 이런 현실을 피하고자 잠을 자고 있지 않나요? 마치 어린아이가 된 것처럼, '나는 아무것도 할 수가 없어요.'라고 온몸으로 표현하고 계신 것은 아닌지 모르겠어요."

"……."

"약을 먹는 것도, 취업 준비를 하는 것도 모두 정인 씨의 선택이에요. 부모님은 권고 이상으로 정인 씨에게 그 어떤 것도 강요할 수 없어요. 이미 정인 씨는 서른이 넘었는데, 부모의 허락이 떨어져야 행동할 수 있는 것은 아니잖아요?"

의사는 아주 옅은 미소를 띠며 긴말을 마치고 나를 쳐다봤다. 내가 원고를 쓰고 있는 이 시점에, 의사가 내게 전달하려고 한 말의 뉘앙스를 정확하게 기억하고 있는지 확실하지 않다. 어쩌면 조금은 더 친절하게 말을 했을지도 모른다. 그렇지만 앞서 말한 것과 같이, 나는 이런 순간에는 의사에게 혼나고 있다고 느꼈다. 의사의 말을 납득할 수가 없었다. 나는 쳐다보는 것인지 째려보는 것인지 애매한 표정으로 의사와 눈을 맞췄다.

의사는 말을 조곤조곤 이어갔다. 그는 나 자신이 나의 일상을 철저하게 파괴하고 있는 것 같다고 분석했다. 일상을 회복하면 부모님께서 내가 회복하기까지 얼마나 지난한 과정을 거쳤는지 모르는 채로 다시 '취업해라, 뭐라도 해라' 등의 말들을 남길 테니, 아무것도 할 수 없는 상태로 퇴행하고 있는 것 같다고 했다.

"정인 씨는 지금 부모님을 굉장히 원망하고 있는 것 같아요."

우울증으로 인해 하루 종일 햇빛도 보지 않고 보내는 일상을 갖게 되었음을 부모님이 알아주지 않고, 자꾸 해결책만을 제시하며 행동을 종용하는 것에 대한 스트레스와 원망이 보인다고.

내가 느끼는 일련의 감정들이 '원망'으로 쉽게 요약되어 돌아왔다. 나는 이 낯선 말들의 퍼즐 조각들을 맞춰보려고 머리를 굴렸다. 실패했다. 반박할 말을 떠올려 보았다. 또 실패했다. 나는 잠시 생각을 정돈해 보다가 또 또 실패하고, 오래 다물어서 굳어 있던 입을 겨우 열었다.

"지금 해주신 말씀이 상당히 생경하게 들려서 받아들이는 데 시간이 조금 필요할 것 같아요."

저 말을 할 때 의사를 조금 노려봤던 것 같다. 실상 나 혼자 의사를 상대로 하는 기 싸움에 가까웠다. 오늘 듣는 한 마디 한 마디가 맞지 않은 옷에 몸을 욱여넣는 듯한 불편함을 안겼다. 의사는 모든 말들을 곧이곧대로 받아들일 필요는 없다고, 다른 방향으로 생각해 볼 수 있도록 하나의 의견을 제안하는 것뿐이라고 말했다. 부모님은 둘째치고 우선 의사를 원망해야 할 것 같았다. 상담 시간은 그 말을 끝으로 마무리됐다.

이날 상담을 하며 들었던 말들을 머릿속에 다시 정리해 보았다. 아무리 생각해도 원망은 나의 생각들을 요약하기에는 납작한 단어로 보였다. 화가 났다. 부모님에 대한 죄송함과 부채감을 느끼고 있는 상황에서 원망이라니. 내가 경우가 없는 사람이 된 기분이었다. 나를 그렇게 바라본 의사가 원망스러웠다. 이 치료를 계속 받는 게 맞을지 머리를 싸매며 고민했다.

그리고 그다음 주가 되어, 늘 그랬던 것처럼 나는 병원을 찾아갔다.

단약을 반복했던 경험들을 떠올렸을 때, 이전 나의 모습이었다면 그다음 주에는 병원에 가지 않았을 것 같다. 작은 토시에 예민해져서 병원 가기를 거부하던 내 과거 성격이라면 충분히 있을 만한 일이었다. 나는 당시에는 왜 계속 병원에 다니고 있는지 그 이유를 알 수가 없었다. 어쨌든, 지난주의 말은 혼나는 기분이어서 잘 받아들여지지 않았다고 의사에게 말을 하며 그 주의 상담을 이어갔다.

병원에서의 상담은 이런 식으로 계속 이어졌다. 지난주와 비슷한 이야기를 하며, 가끔은 의사에게 혼이 나는 듯한 단호한 말들을 듣고, 이따금씩 내가 혼나는 기분이 싫다고 반발하는 과정으로. 나는 매주 빠지지 않고 병원을 찾았고, 매주 이 치료의 효과를 의심했다.

"약은 좀 줄었니? 병원에서 치료는 효과가 있는 것 같아?"

특히 엄마가 이런 말을 꺼낼 때면 나는 속 시원한 답을 해 드리지 못했다. 이 비싼 치료가 그 값을 하고 있는지 치료를 받는 당사자인 나도 알기 어려웠다. 나는 "조금 나아졌어요."

하며 얼버무릴 수밖에 없었다. 6개월에 한 번씩 ADHD 검사를 하며 처음보다는 조금씩 호전된 결과를 보고서야 내가 아주 천천히 우상향하고 있음을 체감할 수 있었다.

이 치료를 통해 내가 기대하는 바가 뭔지 의사가 물은 것은 치료를 진행한 지 일 년이 조금 넘었을 때였다. 처음 그 질문을 받았을 때 나는 대답할 말이 없어서 침묵했다. 그 이후로 의사는 '이 치료를 통해 정인 씨는 무엇을 기대하시나요?'를 더 자주 물었다. 나는 그에 대해 답을 찾으려고 허공을 바라보고 눈에 힘을 줬다. 여러 달이 더 지나서야 나는 솔직해질 수 있었다.

"치료의 효과를 솔직히 잘 모르겠어요. 엄마도 그 질문을 종종 하시는데, 제가 이전보다 나아졌는지 잘 모르겠어요."

"나아졌다는 게 어떤 의미인지 구체적으로 말해주실 수 있나요?"

"우울함이나 머릿속의 생각들에 휘둘리지 않는 거요. 우울증이나 ADHD 증상 때문에 해야 할 일을 미루고 해내지 못하거나 겁을 먹거나 하지 않는 거요. 제가 제 삶의 운전대를 좀 더 자신 있게 잡고 있었으면 좋겠어요."

이전처럼 단약을 하지 않고, 병원을 꾸준히 간 것은 간절함과 두려움 때문이었다. 나는 치료를 통해 '일반적인 사람처럼' 다시 효율성과 생산성을 찾아내고 싶다는 답을 내렸다. 효과를 빨리 보고 싶었다. 병원을 1~2년 내로 그만 다니고 약도 줄이고 싶었다. 약을 먹지 않고도 일상을 감당할 능력치를 가지고 싶었다. 비싼 상담 치료를 그만두면 지금보다 상태가 나빠질까 봐 두려웠다. 이것이라도 있어야 내 일상이 무너지지 않는 것이 아닌가 하고 생각했다.

"정인 씨는 처음 병원 오셨을 때가 기억나시나요? 그때는 우울해서 아무것도 할 수가 없는 상태였습니다. 물론 지금도 치료가 시급하고, 우리가 정인 씨를 가로막는 것들과 두려움에 대해 더 이야기를 해봐야겠지만, 작년 1월과 비교했을 때는 분명히 많이 왔습니다."

의사는 '물론 앞으로도 오래 걸리겠지요.'라고 덧붙이며 살짝 웃었다. 그의 말을 듣고 나서야 내가 치료를 받으며 걸어온 길을 돌아볼 수 있었다. 나의 치료 과정은 쳇바퀴가 아니라 용수철이었다. 쳇바퀴처럼 빙글빙글 제자리를 도는 게 아니라, 용수철이 꼬여 있는 모양처럼 빙글빙글 돌면서 아주 조금씩 앞으로 나아가는 노선을 그려냈다.

이번 주도 어김없이 병원에 간다. 나는 분명히 또 비슷한 이야기를 하며 괴로움을 호소할 것이다. 또 빙글빙글 돌면서 똑같은 고민에서 허우적댈지도 모른다. 자전을 하며 태양 주

위를 끝없이 도는 지구처럼, 시간이 지나서 보이는 나만의 궤
도가 있음을 이제는 믿는다. 상담실에 가야 하는 이유는 그
궤도만큼 선명해진다.

친애하는 S에게

이 편지는 말로 직접 못다 전한 말들을 담고 있습니다. 입이 차마 떨어지지 않았지만 언젠가는 꼭 말하고 싶었던, 솔직한 제 모습에 대한 이야기 말이죠. 무슨 말인지는 천천히 밝힐 테니, 우선은 제 이야기를 조금 들어주시겠어요?

전하지 못한 말을 담기 위해 노트북 앞에 앉았지만, 모순되게도 저는 평소에 솔직 부심이 조금 있는 편입니다. 솔직 부심은 '솔직함에 대한 자부심'을 줄인 말로, 꺼내기 불편한 이야기들도 비교적 쉽게 밝히는 저 자신을 좋아해서 붙인 용어입니다.

당신도 알다시피 저는 솔직 부심을 원래부터 타고난 사람은 아니었습니다. 미국에서 나고 자랄 때도 수줍음이 많았고, 한국으로 넘어간 직후에는 한국어가 어눌해서 자신을 표현하는 데 한계가 있었습니다. 소심한 성격과 '딸리는' 언어 구사력으로 인해 괴롭힘도 많이 당했죠.

제가 솔직해지자고 마음먹은 시기는 고등학교 1학년 때였습니다. 같이 다니던 (한때) 친구들에게 재수 없다며 따돌림을 심하게 당한 것이 그 계기였죠. 그 애들한테 따박따박 따졌어야 했는데, 혼자서만 끙끙 앓다가 다른 친구들과 친해지면서 사건은 얼렁뚱땅 넘어갔습니다. (가해자 11명 중 딱 한 사람만 롤링페이퍼를 통해 뒤늦은 사과를 하더군요.) 저는 아무 말도 못 한 제 모습을 두고두고 후회했습니다. 이때부터 '해야 할 말은 바로 해서 문제를 빨리 해결하자'는 마인드가 생겼습니다.

솔직과 무례의 경계를 잘 구분하지 못해서 할 말, 못할 말을 그대로 배설하는 몇 년을 보냈습니다. 나이를 먹고 손절도 당해보며 공격적이지 않은 화법으로 생각을 전하는 방법을 아주 조금은 알게 되었습니다.

어쨌든 저는 솔직한 제가 참 좋았습니다. 제게 솔직함은 곧 정의로움이었거든요. 상대에게 속임수를 쓰지 않고 자신의 패를 그대로 보여주는 행동은 정직하고 정의로운 것이었습니다. 솔직함은 용기가 필요한 행동이며 옳음을 추구하는 방식이라고 믿었습니다. 그리고 솔직함은 불리한 상황에서 필요한 말을 할 수 있게 저를 보호해 줬습니다. 물론 제가 내놓은 패를 먹이 삼아 험담하는 사람들을 만나며 솔직함이 사회생활의 만능열쇠는 아니라는 것도 알게 되었지만요. 아무쪼록 따돌림에서 피어난 제 솔직함은 저를 설명하는 강점이자 특성이 되었습니다.

그런데 그런 제가, 실은 별로 솔직하지 않다는 생각을 최근에 하게 되었습니다. 우울증이 심해지면서, 솔직해지는 방법을 자꾸 까먹는 기분이었어요.

밖에서는 폭탄을 투하하듯 할 말을 당당하게 투척해 놓고는, 집에만 돌아오면 제 솔직함이 영업을 종료하고 숨어버렸습니다. 가족들에게, 특히 아빠에게 제 의견을 피력한다는 생각만 해도 오금이 저리고 심장이 위장까지 덜컥 내려앉은 기분이 들더군요. 아빠에게 말을 걸게 되면 저는 긴장으로 떨리는 목소리를 들키지 않으려고 퉁명스러운 말투를 장착해야 했습니다. 그 말투는 태도에까지 번져 대화체가 아닌 통보식의 말들만 튀어나왔습니다. 부모님과 이렇게 마주하고 싶었던 것은 아닌데.

어릴 때는 그나마 편한 엄마에게조차 말을 걸기가 무서워서, 편지에 이야기를 적고 잠들기 전에 엄마의 침대맡에 살포시 놓았습니다. 그러면 다음 날, 엄마의 답장을 제 머리맡에서 찾을 수 있었죠. 얼굴을 마주해야 하는 대화보다는 서면으로 생각을 정리해서 전달하는 게 조금은 더 솔직한 저를 내보일 수 있었습니다. (몇 년 전에 이삿짐을 정리하다 제가 썼던 편지들을 발견했습니다. 엄마가 한 장도 버리지 않고 보관해 놨더라고요.)

어린 시절 부모님께 제 생각을 털어놓기가 어려웠던 이유는 혼이 나는 것이 무서워서였습니다. 성인이 되어서는 꾸중을 들을 일이 줄었지만, 저는 여전히 부모님의 눈치를 봅니다. 그 과정에서 저는 또다시 침묵합니다. 이럴 때 나와줘야 할 솔직함은 갑자기 겨울잠에 빠져든 것처럼 작동을 하지 않습니다.

저는 이제야 꾸준한 치료를 받으며 아주 천천히 우울증을 한 겹씩 걷어내고 있고, 그 여정 속에서 부모님은 제가 다시 일어날 때까지 기다려주고 있습니다. 기약 없는 기다림을. 당신들은 제 미래가 불안한지, 인생의 다음 계획에 대한 질문들을 한 번씩 툭 던집니다.

"어디 쓴 데 좀 있니?"

"내가 이력서 내는 걸 도와줄까?"

"책은 왜 이리 오래 걸려?"

"병원에서는 뭐래? 약은 좀 줄었대?"

제가 걱정되어서 부모님이 참다가 한 번씩 말을 건다는 것을 물론 압니다. 하지만 이미 제가 고민을 거듭하고 있는 내용들을 다시 언급하니 스트레스가 쌓였어요. '제가 이미 고민을 하고 있으니, 조금만 더 지켜봐 주세요.'라고 한 마디만 하고 싶었습니다.

제가 당신에게 이 이야기를 쓰고 있다는 것은 제 생각들이 소리 없는 아우성으로 멈췄다는 뜻이겠죠. 선택적으로만 솔직한 제 모습을 보며 저는 스스로에 대한 화를 애써 억눌렀습니다.

그러다가 최근에 상담을 받으며 제 솔직함이 집에서 힘을 쓰지 못하는 이유를 알게 되었습니다.

여전히 부모님으로부터 독립하지 못하고 심적, 물질적 지원을 받고 있다는 부채감. 우울증을 기점으로 제 인생을 천천히 망치는 중이라는 자괴감. 저를 지배하는 정신질환으로부터 벗어나지 못하고 계속 이 모습으로 살아갈지도 모른다는 불안감. 나로 인해 자식 농사를 망친 듯한 부모님께 드는 미안함. 거미줄 같은 끈적끈적한 생각의 실타래들이 마구 엉겨 붙어서 떼어내지 못하는 여러 가지 마음들.

일종의 자격 문제로 보이기도 했습니다. 부모님께 의존하고 있으면서, 주어진 환경에 감사해도 모자랄 판에 제가 당신들 말에 감히 토를 달 자격이 없다는 생각. 집에서 제가 경제적으로 보탬이 되긴커녕, 치료비와 각종 생활비로 돈을 쓰는 존재였으니까요.

결국, 부모님의 잔소리가 옳다고 생각한 것입니다. 그러기에 잔소리의 결과로 제가 느끼는 감정들은 유효하지 않은 것이 되었죠. 침묵을 지키고 부모님의 말을 열심히 들어서 인생을 한 발짝이라도 더 나아가는 것이 딸로서 제가 할 도리였습니다.

생각들이 정리되자, 제 솔직함이 집에서 작동하는 방식을 알게 됐습니다. 그 녀석은 참 효율적으로 에너지를 쓰더군요. 유효하지 않은 감정을 쓸데없이 드러낼 필요가 없는 것이죠. 그러니까, 솔직함이 집에서 끼어들 자리가 없었던 것입니다.

***

부모님과의 대화는 어렸을 때부터 어려웠으니 그렇다고 쳐도, 요즘 남들에게 솔직하지 못하다고 느낀 것은 친구들과의 대화에서였습니다.

퇴사 시기가 길어지면서 '아무런 기여를 하지 않는 잉여'가 될 것이라는 두려움에 우울하고 무기력했습니다. 친구들은 저를 늪에서부터 끄집어내려고 이것저것 해결책을 제시했습니다. '일단 본가로부터 독립을 먼저 해야 하지 않을까?' '네가 작은 알바라도 시작해서 무기력을 극복해 봐.', '뭐라도 해보고 말하자.' 등.

나름 조언을 한다고 노력한 친구들이었지만 저는 이상하게도 그들의 말을 듣고 속이 상했습니다. '쟤네 눈에도 내가 부모님 집에 얹혀살아서 아무것도 안 하는 빈대로 보이나?' 꼬인 생각은 제 머릿속에서 얼기설기 엉킨 채로 자리를 꽉 채웠습니다.

친구들의 말은 이미 아는 해결책이었습니다. 여러 가지 부정적인 생각들이 제 뇌 속을 짓누르고 있었고, 그 무게만으로도 몸과 마음은 과부하가 왔습니다. 머릿속에 떠돌던 생각 파편들은 제 몸 이곳저곳을 찌르며 고통을 줬습니다. 제게 그 당시 필요했던 약은 '이렇게 해봐.'가 아니라 '아프구나.'라는 위로였나 봅니다.

그런데 저는 친구들에게 위로해 달라는 말을 끝내 하지 못했습니다. 대신 카톡 방을 멀리하며 그들을 회피했죠. 제가 뭐에 꽁해져서 이러나 하고 고민을 계속했습니다.

부모님께 느꼈던 부채감과 비슷하게, 저는 친구들의 말이 현실적인 정답이라는 것을 알고 있었습니다. 제가 움직여야 상황은 변하고, 어느 일자리를 구하든 일하는 감각을 회복해야 '나는 푼돈이라도 벌고 있다'는 쓸모를 스스로 증명할 수 있었습니다. 제가 느끼는 서운함은 어디까지나 아무것도 시작하기 싫고, 두려움 속에 스스로를 가둔 자의 생떼에 가까웠습니다.

서운함을 이야기한다고 문제가 해결되지도 않고, 그 감정들을 표현하는 것은 친구들에게 배설하는 꼴에 불과했습니다. 그러기에 저는 제 감정이 타당하지 않다는 결론에까지 도달할 수 있었습니다.

당신이 보기에는 조금 답답할지도 모르겠네요. '그냥 내가 섭섭하다고 말하는 게 뭐 어쨌다고?'라고 생각하실 수도 있겠습니다. 근데 앞서 말한 것처럼, 저는 이런 상황에서 솔직해질 자격이 없다고 생각하고 있습니다. '나는 이런 감정을 느낄 자격이 없어.' 하며 말이죠.

'이런' 감정을 정확하게 콕 집어 말할 수는 없지만, 이 생각들이 흘러가는 방향만은 명확합니다. 저를 깎아내리는 방향으로 생각의 줄기가 퍼져 나갑니다. 칭찬을 받아서 기분이 좋아지면 '그냥 운이 좋아서 얻어걸린 것뿐이지.' 하며 기쁨을 누릴 시간을 잘라버리고, 누군가를 시샘하는 감정이 피어오르면 '나는 게으르고 무능력하니까 영원히 질투만 하다가 가겠지.' 하며 체념합니다. 제 솔직한 생각들을 있는 그대로 느끼기 전에 저 자신을 검열하며 자기 비하를 하는데, 타인에게 솔직할 수 있을 리가요.

"제 감정은 철이 없고 개념이 없는 사람의 투정에 불과하니까, 말을 하지 않게 돼요. 스스로도 왜 이 감정들을 느끼는지 이해가 가지 않을 때도 많아요. 쓸모없는 감정을 느낄 자격이 없다고 생각할 때가 대부분이에요. 저를 '대가리 꽃밭'이라고 생각하는 거죠."

제가 비로소 솔직함을 드러낼 수 있었던 곳은 상담실이었습니다. 의사는 제 생각을 명쾌하게 정리해 줬습니다.

"정인 씨는 자신의 감정 또한 부정하고 자기 비난의 땔감으로 쓰고 계시는군요. 감정을 느끼는 것은 지극히 자연스러운 현상인데도요. 정인 씨는 가까운 사람들에게 자신을 솔직하게 표현하는 데에 어려움이 많이 따르나 봅니다."

그렇습니다. 저는 솔직 부심이 있다고 이야기했지만, 우울증이 제 인생에 찾아온 후부터는 깜빡이는 형광등처럼 솔직함이 곁에 있다가 없기를 반복합니다. 그렇게 껌뻑껌뻑하는 사이에 저는 제 감정을 검열합니다. 제 생각들은 등한시하고, 타인의 의견을 훨씬 크게 받아들입니다. 이것은 제가 가치가 없는 사람이라고 생각하니까, 제가 느끼는 감각들도 쓸데가 없다고 결론 내리는 것이겠지요. 제 우울증은 몸과 마음의 감각들을 부정하고 무시하는 증상을 포함하니까요.

저는 솔직 부심을 꼭 회복하고 싶습니다. 솔직함은 타인과의 상호작용에서 저를 투명하게 드러내는 일이기도 하지만, 자신을 돌아볼 때 제가 감각하는 마음을 있는 그대로 인정하는 행위도 포함한다는 사실을 발견했기 때문입니다. 제가 감정을 삼키고 '내가 느껴도 되는 감정'을 선별하며 자격을 운운할 때, '아냐, 사실 나는 이래.'라며 제게 확신을 주는 것 또한 솔직함입니다.

이 편지를 쓴 이유는 어린 시절 엄마에게 어려운 이야기를 편지로 담아서 전하던 것과 비슷합니다. 글에서나마 제 생각들이 비교적 자유롭게 모습을 드러낼 수 있거든요. 그리고 S, 당신만큼은 의사보다도 더 제 이야기를 잘 들어줄 것이라는 믿음이 있습니다.

치료를 계속 받고, 스스로에 대한 신뢰를 회복하면 다시 솔직해질 수 있을까요? 우울증과 부채감, 자괴감, 불안감, 미안함, 여러 가지 감정들이 등장하며 저와 제 솔직한 마음들을 갈라놓았고, 이 감정들은 짧은 새에 사라지지 않을 것을 압니다. 그런데도 희한하게 이 편지를 당신에게 부치는 과정에서 저 스스로 당당하고 솔직해질 수 있는 시간이 천천히 올 것이라는 이상한 직감이 들었습니다. 꼭 그러길 바랍니다.

엉켜 있는 마음들을 이곳에 풀어내며 편지는 이만 줄이겠습니다.

기후 우울증과 개똥

기후 우울증 : 영어로 Climate Depression이라 부른다. 2017년 미국 심리학회(APA)에 의해 제시된 용어로, 기후변화로 인한 불안과 우울함을 느끼는 현상을 말한다. 개인의 노력으로는 기후 위기를 막을 수 없을 거라는 무력감을 전제로 한다는 점에서 단순히 날씨로 인해 느끼는 우울함과는 다르다. (네이버 지식백과사전)

대학원을 아주 힘들게 졸업한 직후, 2020년이었다. 나의 졸업과 동생의 재수 생활이 동시에 끝나 엄마와 함께 미국 여행을 다녀왔다. 1월 초에 떠난 미국 여행이 끝이 나던 1월 25일 설날, 인천 공항의 직원들은 전부 마스크를 낀 채로 귀국객을 맞이했다. 국내 코로나19 바이러스 감염자 2호가 등장한 직후였다. 하마터면 미국 여행을 다녀오지 못할 뻔했다며 우리는 가슴을 쓸어내리고 집에서 얌전히 칩거했다.

내가 하필 정서적으로 많이 불안정할 때 코로나19가 터졌다. 언제 나을지 요원한 우울증, 나에게 상처를 준 대학원 사람들에 대한 분노, 대학원 생활을 슬기롭게 마치지 못한 나에 대한 실망, 석사 논문을 쓰느라 온 번아웃 등을 마음 보따리에 바리바리 싸 들고 매일 머리에 이고 다녔다. 들고 다니는 짐의 무게에 압도된 나는 침대에 벌러덩 쓰러져 버렸다. 그리고 KO패 당한 격투기 선수처럼, 일어나지 못했다. 비자발적 와식 생활의 시작이었다.

코로나19는 쉬이 사라지지 않았고 봄은 금방 왔다. 나는 여전히 누워 있었다. 부모님은 번갈아 내 방문을 두드리며 호소했다.

"생산적인 무언가를 할 필요는 없으니 앉아만 있어 다오."

그런 말로 나를 일으켜 세우려고 했다. 나는 자가 격리를 핑계로 당신들의 말을 모두 무시하고 하루 종일 잠만 자거나, 모바일 게임에 빠져들었다. 모든 생활을 침대에서 해결했다. 화장실도 잘 가지 않았다.

이 시기에 내가 가장 많이 했던 생각은 '꽃이 너무 빨리 펴서 무섭다'였다. 내가 대학생이었을 때만 해도 벚꽃은 4월 중순쯤에 만개해서 벚꽃의 꽃말이 '중간고사'라는 농담도 오갔다. 그렇게 시험을 앞둔 학생들을 시험에 들게 하던 벚꽃이 2020년이 되자 4월 10일이 채 되지 않았는데 활짝 피어났고 어느새 벚꽃 비를 뿌리고 있었다. 단독으로 제일 먼저 피어나 봄을 알리던 개나리의 개화 속도를 따라잡아 함께 피는 꽃들이 많아졌다. 과거에는 분홍빛 매화와 벚꽃을 노란 개나리와 함께 보는 일이 드물었는데, 이제는 사진의 한 포인트가 되었다.

나는 이런 꽃들의 속도전이 곧 이상기후 때문이라는 것을 알게 되었다. 다른 사람들이 코로나19로 놀러 가지 못해 동네의 꽃을 즐기며 오감으로 봄을 받아들이는 동안, 나는 '기후 위기', '이상기후', '지구 멸망'을 검색하며 더운 입김을 내뿜는 낯선 봄을 멀리하고 두려워했다.

그렇게 절망의 검색을 하다가 '기후 우울증'이라는 개념을 새로이 알게 되었다. 그때는 워낙 최근에 등장한 용어라서 뉴스가 엄청 쏟아지지는 않았지만, 분명히 존재하는 현상이었다. 기후 우울증을 앓는 사람들은 단순히 기후 위기를 걱정하는 수준을 넘어서서 자신의 정신 건강이 악화될 정도로 큰 무력감을 느꼈다. 2030 세대뿐만 아니라 현재 초등학교 다니는 나이대의 아이들도 기후의 변화로 불확실한 자신들의 미래를 두려워한단다. 나도 혹시 기후 우울증이 아닌가 하고 의심하기 시작했다.

도망치듯 석사 과정을 졸업했지만, 원래 목표가 미국에서 박사 과정을 마치는 것이었던 만큼 박사 과정에 대한 미련을 완전히 떨쳐내지는 못했다. 슬라임처럼 침대에 퍼져 있는 동안 어떻게 하면 유학 간 우리 학교 대학원생들과 마주치지 않고 박사 과정을 밟을 수 있을까 고민했다. 그 상상을 하는 동안 나는 조금 더 야무지고 뾰족해지는 기분이었다. 그러나 한 가지 생각이 뾰족해진 나를 반드시 슬라임 상태로 다시 녹여

버렸다.

'기후 위기로 지구가 내 세대에 망하면 어떡하지? 내가 박사 과정을 힘들게 졸업한들, 정교수로 부임하기 전에 지구가 망한다면 내가 고생해서 박사를 하는 의미가 없지 않을까?'

어느 각도로 봐도 명백한 기후 우울증 증상이었다. 기후 위기가 인류의 발끝까지 따라잡은 한, 내가 공부를 열심히 하는 의미가 없어 보였다. 생각은 거기서 멈추지 않았다. 기후가 비상인 현 상황에서 내가 열심히 살아 숨 쉴 이유가 없다고 확신했다.

어차피 우리가 재로 돌아가게 되는 게 미래라면, 우울증 짐을 머리에 이고서 아득바득 살아가는 것이 손해라고 생각했다. 대부분 사람들은 어차피 기후 위기를 실감하지 못하기에 심각성을 느끼지 못했다. 혹은 심각성을 느끼더라도 (당장 나만 해도) 에어컨이나 택배를 포기할 수가 없었다. 인류 전체가 조금은 불편한 생활을 하며 노력해야 하는 전 지구적 팀 프로젝트에서 프리라이더들이 너무 많았다. 나도 거기서 자유롭지 못했다. 나는 암울한 최후를 예상하고 죽음을 매일 곱씹고 넘기고 되새김질을 했다.

아이러니하게도 나는 그해 여름 즈음에 건강한 삶을 영위하기 위한 '힐링' 수업을 듣고 있었다. 그래도 코로나19로, 우울증으로, 번아웃으로 구멍 나고 해진 삶을 딛고 어떻게든 살고는 싶었던 모양이다. 자연 식물식을 먹고, 마음 챙김을 하며, 가지고 있는 고민들을 최대한 덜어내며 생각하는 법을 수업에서 배웠다. (물론 실천은 또 다른 영역이었다.)

하루는 그 수업에서 현재 가장 많이 하고 있는 고민을 털어놓고 해결책을 찾아주거나 그저 들어주며 그 무게를 같이 이고 가는 활동을 했다. 다양한 대답들이 나왔다. 내 차례가 왔을 때, 나는 망설임 없이 말했다.

"기후 위기에 대한 걱정으로 잠을 제대로 이루지 못하고 있어요."

예상치 못한 대답을 들었던 것인지 선생님은 웃었다.

"너무 큰 고민을 하고 계신 게 아닌가요!"

그는 이내 진중함을 되찾고 내 고민에 응답했다.

"저는 정인 씨가 남을 위해 작은 선행을 하나씩 실천해 보는 것을 추천드려요. 그게 봉사 활동과 같이 큰 행동일 수도 있지만, 아주 소소하고 작은 도움도 괜찮아요. 그것을 통해 타인과 내가 연결되는 감각을 오롯하게 느껴보는 것도 중요할 것 같아요."

나는 조언을 주셔서 감사하다고 했지만, 실은 그 말에 전혀 공감하지 못했다. 당장 지구가 인간을 떼어내려는 듯 뜨거워졌다가 차가워졌다가 오락가락하고 있는데 사과나무 한 그루를 심는 것이 무슨 소용이 있을까? 망한 팀플 속에서 내가 할 수 있는 일이 이타심을 나누는 것이라면, 내게 어떤 의미가 될 수 있을까. 어차피 수업 날을 제외하고는 침대에 눌어붙은 생활을 지속하던 내게 선행은 사치였다. 나 자신에게도 선행을 베풀지 못하는 중이었는걸. 나는 선생님의 조언을 고이 접고 마음 제일 구석진 곳에 밀어 넣었다.

'저는 선행을 할 수도, 할 의미도 없어요.'

***

2023년 11월, 나는 업사이클링을 주제로 같이 공부하던 지인들과 유기견 보호소에 다녀왔다. 유기견들이 지내는 시설을 청소하는 것이 우리의 업무였다. 내게는 고등학교 당시 봉사 점수를 받기 위해 했던 활동 이후로 첫 봉사였다.

도심을 벗어나 비탈길을 굽이굽이 파고들어서야 유기견 시설이 모습을 드러냈다. 우리는 차를 세운 뒤 방호복으로 갈아입고, 마스크와 목장갑을 착용했다. 11월이었음에도 몸을 꽁꽁 싸매니 방호복 속에서 땀이 송골송골 맺혔다. 착용감이 어색했다. 그만큼 오랜만에 가는 봉사의 감각은 평소에 입지 않는 방호복처럼 내 몸에 어색하게 들러붙었다. 우울해서 나 자신을 내팽개쳤지만, 모순적이게도 이제까지 나만을 위해 살아왔구나, 봉사장에 도착해서 체감이 됐다.

"강아지들을 도우면서 인류애를 충전하게 됐어요. 그 기분을 직접 해보기 전까지는 몰랐고요. 뭔가 충만해져."

같이 가는 지인 중에서 세라는 유기견 봉사를 오래전부터 꾸준히 다니고 있다. 오랜 시간 강아지들과 시간을 보내면 어떤 걸 느낄 수 있냐는 내 질문에 세라는 '인류애'라 답했다. 그의 리드로 유기견 센터 자체가 처음이었던 나머지 사람들도 봉사를 선뜻 가겠다고 나선 것이다.

유기견 보호소는 그야말로 똥밭이었다. 우리는 우선 소형 견실로 안내를 받았는데, 들어가서 우리를 처음 맞이한 것은 좁은 방을 꽉 채운 백 마리가 넘는 듯한 강아지들과 그들의 똥이었다. 바닥에 깔려 있던 신문지는 강아지들이 잔뜩 밟고 물어뜯어서 너저분하게 펼쳐져 있었다.

우리는 신문지부터 치우기 시작했다. 개인 삽으로 똥을 퍼서 버리긴 했지만, 불가피한 경우에는 손으로 집어야 하는 경우도 있었다. 목장갑은 마른 똥으로 얼룩졌다. 신문지를 치우고 삽과 빗자루로 최대한 바닥을 깨끗하게 쓴 후에 대걸레로 바닥에 들러붙은 똥 자국을 닦아내고, 새로운 신문지를 펼칠 차례였다. 그 사이에 자연의 신호를 참지 못하고 깨끗해진 바닥에 신선한 똥을 누거나 오줌을 싸는 강아지들도 있었다. 우리는 치웠다 닦았다를 반복하며 신문지를 깔았다.

강아지들은 사람들을 매우 반겼다. 우리가 청소를 하는 동안 중간중간에 두 발로 서며 자신을 예뻐해 달라는 강아지들이 여럿이었다. 서로 밀치고 폴짝폴짝 뛰며 경쟁을 하기도 했다. 우리는 포상을 받은 듯, 강아지들을 차례로 쓰다듬었다. 나에게 다가오는 강아지들과 눈맞춤을 해보니, 유행이 한참 지난 시츄와 말티즈, 혹은 유행 타지 않고 사람들이 꾸준하게 찾는 푸들과 포메라니안들이 소형견실에서 주를 이루고 있다는 사실을 깨달았다. 강아지 똥을 삼킨 듯 입 끝에 쓴맛이 맴돌았다.

바닥 청소를 마친 후 강아지들의 사료와 물을 대령했다. 동시에 우리도 다음 장소를 가기 전까지 잠시 쉬는 시간을 가졌다. 우리는 바닥에 앉아서 우리에게 무작정 달려드는 강아지들을 만지기 시작했다. 밀크티 색 털을 가진 한 푸들은 양반다리를 한 내 다리에 자리하고 잠들었다. 무르팍이 따스했다. 무조건적인 애정을 갈구하고 또 주는 아이들을 바라보니 몽실몽실하고 따뜻한 감각이 내 안에 가득해져 왔다. 이후에 정체를 알게 된 그 몽글몽글한 감각은 사랑이었다.

이후 나와 세라를 포함한 봉사자들 일부는 소형견들을 뒤로하고 대형견실로 향했다. 대형견실은 야외 한 마당이었다. 여기서도 소형견실에서 했던 것과 마찬가지로 똥을 치우고 물통을 채우는 일을 했다. 대형견의 똥은 훨씬 무거워서, 다 치우고 나니 앞머리가 땀에 젖어 이마에 찰싹 붙어 있었다. 방호복을 입었음에도 강아지들 특유의 냄새가 머리와 옷에

뺐다. 이 냄새를 풍기고 어떻게 집에 돌아가지 하고 걱정이 되었다. 그럼에도 우리의 기분은 끝내줬다.

개집에 숨어서 코를 박고 잠든 소심한 강아지를 바라보고, 등 뒤에 올라타며 자신을 업어달라고 조르는 큰 삽살개의 모습에 웃으며 우리는 이 봉사 시간의 끝이 천천히 오기를 바랐다. 나는 마음속의 창문을 활짝 열었다. 산들바람이 그 사이로 들어오는 듯한 해방감을 아주 오랜만에 느꼈다.

남을 위해서 작은 선행을 한 개씩 실천해 보세요.

햇살이 눈부셔서 눈을 슬쩍 감으며 해사하게 웃다가, 갑자기 머리 꼭대기로 둥둥 떠오른 생각은 몇 해 전 선생님이 내게 건넸던 그 말이었다. 나는 오늘 작지만 큰 선행을 했고, 속이 막힘없이 자유로웠다. 개똥을 치우고 점점 깨끗해지는 강아지들의 방은 내게 묘한 쾌감을 선사했다.

나는 쓸모가 있을 줄도 아는 사람이었다.

나의 행동으로 누군가가 더 깨끗한 바닥에서 잠들 수 있고, 시원한 물을 마실 수 있다는 사실은 생각보다 큰 행복을 가져다주었다. 선생님은 이타심을 통해 쓸모를 증명받을 수 있다는 이야기를 하지는 않았지만, 선행을 하며 내게 스민 것은 부메랑처럼 돌아오는 나의 쓸모에 대한 자각이었다.

나의 쓸모. 내가 살아가는 동안 누군가에게 도움이 될 수 있다는 그 느낌. 그 느낌을 회복하다 보면 내 삶에 남아 있는 시간이 짧게 느껴졌다.

사람마다 다르겠지만 내게 기후 우울증이란 모든 행동이 소용도 쓸모도 없다는 감각이었다. 현재를 충실하게 살아도, 아득해지는 미래만을 바라보며 현재에 발을 딛지 못하는 느낌이었다. 반면 선행을 했을 때 오감은 현재로 돌아오게 되어 있었다. 당장 내가 선행을 하기 위해 몸이 고생하는 감각도 있었고, 나의 선행으로 당장 현재가 더 편안해지고 행복해지는 타인/타 생물이 있었다. 선행을 하는 동안에는 앞이 캄캄한 미래를 바라보던 시선을 내가 숨 쉬고 살아가고 있는 현재로 돌릴 수 있었다.

선행을 해도 기후 우울증이 완치되지는 않는다. 나는 현재까지도 기후 우울증을 이따금씩 느끼고 있고, 다 포기하고 싶어지는 시점이 온다. 그럴 때는 그저 나와 다른 생물과 현재에 연결되는 감각을 최대한 많이, 자주 느끼려 할 뿐이다. 이제는 조언을 해주었던 그 선생님께 대답을 할 수 있을 것 같다.

그래요. 저는 선행을 할 수도, 그 의미를 알 수도 있어요. 기후 위기가 심각해질수록 더요.

엄마를 독립시킨다

고요한 아침.

오전 9시가 넘었지만 아직까지도 눈을 지그시 감고 아침을 맞이하지 않는 사람이 여기 하나 있다. 바로 나다. 전날에도 별을 세듯 밤새 수천 가지의 (주로 부정적인) 생각들을 헤아리다가 6시가 되어서야 잠을 자야겠다는 생각이 들었던 터다. 현재 집에 있는 사람은 나갈 준비를 하고 있는 엄마와 침대에 늘어져 있는 나 둘뿐이다. 화장을 마친 엄마는 코트를 여미며 내 방 문을 향해 "갔다 올게."를 외친다. 이내 현관문이 띠릭 열리는 소리와 함께 문에 달려있는 종이 딸그랑 딸그랑 메아리처럼 여운을 남긴다.

다시 혼자다. 나는 엄마의 인사에 잠시 앉아 있는 시늉을 하며 엄마를 배웅하다 현관문이 쿵 닫히는 소리가 들리자마자 다시 침대에 납작 엎어진다. 아마 이대로 다시 잠들면 오늘도 정오가 넘어서야 일어날 것이다.

우리 가족이 이런 생활을 반복한 지 조금 됐다. 서른이 된 딸은 회사를 그만두고, 우울증을 달래고 건강을 챙긴다는 핑계인지 사실인지 모를 명분으로 와식 생활을 이어가고 있다. 집에 있던 엄마가 그 딸의 자리를 바통 터치하듯 일을 하러

나간다. 아빠는 회사를 옮겨 다니면서 출근을 했다가 안 했다가 한다. 요즘은 회사에 다니고 있어 아빠도 꼭두새벽에 집을 나선다. 그러면 밤이 될 때까지 집에는 나 혼자뿐이다. 나는 하루 종일 빈대떡처럼 침대나 소파에 압착돼서 시간을 헛헛하게, 헛되이 보낸다.

원래 우리 엄마 지영은 그 나이대 여성들이 대체로 그러하듯이 전형적인 주부였다. 엄마이고, 딸이고, 며느리였다. 막내아들인 한규와 결혼을 했음에도 시가와 친가 모두의 맏딸과 같은 존재였다. 그래도 남편과 시가는 지영을 '누구 엄마'라고 부르지 않고 '지영'이라고 불렀다. 그 덕에 지영의 이름이 완전히 없어지지는 않았다. 다행인 건가.

가족이 '면봉이 다 떨어졌다' 등의 소리를 흘리면 며칠 내로 반드시 새로운 면봉이 창고에 쌓여 있었다. 시가와 친가어른들의 병원 일정을 다 꿰고 있는 사람도 지영이 유일했다. 우리 집이든, 시가든, 친정이든 지영이 없으면 가족의 기능이 굴러가지 않을 정도로 지영은 모든 곳에서 핵심적인 인물이자 '슈퍼' 노동자였다.

지영이 처음부터 이렇게 완벽한 주부가 되기 위해서 커리어를 짠 것은 아닌 듯했다. 결혼하기 전에는 식품영양학과 석사 과정을 밟는 중이었고, 박사 과정 시험을 준비하고 있었다. 그런데 졸업식 직전에 한규와 결혼식을 올리고 지영이 시작한 것은 원래 전공이 아닌 주부학과 박사 과정이었다. 그리고 결혼 30주년이 지난 지금까지도 주부의 삶은 계속되고 있다.

지영과 이야기를 나누다 보면 그가 그간 쟁취한 학벌과 해온 공부에 대해 자부심이 꽤나 있었던 것으로 보인다. 제 엄마와 아빠만큼 공부를 잘하지 못하는 자식들을 보며 진심으로 답답해하다가 안타까워하다가를 반복하는 반응을 보면 그러했다.

그런 지영은 동창회를 나가지 않았다.

"왜 안 가요?"

하고 물으면,

"그냥 가서 할 말이 딱히 없어서."

라는 대답이 돌아왔다. 동창회에 꾸준히 나오는 사람들은 대부분 집 바깥에서 할 일이 있는 '바깥양반들'이었다. 지영은 석사 과정 당시 지도해 주던 교수님의 첫 제자였지만, 주부학과로 가버린 자신의 이력이 첫 제자로서 알맞은지 잘 모르겠다고 했다.

"엄마가 OOO를 한 번 해보려고 해."

개나리가 잔뜩 핀 응봉산 주변을 같이 산책하던 어느 봄날이었다. 지영은 별안간 사업을 시작하겠다고 내게 다짐을 했다. 소위 말하는 네트워크 마케팅 사업이었다. 흔히들 생각하는 이미지로 말하면 다단계. (네트워크 마케팅이 다단계인지, 다단계 사업이 좋은지 나쁜지에 대한 토론은 굳이 여기서 하지 않겠다.)

원래 지영은 공인중개사 시험을 한창 준비 중이었다. 한규가 원치 않게 직장을 계속 작은 곳으로 옮겨 다니게 되면서 지영도 가계에 뛰어들어야겠다고 결심한 듯했다. 미술관에서 봉사 활동도 10년째 다니고 양가 할머니 할아버지들을 병원에 모셔다드리는 와중에 오랜만에 준비하는 시험은 쉽지 않아 보였다. 그러다 갑자기 사업, 그것도 대중적인 인식이 마냥 좋지만은 않은 분야에서의 사업이라니. 피어 있는 개나리만큼 하늘이 노래지는 기분이었다.

나는 왜 굳이 이 회사에서 사업을 하겠냐고 물었다. 지영은 회사에 대해 알아보고 제품을 공부해 보니 신뢰할 만한 회사인 것 같고, 거기서 미래를 봤다고 답했다. 나는 이 모든 소리가 귀에 웅웅 울려 퍼져서 흩어졌다. 그냥 이 모든 말을 하는 지영과 이 상황이 너무 낯설었다. 일하는 엄마의 모습이 상상하기 어색했던 것은 아니었다. 내가 학생이었을 때 영어 과외도 몇 년간 지속했던 지영이었다. 나는 잘 모르는 회사의 주식에 무턱대고 투자하려는 사람을 보고 불안감을 느끼며 뜯어말리는 심경이었다. 나는 지영이 우리 가족의 생계 때문에 무모한 도전을 시작하고 있다고 생각했다. 돈이 충분했으면 쳐다보지 않았을 사업에서 미래를 보아야 한다는 현실이 비참했다. 나는 공인중개사 준비를 계속하거나 굳이 사업을 할 거라면 다른 영역을 파헤쳐 보면 안 되겠냐고 몇 차례나 되물었다.

"내 나이에 자본을 최소한으로 들이고 사업에 뛰어들 수 있는 방법은 이것뿐이야."

지영의 단호한 말에 나는 더 이상 대꾸를 할 수 없었다. 그렇게 지영은 공인중개사 시험 자료들을 미련 없이 처분하고, 사업에 대한 공부를 하기 시작했다.

지영은 사업을 하면서 생애 처음으로 맞이하는 허들을 넘어야 했다. 애초에 사람들에게 적극적으로 말을 붙이는 외향인이 전혀 아니었던 지영은 처음으로 '직업인'에 익숙해져야 했고 사람들을 설득하는 방법들을 배워야 했다. 막상 바깥으로 나가려니 발걸음을 떼지 못하는 지영이었다. 도전을 주저하던 지영은 응봉산 산책 이후에 거의 1년 가까이 첫 출근을 하지 않았다. 거실에 앉아 회사와 제품에 대해 공부를 하고 〈부자 아빠, 가난한 아빠〉와 같은 비즈니스 구루들의 책을 읽었다.

한규는 서재, 나와 동생은 각 방이 있었으나 지영은 문을 닫고 온전히 혼자 누릴 공간이 집에 없어서 거실 탁상을 공부의 장소로 삼았다. 같이 사업을 하던 사람들은 지영에게 공부는 이만하면 됐다며 이제 나와서 세상과 부딪쳐 가며 배워야한다고 끊임없이 설득했다. 공부를 아무리 많이 해도 그것이 손님이나 돈을 데리고 오지 않는다는 것을 깨달은 지영은 약 1년의 시간 뒤에 현관문을 나섰다.

지영이 매일 출근을 하기 시작하면서 변했다. 일단 많이 밝아졌다. 본래 감정을 잘 드러내지 않고 일정한 기운을 유지하는 그였지만, 일을 하면서 활기가 눈에 띄게 늘었다. 아침 9시 조금 넘어 집을 나오던 지영은 밤 10시 넘어서 집에 들어오는 날이 많아졌다. 하루 종일 바깥에서 운전하며 사람들을 만나느라 피로할 법도 한데 지영은 오히려 광합성을 하고 튼튼해진 식물처럼 푸릇해졌다.

퇴근하면 지영은 소비자들을 만나서 있었던 일이나 본인이 그날 해낸 성과를 재잘재잘 이야기했다. 눈에 총기가 반짝였다. 집에서는 홀로 쓰는 '지영의 방'이 없었던 그가, 어엿한 사업자로서 자신만의 방을 개척한 것에 생기가 생겼던 것이라고 생각한다.

지영이 발그레한 얼굴로 그의 첫 명함을 가족들에게 자랑하고 한 장씩 나눠주던 날이 생각난다. 간단한 초록색 디자인에 지영의 이름 세 자가 진한 잉크로 따끈따끈하게 인쇄되어 있었다. 그 작은 종잇조각이 뭐라고 50살 넘게 먹은 성인을 소녀로 만들고 나를 뭉클하게 만들었는지 모르겠다. 책상 제일 잘 보이는 곳에 지영의 명함을 올려두었다.

지영은 사업 광합성을 맞으며 무럭무럭 자라는 식물 같았다. 그는 점점 커져서 거실 탁상을 벗어나고 있었다.

지영은 집으로부터 독립하고 있었다.

***

얼굴에 얼마 없는 주름마저 펴질 만큼 변해가는 지영을 보면서 못난 딸은 마냥 기뻐하지 못했다. 물론 바깥 생활에서 활기를 찾은 지영과 그의 사업이 잘되기를 진심으로 빌었다. 저렇게 열심히 돌아다니며 소비자들을 만나는데 성과가 잘 나오는 게 마땅해 보였다. 네트워크 마케팅에 대해 부정적이었던 나는 지영의 독립 과정을 보고 감정을 풀 수밖에 없었다. 적어도 우리 집에서는 저 사업이 지영의 삶과 표정을 바꿨으니까 말이다.

지영이 집을 비우는 시간이 늘어나면서 집에 하루 종일 누워 있는 나는 지영의 부재를 심하게 느꼈다. 집에 혼자서 밥을 먹을 때면 식탁에 같이 앉아 있어야 할 지영이 없어서 집 안의 공기가 휑했다. 혼자서 살기에는 넓은 집이 사람 한 명이 빠지니까 더욱 넓게 느껴졌다.

지영의 공백을 가장 많이 느낀 곳은 대화를 할 때였다. 할머니, 할아버지를 병원에 모셔다드리거나 장을 보는 등 집안일이 있을 때를 제외하고는 지영의 온 신경은 사업에 가 있었고, 나누는 모든 대화가 사업에 초점 맞춰져 있었다. 이를테면 이런 식이다. 지영이 알리고 있는 회사는 다양한 물건을 팔았다. 그 종류는 식품에서도 예외가 아니었다. 지영은 언젠가부터 양반김을 사 오지 않고 초사리로 만든 낯선 포장의 김을 사 들고 오기 시작했다. 김은 부드럽고 맛있었다. 지영에게 이 김은 어디 브랜드냐고 묻자,

"그것도 OOO에서 나온 거야. 어린 김을 따서 만든 거라 시중에 파는 김보다 훨씬 부드럽고 맛있어."

이런 식으로 답을 하며 대화는 자연스럽게 다시 사업으로 돌아갔다. 사업을 하기 전에는 내 우울한 감정이나 걱정에 대해 이야기를 들어주던 지영은 점점 발화권을 가져가기 시작했다. 나는 그에 따라 점점 침묵했다. 지영이 입을 열어 꺼내는 이야기들이 많아져서 좋았지만, 말의 모든 기승전결이 사업으로 귀결되어서 답답했고, 나의 우울한 토로를 점점 등한시하는 것 같아서 싫었다.

두 번째 우울증이 왔던 퇴사 시점 즈음에, 그러니까 내가 한창 뒹굴뒹굴하며 시간을 까먹고 있던 시간에 내 행동에 이상한 패턴을 발견했다. 퇴사를 한 후에도 나는 각종 독서 모임, 글방(글쓰기 모임), 그리고 원고 작업 등 벌여놓은 일이 많았다. 낮에는 그 어떤 것도 해내지 못했다. 그러다가 저녁이 되어 지영이 퇴근을 할 때면, 하루 종일 미뤄왔던 할 일을

시작할 힘이 갑자기 생기는 것이다. 부모님이 돌아가면서 '제발 방 좀 치워라!' 하는 그 방 정리도 지영이 같이 해주지 않으면 방에 있던 짐은 그대로 쌓여 있었다. 한 마디로 엄마가 없으면 아무것도 해내지 못하는 나는 어린애 같았다. 지영은 내게 전원 스위치나 마찬가지였다. 그래서 지영의 사업을 처음에 반대를 했던 것일까.

집에 혼자 있는 시간이 길어지면서, 그리고 정신과 치료를 지속하며 우울증이 조금은 호전된 상태에서 나는 지영이 없는 집에 서서히 익숙해졌고, 현재는 지영이 나가 있는 낮에도 일을 할 수 있게 되었다. 그러나 나는 한동안 나를 지배하던 그 행동 패턴으로 지영이 내게 남다른 의미가 있다는 것을 알게 되었다.

침대에 누워 있는 동안 지영이 내게 주는 의미가 무엇인지 고민을 거듭했다. 그동안 낮에 그나마 할 수 있었던 일은 이렇게 생각, 잡생각, 회상을 하는 것뿐이었다. 내 몸과 방을 가득히 채운 지영의 흔적들을 물끄러미 바라봤다. 백화점에 같이 갔을 때 지영이 사준 옷, 지저분한 방을 보다 못한 지영이 다시 차곡차곡 정리한 책장, 여름 인턴 일로 시카고에 갔을 때 딸 뒷바라지를 한다고 따라온 지영과 크루즈를 타고 함께 찍은 사진, 지영과 함께 전시회에 가서 찍어온 사진 액자까지 바라보다가 이내 어떤 생각이 어두웠던 내 머릿속을 밝혔다.

나는 심리적으로 지영에게서 독립하지 못했다. 퇴사와 같이 중요한 결정을 앞둘 때도 지영의 지지를 우선적으로 찾았고, 무기력할 때는 지영이 옆에서 잔소리를 하거나 집안일을 하지 않는 이상 나는 전혀 일어나지 못했다. 그러고 보니 우울증과 성인 ADHD 판정을 받았을 때도 나는 눈물을 훔치며 지영에게 제일 먼저 전화를 했다. 나의 모든 행보의 최종 결정권은 지영에게 있는 듯했다. 정신 건강이 많이 나아지면 미국에 정착해서 살겠다는 꿈도 여전히 간직하고 있지만, 만약 지영이 그 결정에 대해 의문을 표하면 나는 아마 미국 이민 준비를 미루거나 포기할지도 모른다.

그니까 쉽게 말해서 지영은 내 정신적 지주였다.

예상외의 결론이었다. 그동안 나는 경제적인 독립, 다시 말해 한규가 가족을 위해 키운 경제력에 의존하고 있어서 홀로서기가 불가하다고 생각했다. 돈만 안정적으로 모으면 자취부터 시작하고 부모님의 도움 없이 혼자 살아갈 수 있으리라 짐작했던 시뮬레이션에서 고려해야 할 변수가 늘어난 것이다.

이 깨달음을 병원에서 털어놓으니 의사는 아버지에 대한 경제적 독립보다도 어머니에 대한 심리적 독립이 우선되어야 할 것 같다고 답했다. 동의했다. 돈은 무슨 수를 써서라도 벌기만 한다면 언젠가 나 스스로 먹고 살 수 있을 거라는 생각이 들었지만 지영이 없는 내 삶은 상상만으로도 아득해졌

다. 지영의 아늑한 그늘에서 벗어나 따가운 해를 맞을 준비를
하려면 지금부터 발버둥을 쳐야 했다.

　사업과 다른 가족들을 챙기느라 바빠진 지영이 집에 머무
는 시간이 현저히 줄어들면서, 지영이라는 심지 하나만 믿고
버티고 있었던 내 모래성은 우수수 무너져 내렸다.

　엄마는 독립하고 있었지만, 나는 아직 독립하려면 멀었다.

　지영이 없으면 아무것도 하지 못하는 시기가 지난 지 1년
도 넘은, 원고를 쓰고 있는 이 순간 나는 자신 있게 말할 수
있다. 나는 아직도 지영에게 기생해서 삶을 살고 있다는 것
을. 지영이 출근한 집에서도 하루는 굴러갔고 나는 지영 없이
도 산책을 다녀오고 글을 쓰는 등 루틴을 찾아갔다. 그러나
정신과 치료를 받는 백수로 지내고 있는 지금의 환경에서 벗
어나 새로운 도전을 하는 것이 공포스러워서 한 발짝을 내딛
지 못한다. 나는 지영의 품이 전해주는 안락한 안전망을 포기
하지 못하고 있다는 생각이 든다.

　시간이 필요할 것이다. 지영은 1년의 과도기를 끝으로 주
부학과를 졸업하고 새로운 삶을 쟁취하고 있었다. 나 또한 지
영을 따라서 과도기를 빠져나와 현관문을 박차고 나가야 할
시기가 다가오고 있다.

＊＊＊

"다녀올게."

최근에는 지영이 몇 년 만에 대학 동창회를 다녀왔다. 아침 일찍부터 준비해서 입은 세련된 옷에서 은은한 향수 냄새가 풍겼다. 동창회에서 할 말이 없다던 지영은 여느 때보다 더 들떠 보였다. 지영은 이제 오래된 친구들 자리에 자주 간다. 이따금씩 친구를 만나고 오는 날에는 친구에게 사업 설명을 해줬고 응원을 받았다며 신이 난 채로 나에게 이야기한다. 이번 동창회는 지영이 사업한 후, 아마도 거의 첫 큰 행사였을 것이다. 나는 지영이 나간 현관문에서 은은하게 감도는 향수 냄새를 오랫동안 맡았다.

마침 약속도 없는 날이었다. 나는 조용히 노트북을 켜고 마감 예정인 글의 빈 화면에 하루를 녹였다. 시간과 엉덩이로 앉아 있는 힘은 글자가 되었다. 지영이 돌아올 때까지, 잠시 낮잠을 자려고 소파에 누운 것 빼고는 자리를 이탈하지 않았다. 작년의 나였다면 상상하지 못했을 일이다. 비록 아직도 칭얼거리는 아이처럼 지영에게 찰싹 붙어 있는 나지만, 작년부터 시작해서 아주 느린 걸음을 떼어가고 있다.

지영은 이미 독립했지만, 나는 내 속에 조각조각 붙어 있는 엄마를 천천히 독립시키는 중이다.

다시, 우울증 박싱[7]

일주일에 한 번, 각자 쓴 글을 가지고 돌아가면서 합평을 하는 모임이 있다. 흔히들 '글방'이라고 부른다. 서로의 글을 미리 읽어오는 곳도 있고, 다 같이 있는 자리에서 글을 읽는 경우도 있다. 각 글방의 스타일은 다르지만 사람들이 글을 쓰는 공간을 마련한다는 목적은 같다. 나의 글을 예쁜 종이비행기 모양으로 접어서 더 멀리 날아갈 수 있게 하는 일. 그리고 타인 또한 나 못지않게 예쁜 글을 멀리 보낼 수 있도록 서로 돕는 일. 이런 면모에서 글방은 개인주의적이면서도 이타적인 모임이다.

나는 2023년 1월 1일에 처음으로 글방 모임을 시작했다. 조금 더 정확히 말하면 내게는 12월 31일 밤이었다. 한국 나이로 맞이하는 서른을 조금 더 특별하게 보내보겠다고 뉴욕에 가 있었기 때문이다. 호텔 방에서 뉴욕의 야경을 배경으로, 노트북을 켜서 화상 화면 너머의 글방 동료들을 처음 만난 때가 생각난다. 새해 첫 시작이 나쁘지 않았다.

초등학교 시절에는 소설가를 꿈꿀 정도로 글을 좋아했다. 미국에서 온 지 얼마 되지 않아서 서투른 한국어로, 원고지

7   박싱은 언박싱의 반대말로, 물품을 포장한다는 의미다.

한 장 한 장에 상상한 이야기를 써 내려갔다. 키위를 주인공으로 했던 이야기가 바로 저 소설이었다. 그 뒤로는 글과 관련된 장래 희망을 딱히 키우지는 않았지만, 은연중에 글을 계속 쓰고 싶었던 모양이다. 중학교, 고등학교에 걸쳐서 각각 신문부와 영자 신문부 기자로 활동하며 학교 뉴스를 발행했고, 대학에 들어와서는 여행 기자단을 하며 글을 써냈다.

그러나 초등학교 때 쓴 소설처럼 순수하게 쓰고 싶은 글을 써본 지는 오래였다. 인스타그램에 사진을 올리며 끄적이는 개똥철학 같은 감성 글귀나 블로그 포스팅이 있었지만, 당시 연재하던 〈우울증 언박싱〉을 더 멋있게 쓰고 싶었다. 다시 말해 '문학적인 글', 혹은 '글 다운 글'을 쓰고 싶었다. 글 다운 글이 뭐냐고 물으면 사실 나도 모른다. 어려우면서도 아름다운 순우리말을 자연스럽게 끼워 넣으며 추상적인 관념에 대해 있어 보이게 쓴 글 정도로 봐야 할까. 아무튼 나는 글에 대한 환상을 품고 지인이 추천해 준 글방에 냉큼 가입했다.

글방을 처음 시작했을 때 나는 설렘과 동시에 일말의 경쟁심을 가지고 있었던 것 같다. 당시 내 블로그를 본 사람들에게 글이 재밌다, 필력이 좋다 등의 칭찬을 많이 받았다. 나는 자신감이 조금 과하게 올라갔다. 내가 이 글방에서 가장 인정받는 글을 반드시 쓸 수 있으리라 믿어 의심치 않았다.

첫날 OT를 마친 후 그다음 주부터 다른 사람들의 글이 올라오기 시작했다. 타인의 원석 같은 글을 처음 마주한 나의 감정은 당혹감이었다. 글을 잘 쓰는 사람들이 어찌 이리도 많은가. 노래 서바이벌 예능을 볼 때와 비슷한 느낌이었다. 왜 이렇게 노래를 잘하는 사람이 많아? 다들 어디서 숨어 지내다가 홍수같이 쏟아지는 프로그램에 매번 새로운 난놈들이 등장하는 것인가.

잠시나마 으스댔던 마음은 쏙 들어갔고, 나는 어떻게 글을 써야 할지 감이 오지 않았다. 블로그에서 쓰던 내 문체와 다르게 글방 동료들이 쓰는 글은 뭔가 달랐다. 더 묵직하고 글 속에 알맹이가 들어 있는 듯했다. 이런 글을 하루 이틀 써본 솜씨가 아니라는 것을 본능적으로 느낄 수 있었다. 절망했다. 우물 안에서 하늘을 바라보던 개구리는 세상 밖을 나가자 그 앞에 펼쳐지는 경관에 몸 둘 바를 몰랐다. 마침내 내가 글을 내야 할 차례가 왔을 때, 나는 과제를 시작하기도 막막해서 계속 미루다가 한 시간 만에 나의 혼란한 감정을 고스란히 담은 글을 겨우 제출했다.

글에 대해 훈련받지 않은 자가 한 시간 만에 쓴 글이 좋을 리가 없었다. 글에 대해 합평을 받는 날 나는 엄청 깨졌다. 과제를 내기 위한 글과 같다, 어떤 이야기를 하고 싶은지 잘 모르겠다, 화자가 생각하는 감정선을 따라가지 못하겠다 등 혹평이 연이어 나를 두드렸다. 가장 기억에 남는 평을 한 동료는 자신의 감상을 딱 두 문장으로 요약해 줬다.

"음, 글을 썼군. 어떤 말을 하는 건지 모르겠군."

내 글에 대해 이렇게 촘촘하게 까이기는 처음이었다. 휘뚜루마뚜루 쓴 것이 맞았으니 할 말은 없었고, 딱히 기분이 나쁘지도 않았다. 그저 그 말들을 다양한 사람들과 함께하는 화상 회의 앞에서 받아내야 해서 창피했을 뿐이다. SNS에서 온갖 '밈' 사진을 올려가며 헐렁한 글만 쓰다가 처음으로 내 글쓰기 실력의 민낯을 들켰기 때문이다.

좋은 의미로든 나쁜 의미로든 누군가의 품평대 위로 올라가는 것은 피곤한 일이다. 대다수 사람들이 평가받는 경험을 그리 유쾌하지 않게 받아들이겠지만, 나는 도움이 되는 피드백조차 잘 받아들이지 못했다. 칭찬을 갈구하면서도, 막상 '이렇게 하면 더 좋을 것 같다' 식의 평가가 돌아오면 왠지 반발심이 먼저 생겼다. 그래서 가장 오래된 취미인 사진에 대해서도, '잘 찍는다' 류의 칭찬 외에 그 어떤 평가를 듣고 싶지 않았다. 내가 가진 어떤 능력을 평가하는 행위는 나의 존재 자체를 흔들었다. 그래서 평가는 나를 위태롭게 만든다고 생각하고 최대한 회피했던 것 같다.

글쓰기를 하면서 특이한 경험을 했다. 그렇게 깨지는 합평을 듣고 나서 나는 글을 더 잘 쓰고 싶어졌다. 물론 내 부족한 글쓰기 실력을 직면하는 순간이었기에 자존심은 상했다. 그

255

런데 평소와 달리 귀를 닫지는 않았다. 되려 동료들이 건네는 말을 열심히 받아 적고, 다음 글을 어떻게 쓸지 고민했다. 동료들이 글쓴이보다도 더 열심히 글을 분해하고 해체해 가며 전하는 합평이라 그랬을까. 처음으로 평가가 안전하다고 느끼게 되는 특별한 순간이었다.

다음 글은 엄마 지영에 대해 썼다. 내 머릿속에 있던 엄마를 꺼내고 데스크톱의 빈 화면에 그 조각들을 붙이면서 질질 짰다. 왜 울었는지는 지금까지도 잘 모르겠지만 확실한 것은 내 안에 응어리져 있던 엄마를 글로 해방시켰다는 감각이었다. 지난번 글보다는 두 배는 긴, 엄마에 대한 헌정 글이 완성됐다. 글 속에 등장한 엄마는 가부장제의 전형적인 피해자로, 아빠는 가부장제의 혜택을 받은 막내아들로 비틀었다. 당시에는 아빠를 미워하는 마음이 더 컸기 때문에 그럴 수 있었다.

글은 지난번에 비해 호평을 받았지만, 글에 표현된 부모님의 모습이 단편적이었기 때문에 인물들이 다소 납작하다는 피드백도 돌아왔다. 단순히 내가 생각하거나 관찰한 타인의 모습만으로는 그들을 글로 가져오기 어렵다는 것을 깨달았다. 글을 계속 쓰면서 나와 타인을 바라보는 더 넓은 시야를 갖추도록 훈련해야 했다.

아빠를 주인공으로 삼은 글은 몇 달 뒤 다른 글방에서 탄생했다. 이 글은 유독 잘 써지지 않았다. 아빠를 마냥 미워만

하며 바라보지 않고 인간 한규를 그려내는 방법을 찾아 헤맸다. 결국 대학원 입학 면접 에피소드와 아빠에게 받은 상처를 범벅으로 섞어낸, 거의 미완성의 글을 제출했다.

이 글도 새 글방에서 대차게 까였다. 가독성도 문제였고, 이 글로 무엇을 이야기하고 싶은지 제대로 확립하지 않은 채 무작정 써서 독자들은 글 속에서 길을 잃었다. 나는 쏟아지는 피드백을 허둥지둥 받아 적으며 다시, 또 썼다.

두 번째 글방의 마지막 주에는 이전에 제출한 글 하나를 퇴고해서 가지고 오는 것이 과제였다. 아빠에 대한 글을 어떻게든 매듭지을 기회를 얻었다.

아빠에 대한 글을 퇴고하는 날 나는 해방촌의 어느 카페에서 지인과 각자 업무 중이었다. 글을 뜯어고치면서 나는 또 울었다. 엄마에 대한 글을 쓸 때 짜낸 눈물은 그간 가족만을 위해 살아온 엄마를 해방시키는 것에 대한 카타르시스이자 애환의 눈물이었다. 반면 아빠에 대해 쓴 글은 아빠로부터 나를 해방시키는 작업이었다. 그간 아빠에 대해 눌려 있던 복합적인 마음들을 토해내자 개운했다. 나는 카페 구석에서 매운 코를 훌쩍이며 사람들이 내 추한 꼴을 보지 않도록 고개를 돌렸다. 같이 온 지인은 나를 못 본 체해주는 듯했다. 완성한 글은 글방 동료들의 칭찬으로 마무리되었다.

독자를 향한 글방의 글쓰기는 자기 치유적인 일기와 같은 목적보다는 글을 더 많은 이들에게 가닿게, 더 널리 읽힐 수 있도록 훈련하는 과정이다. 그럼에도 글쓰기를 하며 내가 얻은 것을 헤아려 보면 치유적인 면을 이야기하지 않을 수 없다. 무기력했던 내게 글을 더 잘 쓰고 싶은 욕망은 어제보다 더 나은 글을 쓸 수 있도록 연습하는 동력을 제공했다. 우울했던 내게 가족의 이야기를 글로 처음 표현하는 과정은 내 안에 꼬여 있던 복잡한 감정들을 풀어헤치고 해방시키는 창구가 되었다. 그저 계속 쓰면서 내 글이 어디로부터 출발하는지, 어디로 향해 가면 좋을지 어렴풋하게나마 배워갔다. 글쓰기는 나를 언박싱하는 과정이었다.

이 책을 쓰는 과정 또한 그러했다. 책을 완성하고야 말겠다는 욕망을 통해 침대의 품을 박차고 나와서 책상에 앉을 수 있었다. 그동안 내 머릿속을 휘젓고 다니던 우울증을, 나의 게으름을, 나의 무기력을, 나의 ADHD를 차례로 정리하고 해방시켰다. 나는 계속 쓰면서 우울증 영수증 내역을 드디어 가계부로 옮겨 적고, 그 얼룩덜룩했던 정신 질환에 알록달록한 색을 입힐 수 있었다.

글을 쓰는 과정은 나의 우울증을 제대로 언박싱하는 단계였고, 글을 책으로 엮는 과정은 구석구석 살핀 우울증을 예쁘게 박싱하고 보관하는 일이었다. 20대의 우울증을 정성스럽게 포장하고 보관함으로써, 나의 30대를 함께할 우울증을 받아들일 공간을 확보했다.

　나는 여전히 글방을 다니며 그동안 스쳐 지내온 면면들을 차례로 언박싱하고 있다. 어떤 글은 습작으로 남을 것이고, 또 어떤 글은 새로운 주제에 담겨 예쁘게 포장이 될 수도 있다. 글을 통해 나 자신을 언박싱하고 또 박싱하는 과정을 반복하며 내 안에 머금은 이야기를 한 겹, 한 겹 해방시킨다. 그렇게 쓴 글들은 내 안에서만 고이지 않고 더 멀리 나아갈 것이다.

작가의 말
- 알록달록한 마음을 담아

블로그에 〈우울증 언박싱〉을 연재하던 당시 '이 시리즈가 책으로 나오면 좋겠다'고 막연하게 생각했다. 댓글을 읽으며 내 글이 일기로 머무르지 않아도 된다고 확신했기 때문이다. 약 2년 후, 우연히 시작한 〈정상과 정성 사이〉 수업에서 책 집필의 기회를 얻었다. 그로부터 출간까지 꼬박 1년 9개월이 걸렸다. 짧다면 짧고, 길다면 긴 시간 동안 나는 글을 이리저리 비틀어보며 나와 내 정신질환의 관계를 확립해 나갔다.

이 책은 내 이름으로 출간되지만, 글을 쓰는 나를 응원하고 책을 기다려준 여러 사람들의 힘으로 비로소 완성을 할 수 있었다.

책을 쓰는 과정을 처음부터 끝까지 함께해 주신 김정선 편집자님께 가장 먼저 감사 인사를 전하고 싶다. 더 좋은 책을 완성하고, 마음에 남을 문장을 발굴하기 위해서 내 원고를 나보다 더 열심히 읽어주시고 함께 고민들을 나눠주셨기에 계속 써나갈 수 있었다.

글쓰기를 처음 시작한 순간부터 글이 멀리 나갈 수 있는 방향으로 끌어주신 하미나 작가님, 그리고 하마글방 동료들에게 사랑을 전한다. 하마글방은 유일무이한 나만의 글을 찾아내는 여정을 북돋아 주고 그 길이 외롭지 않도록 글쓰기 동료들을 만들어줬다. 글로 느슨하게 연결된 우리를 아낀다.

내 글을 꼼꼼하게 읽어주고 더 전략적으로 에세이를 쓸 수 있도록 섬세한 피드백을 나눠주신 임지은 작가님, 그리고 씀 6기 동료들에게 〈닫힌 문〉을 바친다. 이 챕터는 씀 수업이 완성해줬다. 망원동의 책방에서 온 힘을 다해 서로의 글을 파헤치고 합평을 나누던 그 열기를 두고두고 기억한다.

모든 이들에게 항상 영감과 힘을 주시는 응원대장 서은아 상무님의 은혜를 오래도록 간직하고 싶다. 당신의 뜨거운 열정과 아름다운 기록들을 보고 있노라면 온몸에 힘을 주고 삶의 시간들을 보내고 싶어진다. 어느 강연에서 '좋아하는 것을 최선을 다해 좋아하는 힘'을 강조하시던 당신의 말씀 덕에 나는 더 맘껏 인생을 사랑하게 되었다.

책의 완성을 누구보다 반겨주고 도움의 손길을 내밀어주신 정제기 선생님께 따스한 온기를 드린다. 사려깊고 섬세한 당신의 행보를 통해 선한 어른이 되는 법을 배운다. 지난 여름, 대구에서 나눈 대화들을 계속 이어가고 싶다.

탈고 직전의 원고를 촘촘하게 살피고 귀한 피드백을 남겨 주신 리뷰어 세 분께 감사드린다. 코멘트를 통해 나와 정신질 환, 가족과의 관계를 다시 살피게 되었다. 독자가 내 경험을 어떻게 읽어나갈지 힌트 또한 얻을 수 있었다.

초안을 먼저 읽고 피드백을 아낌없이 준 다빈과 다솜, 하 키마에게 고마운 마음을 담뿍 담아 전한다. 내 책의 첫 독자 가 되어준 사람들이다. 오래 전 책을 쓰는 모임을 시작할 때 부터 나의 집필을 응원해준 예주에게도 인사를 올린다. 3년 이 넘는 시간을 계속 응원해준 덕에 드디어 책을 완성했다. 여러 글쓰기 수업들을 추천해주고, 나의 이야기를 기다려준 미소의 이름도 기록한다. 덕분에 '글다운' 글쓰기를 시작할 수 있었다.

좋은 책을 내겠다는 목표로 모인 '개세이' 멤버들도 꼭 언 급하고 싶다. 책을 쓰는 지난한 과정을 함께 해 길을 잃지 않 고 계속 쓸 수 있었다. 그 밖에도 집필 과정을 응원해 주고 책 을 1년 넘게 기다려준 친구들과 지인들께도 감사하다. 이름을 모두 열거할 수 없을 정도로 너무나 많은 분들에게서 과분한 마음을 얻었다.

마지막으로 책을 내겠다고 느릿느릿하게 글을 쓰는 딸을 믿고 기다려준 엄마 지영, 아빠 한규, 그리고 함께 있어준 동생 기석에게 가장 알록달록하고 순수한 마음을 담아 드린다. 내가 중간에 포기하지 않고 책을 끝마칠 수 있었던 가장 큰 동력은 가족의 지지였다. 이 책을 세 사람께 바친다.

알록달록 우울증 영수증

류정인 에세이

발행일   2024년 11월 27일
지은이   류정인
발행인   김정선
펴낸곳   라브리끄
표지디자인   디자인 아르시에

*라브리끄는 위키드위키 출판사의 임프린트 브랜드입니다.

출판등록   2023년 1월 2일 제 2023-000003호 서울특별시 금천구청
주소   서울특별시 금천구 가산디지털2로 98,
          롯데IT캐슬 2동 1107호(H074)
대표전화   02-6397-1471
팩스번호   02-6305-7001
홈페이지   http://www.wickedwiki.org
전자우편   labrique@wickedwiki.org

ISBN   979-11-989756-0-7